SÖDERMALMSMORDEN

Anmäl dig till Pocketförlagets nyhetsbrev
nyhetsbrev@pocketforlaget.se
eller besök
www.pocketforlaget.se

SÖDERMALMSMORDEN

Lars Bill Lundholm

Pocketförlaget

www.pocketforlaget.se
redaktion@pocketforlaget.se

© Lars Bill Lundholm 2003

Svensk utgåva enligt
avtal med Loud Literary Agency, Malmö.
Originalutgåva hos Bokförlaget Forum.

Omslag: Eric Thunfors
Författarfoto: Pieter Ten Hoopen/Scanpix

Tryck: Nørhaven A/S 2011

ISBN: 978-91-97588-86-7

"Naturens primära och yppersta element är rörelsen, som ständigt skakar den, men denna rörelse är blott och bart den oavbrutna följden av brott, den upprätt-hålles endast genom brott."

De Sade

KAPITEL 1

Mannen som gick utmed Pålsundskanalen och såg ner i dess mörka vatten rös en aning. Han kände sig orolig och tyckte inte om det som hänt den senaste tiden. Han började så smått tro att han gjort ett stort misstag. Men det var för sent att göra något åt det nu, tänka fick han göra senare när allt var över. Han hade i alla fall hållit sin del av överenskommelsen, något annat kunde ingen säga. Ändå var det svårt att ignorera obehagskänslan som lurade i magtrakten. Han kastade en blick bakåt men såg bara taxin han hade kommit med som stannat på andra sidan kanalen, på Söder Mälarstrand. Chauffören satt och räknade pengarna och hade ännu inte tänt sin ledigskylt.

Det regnade, ett fint, ihållande och kallt duggregn. Det hade regnat oavbrutet i flera dagar, kanalsidorna var leriga och den smutsbruna vassruggen hängde över vattnet. Vid bryggorna låg det fortfarande kvar båtar som väntade på att bli uppdragna, han kunde inte förstå att man inte gjorde det direkt efter säsongsslutet utan väntade in i det längsta. Rätt vad det var kunde kanalen frysa till och då var det så dags. Mannen stack ner händerna i fickorna och gick förbi en vacker eksnipa med vitt fördäck. Ägaren hade inte ens brytt sig om att ta in dynorna från sittbrunnen. Hur kunde man missköta en båt så till den grad? Han hade god lust att gå ombord och ta en av sittdynorna bara för att visa ägaren hur dumt det var att låta sådana dyrgripar ligga ute. Men han gick vidare och drog skärpet hårdare runt överrocken. Kvällen hade kommit snabbt och duggregnet gjorde att kanalen hade svepts in i en blåaktig regndimma som fick honom att frysa som en hund.

Han tittade på klockan. Den var lite över nio på kvällen och trots den ganska tidiga timmen fanns det inte en människa i närheten. De

7

stora pilarna som lutade sig ner mot vattenbrynet och bristen på ga-
tubelysning gjorde väl sitt till. Det var ingen plats för ensamma
flickor att rasta sin hund på. Men själv hade han inget val, mötes-
platsen var bestämd och om han inte dök upp skulle inga pengar
heller dyka upp. Han gick bort från bron, mot Heleneborgs båt-
klubb. Strax ovanför honom välvde sig Västerbrons imponerande
brospann som en mörk båge mot den gula rymden.

Mötesplatsen skulle vara vid kajplats 22. En vacker Petterssonbåt
i mahogny låg förtöjd där och när han närmade sig bryggan såg han
att det lyste i motorbåtens kajuta. Han stannade till och försökte se
in genom fönstret, men det enda han såg var någons ryggtavla. Han
ropade, men fick inget svar och gick därför ut på bryggan. Han ropa-
de igen, satte försiktigt foten på relingen och tog ett steg ner i sitt-
brunnen. Båten gungade till och personen i kajutan vred på huvu-
det och släckte omedelbart belysningen. Det blev becksvart och
mannen kunde bara med möda urskilja skepnaden i kajutan. Han
antog att personen därinne blivit rädd och skulle just säga att det
bara var han, när något hårt träffade honom över ögat. Först trodde
han att han hade halkat, för durken kom farande emot honom med
väldig fart och för ett ögonblick verkade det som om det var den
som träffat honom rakt i ansiktet. Men just som han skulle resa sig
på alla fyra och titta upp såg han järnröret, och han hann inte ens
säga att man måste ha tagit fel på person förrän det träffade honom
i huvudet och för alltid släckte alla möjligheter till konversation och
förklaringar. Sådant var bara till för de levande.

KAPITEL 2

Kommissarie Axel Hake stod i köket och lutade sig på sin käpp. Han hade breda axlar, kortklippt huvud och var klädd i en grov tweedkavaj och jeans.

– Kommer du, då?

Han såg mot sin syster Julia som stod vid en spegel och försökte få ordning på sitt toviga hår. Till skillnad mot sin bror såg hon inte särskilt bra ut, men hon hade vackra, ironiska ögon. Själv ansåg hon att hon liknade en dagisteckning där inga proportioner riktigt stämde. Näsan var bullig, läpparna lite för tjocka och ansiktet en smula degigt. Nu bekymrade inte det Julia Hake, hennes stora passion var livet som veterinär i Tullingeskogarna och någon brist på män hade hon aldrig lidit. Vackra män. De andra brydde hon sig inte om. En del bryr sig om män med humor, män med makt, män med kulturfernissa. Jag bryr mig om vackra män, svårare än så är det inte, hade hon en gång deklarerat i nonchalant ton.

Men den här dagen misstänkte Axel Hake att något inte var som det skulle. Hon hade till och med hittat ett gammalt läppstift som hon smorde på läpparna, och hon grimaserade mot spegeln så att munnen kom att se ut som ett rött sår.

– Jag ska hämta Siri på dagiset om en timme så du får sno dig, sa han och vägde på käppen.

Han hade åkt ut till sin syster med några kartonger rödvin, en tjänst som han gjorde henne då och då, inte minst för att se hur hon mådde därute i förskingringen. Platsen var ensligt belägen mitt inne i en stor, mörk granskog och han tyckte inte att det var en helt lyckad plats för en ensam kvinna att bo på, men hans syster var aldrig rädd. Tvärtom. Hon kände sig trygg när det inte var för mycket människor i närheten.

Hon hade lite frånvarande tagit emot vinkartongerna, ställt dem på spisen, virrat omkring en stund och fått Axel Hake att lova att skjutsa henne till ett ställe några kilometer bort. Hennes Landrover hade punktering och hon hade inte tid att laga den. Hon bytte kläder ett antal gånger för att slutligen ta på sig sin gamla jeansjacka. Dessemellan hade hon speglat sig mer än han någonsin sett henne göra.

Till slut var hon färdig, kastade en sista blick i spegeln, sjönk ihop lite och gick ut ur huset. Axel Hake följde linkande efter. Han var inte invalid, men han hade blivit skjuten i knäet och fått en bestående skada efter ett läkarjobb som Hake ansåg vara på gränsen till misshandel.

– Sjalen, ropade Julia och rusade in igen.

Hake suckade och gick vidare till sin gamla rostiga Citroën. Han satte sig på motorhuven och lät blicken vandra. Julia Hakes veterinärklinik såg fallfärdig ut. Det stora boningshuset var visserligen i gott skick, men ladan och inhägnaderna var om inte vanskötta så i alla fall skröpliga. Julias förklaring var att djur inte hade några estetiska preferenser och att kliniken, som mest tog hand om skadade hästar, hundar och andra smådjur, fyllde sin funktion och mer därtill.

Dörren öppnades igen och Julia kom gående med en färgglad sjal runt axlarna över jeansjackan. Hon stannade och såg rakt på honom. De sjögräsfärgade ögonen blänkte mot honom.

– Nå, sa hon. Duger jag?

– Är det inte bara en vanlig grabb i ett vegankollektiv du ska träffa?

– Duger jag? frågade hon skarpt.

Axel Hake nickade. Hon dög mer än väl. Men han var ändå orolig. Hon hade släpat hem vackra, värdelösa män så länge han kunde minnas. Och hon hade behandlat dem som luft, vilket på något sätt fått dem än mer intresserade av henne eftersom de inte var vana vid den behandlingen. Hon hade haft sina duster och bråk, och mer än en gång hade Axel Hake fått gå emellan. Men han hade ändå alltid haft en känsla av att hon skulle ta sig igenom det utan alltför många rispor. Men den här gången verkade det som om Julia hade fallit pladask. Hon hade blivit osäker, ännu lynnigare än vanligt, och hon grämde sig över att hon kanske var för gammal för att få barn. Mannen hon hade förälskat sig i var egentligen bara en pojke på några och tjugo år, av rysk härkomst och boende i ett vegankollektiv som låg ännu längre in i granskogen än veterinärkliniken. Hake hade aldrig träffat honom och det enda han lyckats snappa upp var att han var blond och hårlös. När han hade frågat om pojkens personlighet hade Julia bara sett oförstående på honom och undrat vad det hade med saken att göra. Pojken såg ju för fan ut som en grekisk gud ...

Marianne de Vrie satt i sin vackra kulturbostad på Långholmen och försökte fokusera tankarna på den resehandbok hon var i färd med att skriva. Hon hade givit ut en rad välskrivna och faktaspäckade böcker som köptes av en trogen läsekrets. Nu var hon emellertid i bryderi, hon hade plötsligt fått skrivkramp och inget tycktes forma sig så som hon ville. Från en väninna hade hon fått rådet att inte anstränga sig så mycket utan använda Internet för att hitta upplysningar om platserna hon skrev om. Det hade Marianne ansett omoraliskt. Men efter ett halvårs skrivtorka hade hon givit sig ut på nätet och nyss hade hon funnit en resebeskrivning på franska som hon inte trodde att någon svensk skulle komma att läsa. Hon hade ägnat dagen åt att översätta texten som handlade om ett besök på en fågelmarknad i Marrakech. "När fåglar sandbadar" skulle hon kalla alstret som skulle bli första kapitlet i hennes bok. Men handlingen hade gjort henne nervös och orolig, hon skämdes lite och beslöt sig för att gå en långpromenad för att lugna nerverna.

Marianne såg ut över det höstliga landskapet, det brann i lövträdens toppar när hon gick Skutskepparvägen fram. För varje steg hon tog kände hon hur spänningen släppte något, hur skuldkänslorna började avta. Ändå såg hon sig lite oroligt om, det kändes som om någon kikade över hennes axel och förmanade henne att inte lura sin publik. Hon ökade farten för att bli av med känslan. Det var emellertid ett misstag, hon blev snabbt utpumpad och var tvungen att ta stöd mot en trägrind som stod öppen vid Pålsundskanalen. En brygga löpte längs kanalen på andra sidan trästaketet och hon gick ut på den; hon var noga med sitt uppträdande och ville inte att folk skulle se henne stå och pusta.

Hon suckade och såg ner mot vattnet. Först trodde hon att någon hade ställt sig bakom henne för att spegla sig i vattnet, för precis under vattenytan stod en karl i överrock och stirrade på henne med

11

tomma ögon. Det var inte förrän hon såg det böljande håret, de mjölkvita ögonhålorna och det deformerade ansiktet som hon förstod att det var en död människa som mer eller mindre stod rakt upp i vattnet. Till en början kunde hon inte förstå hur det var möjligt, men sedan såg hon kättingen runt mannens ben som höll honom på plats. Och strax efteråt ekade hennes skrik längs kanalen och upp mot Västerbrons väldiga valv. Ett eko som aldrig tycktes ta slut.

Vegankollektivet låg i en glänta med susande granar runtom. Huvudbyggnaden var en stor, gulmålad sekelskiftesvilla i tre våningar. Bellmangult mindes Hake att han någon gång läst om den där svenska, mörkgula färgen som varit så vanlig på hus och byggnader under flera århundraden. Vid sidan av huset fanns några lider och utanför ett av dem stod en grå Folkabuss. När han svängde in på vändplanen fick han syn på en äldre man som kom gående emot dem. Han var i femtioårsåldern och hade magert ansikte, stora buskiga ögonbryn och kastanjebrunt hår. Hake hade väntat sig något slags guruliknande person som ledare för kollektivet, men den här mannen såg mer ut som en jägare än en filosof. Julia vinkade åt honom och mannen nickade kort.

– Hur är det med Elina? frågade Julia när de klivit ur Cittran.

Mannen såg vaksamt på Axel och på hans käpp, innan han återigen fäste blicken på Julia.

– Jag tror att febern har släppt, men det är nog bäst att du kollar henne.

Julia hade berättat att kollektivets ena hund hade fått valpar och blivit rejält sjuk och att hon själv hade ansvaret för den. Det var så hon hade träffat sin lekkamrat.

– Är Yuri inne?

Mannen gjorde en gest med huvudet mot ingången.

– Han vakar över henne.

Julia lyste upp, öppnade bagageluckan och tog fram sin veterinärutrustning.

– Då går jag väl in då, sa hon och såg på sin bror.

– Max tio minuter, sa Hake.

Julia nickade och skyndade in. Mannen tog ett steg emot Hake och sträckte fram handen.

– Gustav Lövenhjelm, sa han.

– Axel Hake. Jag är Julias bror.

– Jaså, sa Lövenhjelm. Ni är inte speciellt lika.

Han synade Hake på ett ogenerat sätt.

– Tja, sa Hake, man kan ju aldrig riktigt veta, men våra föräldrar vidhåller att så är fallet.

Lövenhjelm log lite, vägde på hälarna och kastade en blick mot huset.

– Det finns örtte därinne, sa han. Men man får ta själv, kollektivet fungerar så.

Hake tackade och gick mot huset samtidigt som två unga kvinnor som kommit cyklande stannade framför Gustav Lövenhjelm. Hake hörde honom säga något om att de hade tur, att det fanns plats i kollektivet just nu. Resten hörde Hake inte, för hans mobil började ringa med en ilsken signal. Det var Oskar Lidman, hans poliskollega.

– Du får komma in, sa Lidman. Vi har ett vattenlik.

Hake gick in i huset för att leta reda på Julia. Han tyckte sig höra hennes röst från andra våningen och gick uppför en bred trappa mot rösterna. I ett av rummen stod Julia framför en ung pojke med ljust, nästan albinoliknande ansikte och kritvitt hår.

– Jag får se, Julia, sa pojken med slavisk brytning. Jag har en del att göra.

– Snälla, sa Julia och Hake tyckte inte om tonen i hennes röst. Den lät undergiven och sockersöt.

Pojken tog hennes ansikte i sina händer och såg roat på henne. Han kysste henne på pannan och sköt henne bryskt ifrån sig. Sedan såg han på hunden som låg på en filt med fyra valpar vid sin mage.

– Hur är det med Elina egentligen? sa han.

Julias blick hängde kvar vid pojkens ansikte ännu några sekunder innan hon såg mot hunden.

Just då passade Hake på att ge sig till känna. Som om han precis kommit uppför trappan och inte sett vad som försiggått. Yuri såg forskande på honom.

– Jag måste åka, Julia. Oskar Lidman ringde. Jag har jouren och det var bråttom. Teknikerna är redan på brottsplatsen.

– Brottsplatsen, sa Yuri. Är du snut?

13

– Nej, sa Axel Hake. Jag är polis, och du?

Yuri log lite inåtvänt och kastade en blick på Julia.

– Enligt Julia är jag furst Mysjkin. Du vet, från Dostojevskijs bok.

– En idiot alltså.

Julia gav Hake ett hätskt ögonkast, men Yuri svarade lugnt.

– Det är nog sant. Jag är nog en idiot.

Han log mot Julia. Det var ett bländande leende.

Oskar Lidman väntade på Hake nere vid Pålsundskanalen. Teknikerna hade spärrat av området och några nyfikna stod och försökte se vad som hade hänt. Liket låg bakom ett skynke som var uppspänt för att pressfotograferna inte skulle få tillfälle att ta bilder av den mördade mannen. En reporter talade med Marianne de Vrie som lågmält berättade vad som hänt. Kommissarie Axel Hake gick fram och såg ner på mannen som låg på en plastbädd. Hans ansikte var groteskt uppsvällt, man kunde nätt och jämt urskilja dragen. Även kroppen hade svällt och skinnet var slätt och lite oljigt. Håret var rött, men färgen på ögonen var omöjlig att bestämma. Fiskar och undervattensdjur hade gnagt bort stora delar av ögongloberna.

– Vet vi vem han är? frågade Hake.

Oskar Lidman skakade på huvudet och körde ner händerna i jackfickorna. Han var en stor karl, för att inte säga fet, men han rörde sig mjukt och snabbt om det behövdes. Man kunde nästan ana att hans stora passion var dans, för han gick rytmiskt som om han följde melodin till en salsa eller en rumba.

– Det kan väl inte bli alltför svårt med den där tatueringen.

Hake pekade på mannens vänsterarm. Den var tatuerad med en vit kinesisk drake med vingar mot svart botten. I ena hörnet fanns siffran två och mitt i tatueringen fanns en fyrkant delad i två färger, rött och grönt, med något som såg ut som en guldfärgad eldsflamma i mitten. Hake hade aldrig sett något liknande.

– Om han nu är svensk, la Lidman till.

En mager karl kom emot dem. Det var rättsläkare Brandt. Han nickade kort mot de båda poliserna.

– Jag kan redan nu säga att tidpunkten för mordet kommer att vara omöjlig att fastställa, med tanke på att han säkert legat i vattnet någon vecka och att vattentemperaturen förändrats så mycket under dom senaste dagarna.

Typiskt, tänkte Hake. Det betydde att man inte kunde fråga eventuella misstänkta om de hade alibin.

– Men han är mördad, fortsatte Brandt med sin knastertorra röst. Någon har slagit honom med ett runt föremål i skallen, två tre gånger. Ett järnrör eller något liknande.

– Så han var död innan han sänktes ner i vattnet?

Brandt såg på Hake med illa dold illvilja.

– Vad fan tror du? Som du ser är ju skallen mer eller mindre inslagen.

– Man kan ju dränkas först och sedan få skallen inslagen, sa Hake lugnt. Det kan ju hända att någon vill blanda bort korten. Han tänkte inte låta Brandt stjäla så billiga poänger.

Utan att svara vände sig Brandt om och gick bort mot likbilen.

Hake såg på den mördade mannen igen. Kättingen runt foten hade skavt djupa märken i skinnet och man såg tydligt den vita benpipan under metallänkarna. Ankaret som var fäst vid kättingen var av stål och tungt nog att hålla mannen på plats under vattnet.

– Varför sänka honom här?

– Det kanske är brottsplatsen, sa Lidman.

– Det är möjligt, men varför sänka honom överhuvudtaget? Varför inte bara dumpa honom? Om man inte vill att kroppen ska hittas så bör man naturligtvis inte göra så här, för förr eller senare kommer någon att hitta den.

– Och när blev mördare smarta? sa Lidman beskt och såg upp mot Västerbrons bullriga tak och sedan ner på marken. Under bron växte nästan ingenting, där frodades bara gråsuggor och gnagare. Allt var lika dött som personen på plastskynket.

Eftersom fyndplatsen låg precis under den väldiga stålkonstruktionen hade flanörer som gick på bron inte kunnat se vad som försiggick vid bryggan. Det fanns fortfarande fritidsbåtar förtöjda på båda sidor om kanalen, men de flesta var redan uppdragna och tronade under stora presenningar. Några stod på trailrar, några på träställningar. Flera bilar var också parkerade på området, och nästan nere vid vattnet stod en vit gammal buss med skylten "Ej i trafik" över förarhytten.

Axel Hake tittade på klockan.

– Har Tobisson inte kommit än?

Lidman skakade på huvudet.

– När han kommer får du säga till honom att börja knacka dörr med några mannar.

– Då blir han glad, sa Lidman och såg sig om. Men det finns ändå inte så många bostäder här i området.

Hake pekade med käppen mot andra sidan kanalen, mot de höga, stora hyreshusen på Lorensbergsgatan ovanför Söder Mälarstrand.

– Åh, jag tänkte nog på dom där jag, sa han. Man ser ju faktiskt hit från fönstren.

Lidman våndades. Där bodde förmodligen hundratals hyresgäster, så det skulle bli ett digert arbete. Han önskade att Hake själv kunde sätta Tobias Tobisson på det.

Hake kastade en sista blick på den döde mannen och gick sedan bort till teknikerna för att säga åt dem att de kunde sätta igång med att dokumentera fyndplatsen. Därefter vandrade han i sakta mak längs Pålsundskanalen tills han kom till spetsen på Mälarvarvet. Han ville gå för sig själv en stund för att ta in omgivningarna. Långholmen var en vacker liten bit av Södermalm. Nästan en idyll, där till och med de mindre husen och verkstäderna såg tilltalande ut, trots att han visste att man arbetade och slet därinne. En svetslåga tändes och släcktes i en av anläggningarna och lyste upp det stora fönstret som vette mot promenadstråket. Han såg ut över vattnet. Någonting gnagde djupt i hans medvetande, men han kunde inte få tag i det.

Han lät blicken svepa längs Stadshuskajen, vidare mot Riddarholmen och slutligen mot Söders höjder. Han försjönk i tankar på den stadsdel där han nu befann sig. Södermalm hade förändrats så mycket. Från början hade det varit en riktig arbetarstadsdel med spinnhus, bryggerier, trankokerier och allehanda småindustrier. Det hade myllrat av tjänstehjon, lumpsamlare, skiftesarbetare och hantverkare. Barnrikehusen, fängelserna och spritfabrikerna hade legat där och det var dit Gustav Vasa förvisade de sinnessjuka och spetälska. På senare år hade emellertid stadsdelen fått en betydligt högre status när journalister, kulturarbetare och allsköns artister hade flyttat dit. Det hade blivit trendigt att bo på Söder, ungdomarna vallfärdade dit och det vimlade av uteställen, kaféer och restauranger. Men ändå kändes det som en alldeles egen del av Stockholm. Kanske något fattigare än de övriga delarna av staden, för det fanns fortfarande gott om småskuffar, bilmeckar, boxningslokaler och gamla söderkåkar. Dessutom var det på Söder som man kunde se att Stockholm var en del av skärgården. Där gick gråberget i dagen, där störtade klipporna ner i vattnet och där klängde småkåkar, som fiskarstugor, längs sluttningarna från Katarina till Maria.

Hake vände blicken från Söder och mot Kungsholmen. På andra sidan vattnet kunde han se mot Chapmansgatan där han bodde. Inte så långt därifrån låg hans dotter Siris dagis. Först då blev den gnagande känslan i bakhuvudet tydlig för honom. Han stannade tvärt och svor för sig själv.

– Siri, sa han högt. Han såg på klockan och upptäckte att han var över en timme försenad. Han tog upp mobilen och ringde dagiset, men det tutade upptaget. Han skyndade tillbaka till sin bil.

KAPITEL 3

Hake vaknade tidigt nästa dag. Han gjorde alltid det när han skulle ta itu med ett nytt fall. Någonting hade redan satt igång i honom och han var både spänd och nyfiken, en känsla som han var alltför bekant med. Han kände sig som en fullblodshäst som ska ledas in i startboxen och som vet vad som gäller men ändå inte riktigt vill delta, utan krånglar och är allmänt motvillig. När väl startgrindarna gått upp och loppet satt igång var det en annan sak, men tiden innan var värst.

Hanna sov fortfarande och han visste att det skulle dröja tills han fick sova hos henne igen. Hon ville inte ha honom i sin säng när han var mitt uppe i en mordutredning. Hon sa att det kändes som om bloddoften satt kvar i hans kläder efter besök hos obducenter och på brottsplatser. Först hade han haft svårt att acceptera det, men det var helt enkelt så de hade bestämt sig för att leva – som särbor. Han hade sin lägenhet på Chapmansgatan och hon sin vid Kungsholms kyrka. Hake vände sig på sidan och såg på henne. Hon hade ett gammaldags ansikte, nästan genomskinligt, med fräknar runt näsroten och en generös mun med lite spruckna läppar. Håret hängde ner över halva ansiktet och han strök försiktigt bort det med handen. Hon mumlade lite i sömnen, men så öppnades ett öga, ett nästan färglöst öga, som först såg skarpt på honom innan det mjuknade något. Hon kysste honom hastigt på munnen och vände sig sedan bort och somnade om.

De hade haft det bra kvällen innan. Hon hade inte gjort någon affär av att han missat dagishämtningen. Siri hade inte heller sagt något när han väl dök upp, utan hade bara sett lite trött på honom innan hon gick ut i tamburen och tog ner sin regnkappa.

– Ska vi säga någonting till mamma? sa hon obesvärat.

Hon hade kommit i den åldern då hon ville ha hemligheter och en smula spänning för att se var gränserna drogs.

– Hon förstår nog, sa Hake.

– Jag är inte lika säker, svarade Siri.

När Hake kom ut ur porten denna tidiga morgon regnade det, precis som det hade gjort från och till i veckor. Kyrkogården med dess järnstaket såg hotfull ut i det gråaktiga diset. Horisonten begränsades av de stora hyreshusen och ner mot vattnet tycktes de mörka väggarna bukta inåt för att skydda sig mot regnet. Hake strök utmed husfasaderna och käppen fick tjänstgöra som ett slags känselspröt i regnkaskaderna som hindrade sikten.

Halvvägs till Polishuset kom han på att det var till Rättsmedicinska han skulle och kämpade sig därför tillbaka genom snålblåsten mot sin bil. Färden dit blev en mardröm, med mörkklädda skuggor som plötsligt bara klev ut i gatan och förutsatte att de var sedda genom hällregnet, bilar som utan förvarning tvärbromsade framför honom och köbildningar som slingrade sig hela vägen ut till Solna. Han svor tyst mellan sammanbitna tänder.

När han väl kommit in på Rättsmedicinska och tagit av sig regnrocken ändrades plötsligt hans sinnesstämning. Nu retade han sig istället på den konstlade ordning och regelbundenhet som härskade i salarna. De släta väggytorna gav ett sterilt intryck, de blänkande kylanordningarna reflekterade fönsterljuset skarpt och sakligt och de nytvättade obduktionsbänkarna stod på rad som om de hörde hemma i en maskinhall. Men så här var det när en ny utredning skulle sättas igång. Irritationen låg alltid på lut.

Hake gick mot den bortersta stålbänken där Oskar Lidman stod tillsammans med Brandt och såg ner på liket. Det såg obscent ut, inte bara den uppsvällda kroppen och det morotsfärgade könshåret som krullade sig i skrevet, inte bara krossåret i huvudet som nu lyste blått och grinande mot det som fanns kvar av det röda håret efter rakningen, utan även själva tilltaget att lägga en spritt sprängande naken människa på den blanka bänken till beskådande. Som ett stycke dött kött. Att sedan Brandt karvat i kroppen och det syntes stora stygn över bröstkorgen där sågen gått in gjorde inte det hela mindre smaklöst.

– Det finns inget vatten i lungorna, så han avled av skallskadorna, sa Brandt när Hake närmade sig. Precis som jag trodde.

Han såg triumferande på Hake.

– Nåt mer?

Brandt pekade på en skål där det låg några organ.

– Dålig lever. Det kan jag säga på rak arm, på gränsen till fettlever. Överhuvudtaget var han i dålig kondition. Men han hade varken alkohol eller droger i blodet.

– Kan du säga när han dog?

– Nej, och jag tvivlar på att någon annan kan göra det. Det var kallt i vattnet och förruttnelseprocessen går ju långsamt då.

– Ge mig i alla fall ett ungefärligt datum.

– Försök inte. Jag är vetenskapsman och ingen siare.

– Två veckor, tre veckor?

Brandt kved lite innan han ryckte på axlarna.

– Snarare två, men det tänker jag inte gå ed på.

– Kan du säga hur gammal han är då?

– Han hade kondition som en sextiåring, men jag tror han är runt fyrti.

– Varför det?

– Ingen prostataförstoring som dom flesta män får vid den åldern, tänderna har inte drabbats av tandlossning.

– Hur ser lagningarna ut?

– Jag är ingen expert, men dom ser inte ut som dom traditionella öststatslagningarna i alla fall. Inte en guldtand så långt ögat kan se.

– Och skadorna han dog av?

– Olle Sandstedt från tekniska var här och sa att det med all sannolikhet var ett järnrör. Det måste ha varit ganska långt för att ha fått sådan kraft att skallen spräcktes.

Hake nickade och såg mot Lidman som lät en mintkaramell vandra från ena sidan munnen till den andra. Det var hans senaste mani för att försöka sluta röka. Tidigare hade han tuggat tändstickor, men till slut hade hans fru tröttnat på att hitta blöta, trasiga tändstickor överallt i våningen.

– Vi får fotografera ansiktet hur groteskt det än ser ut. Och den där tatueringen vill jag också ha en närbild på. Han pekade på den svartvita draken.

– Jag har aldrig sett något liknande, sa Brandt. Den ser varken kinesisk eller västerländsk ut. En romersk tvåa och en kinesisk drake.

Han skakade på huvudet.

Hake kastade en sista blick på mannen på stålbänken. Döden var aldrig klädsam, speciellt inte när det gällde lik som hittats i vatten.

Axel Hake och Oskar Lidman åt stångkorv på poliskantinen innan de gick upp till avdelningen och började inrätta ett ledningsrum. De hade inte så mycket att komma med ännu, men labbet hade redan skaffat fram bilder och Lidman satte upp dem på en stor anslagstavla. Det var bilder från både obduktionen och fyndplatsen.

Dörren for upp och Tobias Tobisson kom in. Han såg ut som ett streck vid sidan av den överviktige Lidman. Han hade gjort en dygd av att vara senig och mager och såg sig själv som en långdistanslöpare som kilometer efter kilometer besegrade smärtan och höll tempot hela vägen. Han föraktade Lidman för hans slappa kroppshållning men var på samma gång lite rädd för kollegans intelligens och snabba kommentarer. De kunde träffa mitt i prick. Som när Lidman kom med en sammanställning som visade att han hade varit borta mindre från jobbet än Tobisson, trots dennes skryt om hur bra han mådde tack vare motionen.

– Där har du svart på vitt. Hälften av din frånvaro beror på idrottsskador. Trasiga menisker hit och ledbandsinflammationer dit. Motion lönar sig inte.

Tobisson hade blivit svarslös.

Nu stannade han framför tavlan och såg på fotografierna. Det var första gången han såg mannen. Han vände snabbt bort blicken och tog upp en anteckningsbok.

– Jag knackade dörr i går och i dag, sa han sakligt. Utan att veta vilken tidpunkt dom ska minnas eller ens vilken vecka. Utan att ha nåt foto av karln.

– Nån som sett något?

Hake gick fram till fönstret och såg ut. Himlen hade ljusnat strax efter lunch och det hade lyst gult ett ögonblick när solen nästan höll på att bryta fram. Men bara nästan, för ögonblicket därpå hade det börjat ösregna igen. Nu var himlen blålila och Hake hörde hur vattnet från stuprännan plaskade våldsamt mot asfalten.

– Dom har sett allt möjligt. Det verkar som om hälften av dom inte gjort annat än stirrat ut genom fönstret dagarna i ända. Dom har sett presumtiva båttjuvar, dom har sett ett par som knullar på lunchrasterna mellan dom uppdragna båtarna. Dom har sett mystiska personer. Men när man pressar dom visar det sig ofta att det handlar om någon som dom vill sätta dit.

Han gjorde en grimas.

– Dom har sett knarkare, luffare, odågor och lättsinniga fruntimmer, dom har …

– Har dom sett något väsentligt då? bröt Lidman otåligt in och smaskade på sin mintkaramell.

– Nej, sa Tobisson tvärt.

– Du får skriva ut rapporten ändå, sa Hake och vände sig om mot honom. Vi famlar ju bara, men man vet aldrig.

– Kanske den mördade är mannen som knullar den där kvinnan på lunchrasten, sa Lidman. En svartsjuk äkta man kan ha följt efter dom.

Tobisson log mot honom. Ett sådant där självsäkert leende som bara den har som vet vem som sitter med Svarte Petter.

– Knappast. Dom var i alla fall där i förrgår igen.

Lidman reste sig upp och drog i byxbaken.

– Okej, men dom kanske har sett något. Det kanske är värt att följa upp i alla fall.

Hake nickade mot Tobisson som stönade tungt.

– Kolla dom.

Han gick tillbaka och satte sig på kanten av ett skrivbord.

– Tekniska håller väl på med ankaret och kättingen och eventuella fingeravtryck. Du, Oskar, får kolla med våra kontakter om dom har hört något om en avrättning av något slag.

De hade ett antal tjallare som brukade veta om någonting hade varit på gång mellan de olika kriminella gängen. Det gällde både den så kallade juggmaffian och motorcykelgängen.

– Första prioritet är naturligtvis hans identitet.

– Vad ska du göra då? sa Lidman.

– Jag ska gå till vår chef och informera honom, sa Hake.

– Snacka om män utan identitet, sa Lidman. Jag har inte sett Rilke sen Dackefejden.

Men Seymour Rilke fanns för en gångs skull på sitt kontor. Visserligen fick Hake vänta tjugo minuter innan han släpptes in av Rilkes sekreterare, men det var polischefens normala maktdemonstration.

22

Han var minsann inte tillgänglig när som helst.

Hake satte sig framför den lille mannen som tronade bakom sitt imposanta skrivbord och snurrade en Mont Blanc-penna mellan sina små händer. Hans huvud var stort och såg överdimensionerat ut mot de smala axlarna och den lilla kroppen. Den välskräddade kamgarnskostymen med näsduk i bröstfickan gav honom ett pimpinett utseende, men Hake lät sig inte luras. Seymour Rilke hade såväl prestige som ambitioner, det hade han själv fått känna av åtskilliga gånger.

Hake la bilden från obduktionssalen på polischefens skrivbord. Rilke rörde inte en min när han såg det uppsvällda ansiktet. Han betraktade det sakligt en lång stund.

– Vem är det?

– Vi vet inte. Bara att han blev mördad för några veckor sedan och sänkt i Pålsundskanalen med en kätting och ett ankare runt benet.

– Svensk?

– Som sagt, vi vet inte.

Hake hade hängt käppen på stolskarmen, men den gled hela tiden ner. Till slut tog han käppen och ställde den mellan sina ben och liksom stödde hakan på den. Rilke tyckte inte om posen. Den gav Hake en auktoritet som han inte borde ha i det här rummet.

– Jag skulle vilja publicera bilden, sa Hake. Allt kommer att gå fortare då.

– Kommer aldrig på fråga. Det skulle bara verka som om vi var helt ställda och inte hade något att gå på.

– Det är nog så man kan beskriva läget.

– Åja, ni får nog anstränga er lite till innan vi gör något drastiskt. Jag anser i alla fall att det är ett lågprioriterat ärende.

– Varför då?

– Det ser ut som en uppgörelse i undre världen. Hette det inte ståplats i Nybroviken en gång i tiden när kriminella gäng gjorde sig av med varandra?

– Vi har som sagt ingen aning om vad det här är för slags brott, förutom att det rör sig om ett mord, sa Hake dämpat.

– Du får i alla fall inte fler män till det här, sa Rilke och skruvade av hatten på pennan och började skriva.

Audiensen var slut och Hake reste sig.

– Är mordet lågprioriterat för att det hände på Södermalm och inte i några finare kvarter?

Seymour Rilke såg inte ens på honom.

– Var inte löjlig Axel, sa han.

Axel Hake ringde på hos sin granne Lars Larsson-Varg. Den före detta museiintendenten öppnade dörren och vinkade in Hake. Han var klädd i en skrynklig linnekostym och en smutsig T-shirt. På huvudet hade han en liten sammetskalott i rött och på fötterna några väl nötta espadriller. Rummet var överlastat med kuriosa och tavlor och på bordet tronade ett stort gipshuvud av Strindberg. Alldeles bredvid låg ett par boxhandskar och i en kristallkaraff fanns det vin. Han hällde upp ett glas till sig själv och gjorde en gest mot Hake som avböjde.

Hake visade bilden av tatueringen för Larsson-Varg som såg nyfiket på den. Han var expert på renässanskonst men var intresserad av alla sorters bilder.

– Intressant, sa han och tog en klunk vin.

– Det är bråttom.

– Ge mig några dagar.

Han såg på Hake.

– Är det ett lik?

Hake nickade.

– Då borde man flå honom och behålla skinnet med tatueringen på.

– Fan vad groteskt.

– Nej, jag menar det verkligen. På japanska museer finns flera vackra tatuerade skinn. Hela ryggar med olika mästares alster. Det är ju konstverk, för fan. Dom måste bevaras åt eftervärlden.

– Den här ska vi inte flå i alla fall, sa Hake bestämt.

– Som du vill.

Larsson-Varg fortsatte att se på bilden.

– Vad jag kan säga nu är i alla fall att draken är en så kallad Annamdrake.

Han gick till bokhyllan och tog ner en bok, öppnade den och visade på en drakbild som vagt påminde om tatueringens motiv.

– Alltid något, sa Hake. Ring mig när du vet mer.

Larsson-Varg hörde inte när han gick. Han var försjunken i bilden och hade tagit fram några färgprover som han la bredvid den.

– Den kanske ska föreställa guld, den där flamman där, muttrade han för sig själv. Det gör den extra intressant ...

Hake promenerade långsamt längs Skutskepparvägen på Långholmen. Hela området var en oas mitt i Stockholm med Mälarens vatten runtom. Det gamla fängelset var numera konferenshotell, fast några av cellerna hade upplåtits till konstnärer. Men Hake gick inte åt det hållet, utan åt andra hållet, mot det gamla Mälarvarvet. Det var mer skyddat från insyn och om brottet hade begåtts i närheten av fyndplatsen var det nog på den sidan av ön och inte vid fängelset med dess många promenadstråk och joggingslingor som man skulle börja.

Han såg hur småbåtarna som ännu inte var uppdragna för vintern låg och svängde i sina förtöjningar i det blåsiga vattnet, som nästan var opalfärgat nu när regnet spred oljefläckar över hela kanalen. Han stötte käppen mot en presenning som låg över en båt så att regnvattnet rann nerför kanvastyget. Huttrande fällde han upp rockkragen och såg sig om i virrvarret av trailrar, båthus och allsköns bråte. Ja, här kunde säkert ett mord begås utan att någon såg det.

På höger sida om Pålsundsbron låg ett vackert, orangefärgat stenhus med det märkliga namnet "Fördärvet", en före detta krog som numera hyste olika slags föreningsverksamhet. Hake tog fram den anteckningsbok som han alltid hade med sig och skrev upp att det skulle besökas. Någon hade kanske märkt något. Han försökte alltid fånga sina första intryck. Ofta gav det impulser, kanske irrationella eller ovidkommande, men Hake litade på dem och antecknade dem noggrant. Hans första notering löd: "vattenstaden Stockholm". Han skrev det för att han kände på sig att fyndplatsen var av betydelse, att det fanns en anledning till att kroppen hittats just i den här kanalen. Det kändes inte som om mordet begåtts i en förort och att någon sedan hade kört in med kroppen för att dumpa den just här.

Hake gick vidare och mötte en liten truck som kom susande förbi honom bort mot Pålsundsbron, en liten bro som välvde sig över kanalen och effektivt hindrade stora båtar från att komma in. Han vände om och gick mot trucken som kördes av en man i fyrtioårsåldern. Han var klädd i smutsiga arbetskläder och hade ett insjunket, tärt ansikte. På huvudet satt en trådsliten vegamössa som tycktes ha varit utsatt för alldeles för många ösregn. Han vände likgiltigt blicken mot Hake.

– Hej, sa Hake. Polisen. Kan jag ställa några frågor?

Mannen såg uppgiven ut, som om han hade råkat ut för all världens otur på en och samma dag.

– Är det nåt särskilt?

– Vi har hittat en mördad man nere i kanalen därborta. Precis under Västerbron.

– Jag har hört om det men vet inget.

Hake såg att kragen var flottig och jackan trasig. Mannen verkade nervös och hans sätt att se sig om samt några blå tatueringar på händerna skvallrade om att han hörde till fängelsekundernas skara.

– Du åker väl omkring här på trucken och ser en hel del, inte sant? sa Hake.

Mannen ryckte på axlarna.

– Ser och ser. Jag har mitt att sköta.

Hake gick närmare och mötte mannens blick som var oskarp på något sätt. Som om mannens vattniga pupiller inte kunde fokusera överhuvudtaget.

– Hjälper du båtägarna nere vid kanalen att dra upp båtarna ibland?

Mannen nickade.

– Känner du dom flesta där?

– Känner och känner.

Hake tog upp bilden av den mördade ur innerfickan och räckte den till truckföraren.

– Har du sett honom här i faggorna någon gång?

– Fy fan, sa mannen men kunde inte slita blicken från bilden.

– Han kanske är lite uppsvullen, men helt omöjligt borde det ändå inte vara att känna igen honom om man sett honom tidigare.

Mannen gav tillbaka kortet.

– Jag har i alla fall inte sett honom förut.

Hake stoppade ner bilden.

– Heleneborgs båtklubb därborta, sa han. Har dom någon som är här och håller kollen?

– Kollen och kollen. Det bästa med det här stället är att ingen håller kollen.

– Det måste ju finnas någon som har hand om klubbens båtar.

– Båtägarna sköter det där själva.

– Men en båtklubb är väl för fan en båtklubb.

– Det är inte mitt bord i alla fall.

– Nån som har rapporterat ett stulet ankare och tillhörande kätting?

– Jag har inte hand om …

– Du kanske har hört något, sa Hake skarpt.

Han höll på att förlora tålamodet och mannen ryckte till. Som om någon slagit till honom. Han såg ner i backen men sa inget. Hake tyckte att han påminde om en strykrädd hund.

– Om du kommer på något, sa Hake försonande och tog upp sitt visitkort, så hör av dig. Vi tänker inte fråga dig vad du tjänar svart på att hjälpa båtägarna att dra upp sina båtar. Vi är bara intresserade av mordet.

Mannen såg stelt på honom utan att svara.

– Ja, tack då, sa Hake. Just som han skulle vända sig om och gå sa mannen plötsligt:

– Det sitter nån jävel och glor hela dagarna genom fönstret därborta på Heleneborgs gård. Jag tror det är en invalid. Eller också är det en liten flicka. Hon kanske har sett nåt.

Han gjorde en gest mot vegamössan, som en honnör, innan han la i en växel och körde iväg bort mot slipen.

Hake såg mot andra sidan kanalen dit mannen pekat. Där låg ett gammalt gulaktigt stenhus i två våningar med en stor ateljé på ena gaveln. Han gick tillbaka över bron, korsade Söder Mälarstrand och stannade vid en grusplan framför huset. Han såg upp mot fönsterraderna, och mycket riktigt, bakom en mörk ruta skymtade ett vitt dockansikte. Hake hittade ingen ingång på framsidan utan gick runt huset, in mellan två stora grindstolpar utan grindar, och fann en port med ett kodlås. Precis när han var framme surrade låset till och portlåset gick upp. Han sköt upp dörren och klev in. En späd röst hördes från övervåningen:

– Andra våningen till höger.

Dörren till lägenheten på andra våningen stod redan öppen och Hake steg in i ett ljust, vackert rum som var smakfullt möblerat i gula och beiga toner. Det doftade starkt av rosenvatten. En siameskatt med apatiska ögon såg hastigt på honom innan den fortsatte in i ett annat rum. På andra sidan de vidöppna dörrarna fanns en sa-

27

long och alldeles vid fönstret satt en liten kvinna i en rullstol. Ena benet var kapat strax under knäet och pyjamasbyxan var uppsatt med en säkerhetsnål. Över pyjamasen hade hon en elegant siden-morgonrock. Nu först såg Hake att det var ett gammalt ansikte, hårt sminkat men på ett sätt som påminde om en dockas. Ögonen var porslinsblå och kinderna lätt rosafärgade i det benvita ansiktet, som om det var lite för varmt i lägenheten och ansiktsfärgen stigit något. Hon var mycket späd och nästan helt utan bröst, en miniatyrmän-niska.

– Lizzi Hammarlund, sa hon. Telefonist innan en blådåre körde på mig.

Hon hade en utpräglad söderdialekt som, parad med den ljusa, nästan oskuldsfulla rösten, gav ett komiskt intryck.

Hake presenterade sig och såg sig fascinerat omkring. Salongen blandade gamla Ludvig XIV-möbler med datorer, och på ett gusta-vianskt slagbord stod en avancerad fotoutrustning. I rummet intill, vars dörr stod på glänt, skymtade han en liten barnsäng bredvid ett väl tilltaget toalettbord, belamrat med smink och parfymer och en spegel i guldram.

– Jag går aldrig ut, sa hon. Jag beställer allt härifrån. Via nätet. Även kröken.

Hon gjorde en gest mot ett elegant likörglas som var halvt ur-drucket. Bredvid stod en flaska grön Chartreuse.

– Det är inte du som är "Edmund"?

– Nej, jag är polis.

– Åh, alla påstår att dom är både det ena och det andra. Jag fråga-de mest för att "Edmund" har spårat mig via ett chatrum och skrivit att han ska komma och hälsa på mig. Antagligen en pedofil. Jag låt-sades vara tolv år.

Hon skrattade hejdlöst tills hon började hosta. Det hindrade henne inte ifrån att plocka fram ett cigarettetui av silver och tända en cigarett. Hake tog fram legitimation, men Lizzi tittade inte på den.

– Dom där går väl att förfalska som allting annat.

– Kanske det. Men jag är verkligen polis och intresserad av vad du kan ha sett.

– Var det den där lallaren i trucken som sa att jag satt här och spionerade dagarna i ända?

– Det var inte direkt så han uttryckte sig.

Lizzi log brett. Även tänderna hade en nästan perfekt färg, helt vita, och han undrade om hon målade dem också. Han kunde inte avgöra om hon var trettio eller sextio år, så hårt sminkad var hon.

– Jag kan sätta min sista spänn på att han är kåkfarare. Du har väl sett gaddningarna på hans händer?

Hake nickade.

– Och att han kommer att göra några vändor till är det inget tvivel om. Jag har sett honom göra grejer …

– Jag utreder ett mord, Lizzi, så allt annat får gå via dom vanliga poliskanalerna.

Lizzi Hammarlund tystnade tvärt, som om hon blivit avsnoppad, och vände sig mot fönstret som vette mot Pålsundskanalen. Efter en stund började hon tala igen på sitt slängiga barnspråk.

– Visst, jag sitter här om dagarna och spanar. Det är inte så mycket annat att göra. Men jag är ofta ute i cyberrymden och kommunicerar med hela världen.

Hon strök med handen genom håret och de mörkröda naglarna rimmade illa med den lilla flickhanden.

– Det är mitt sätt att "se" världen. Jag reser långt varje dag och det är fan så mycket längre än den där truckisen någonsin varit. Sitta och snurra runt på Långholmen dagarna i ända, vad är det för liv?

Hon log inåtvänt igen.

– Om mordet, sa Hake och stödde sig på käppen. Benet hade börjat värka efter promenaderna, och som om hon läst Hakes tankar sa Lizzi:

– Sätt dig.

Han satte sig på en pinnstol som antagligen var kattens, den var full av hår.

– Vet du att i det här huset bodde Alfred Nobel och hans far? Brodern sprängde sig själv och fyra andra i luften med glycerinolja i några laboratoriebyggnader som låg längre bort på tomten. Hade Alfred strukit med hade vi sluppit dynamiten och världshistorien hade sett ut på ett helt annat sätt. Allt är bara slump och kaos. Hade jag inte blivit påkörd av en jävla idiot hade jag legat på stranden i Buenos Aires med min chef. Det var i alla fall dit vi var på väg när himlen ramlade ner.

– Om mordet, började Hake igen.

– Mordet ja, sa Lizzi. Jag hörde om det på radion i morse. Ni vet tydligen inte ett skit.

– Åja, lite vet vi nog, sa Hake och sträckte fram bilden av mannen som hittats i kanalen.

– Han ser ju jävligare ut än jag, sa hon med avsmak. Men jag känner inte igen honom. Är han svensk?

– Vi vet inte.

– Just det, ni vet inte ett skit.

– Vi vet i alla fall att han har blivit mördad med ett kraftigt slag i skallen och sedan sänkts i Pålsundskanalen.

– Bilden är ju inte mycket att ha, men en sån där rödtopp hade jag känt igen om han hållit till här i krokarna.

Hake såg en smula uppgivet på henne.

– Det är bara att hacka i sig, sa Lizzi glatt. Och inte ge upp. Livet är ändå bara en enda lång skitkorv som man måste ta en tugga av varje dag. Men det gäller att svälja ändå.

Hon gjorde en gest mot sitt ben.

– Titta på mig, fortsatte hon. Jag kan knappt pissa själv och har inte knullat på åtta år. Inte ens fyllgubbarna vill komma hit och dra över mig. Men jag tänker inte ge upp. En dag finner jag någon därute på nätet, förhoppningsvis en man, som letar efter någon precis som jag. En enbent före detta telefonist.

Hon log sarkastiskt.

– Eller kolla Nobel.

Hon gjorde en gest ut mot fönstret.

– Efter broderns död fortsatte han bara experimenten på en pråm härute på Mälaren.

Hon skrattade sitt pärlande skratt innan lungemfysemet bet till igen så att hon började hosta. När hon var klar såg hon upp på Hake med oskyldiga blå ögon.

– Men varför är ni så intresserade av dom döda, förresten? Det är vi levande som behöver er.

När Hake körde över Västerbron på väg tillbaka till Polishuset såg han ner mot fyndplatsen. Stället var valt med omsorg, från ovan var det omöjligt att se platsen där mannen hade hittats. Regndiset gjorde att han på brospannets högsta punkt inte ens kunde se bort mot

Riddarholmen och Gamla stan. Vindrutetorkarna på den gamla Cittran arbetade frenetiskt.

Annat hade det varit i somras. Ett högtryck hade bitit sig fast över Skandinavien i flera månader och semestern i Skagen hade varit osedvanligt lyckad. Axel, Hanna och Siri hade hyrt ett sommarhus nära det berömda Hotel Bröndum på den danska nordkusten. Ett hus med ett sovloft och ett stort vardagsrum med utsikt över havet. De hade badat dagarna i ända vid den långgrunda stranden, gått promenader eller bara hållit till på tomten. Axel och Siri blev bruna som pepparkakor, Hanna med sin alabastervita kropp förblev blek, med undantag av ansiktet som blev lite rött, vilket gjorde fräknarna än tydligare. Siri hade lärt sig cykla på en tvåhjuling med stödhjul, och Hake och Hanna försökte lära sig danska med hjälp av en parlör. De tävlade om att förbättra ordförrådet och förhörde varandra intensivt på kvällarna. Efter klockan tolv fick de bara tala danska.

– Du är sød, sa Axel.

– Skal vi bola, sa Hanna och log.

Och bolat hade de gjort halva natten. Hanna hade smakat solkräm och saltvatten och rivit honom på ryggen så att han måste ha en bomullsskjorta på sig i flera dagar. Den natten ville hon ha fler barn, den natten ville hon ha en hel drös med ungar som de kunde bada och leka med. Hon ville aldrig sluta bolla och de somnade lyckliga och utmattade i varandras armar.

Siri som blivit fem år hade velat lära sig simma. Hon hade sett sin pappas konster i vattnet och ville göra likadant. Han som både crawlade och simmade fjärilsim med bravur hade svårt att övertyga henne om att det var för komplicerade simsätt för en liten flicka. När Siri väl förstod hur svårt det var ville hon inte lära sig simma överhuvudtaget.

Istället beslöt Axel att de skulle bygga en pappersdrake som de kunde flyga med på stranden. De inhandlade bambupinnar och papper, och Siri fick måla draken med Hannas hjälp. Det blev en rasande vacker färgkaskad som skulle ha hedrat vilken expressionist som helst. Stora fält i rött och guld med prickar och ringar och något som skulle föreställa olika djur. När papperet torkat spände Hake fast det mellan de kraftiga, korslagda bambupinnarna och fäste en lång fiskelina vid mittpunkten. Här skulle det flygas högt. De gick i tropp ner till havet där vinden alltid var stark och gjorde sig beredda på sitt första flygförsök.

Hake höll i linan. Hanna och Siri höll i själva draken. Han började springa, lätt haltande, tills han kände motståndet i linan och skrek att de skulle släppa. Draken gjorde en låg flygtur innan den helt sonika störtade rätt ner i sanden. Hake såg på Hanna som ryckte på axlarna.

– Du var för långsam, sa Siri.

– Vi gör ett försök till, sa Hake. Kanske hade jag för lång lina.

De började om igen. Hake vid linan, Hanna och Siri vid draken. Hake sprang allt vad han orkade med höjd hand och ryckte till när de andra släppte taget om draken. Den flög upp i luften, och Hake skulle just uppge ett glädjetjut när draken började vingla för att omedelbart därefter störta till marken igen.

Han gick fram till draken. Bambupinnarna var sneda, papperet hade gått sönder och hans knä värkte som aldrig förr.

– Du måste springa ännu fortare, pappa, sa Siri anklagande, trots att hon visste om sin fars handikapp.

Kanske var det ett sätt att ge igen för det där med simningen.

Hake satte sig i sanden och pustade ut. Han tog fram maskeringstejpen och lagade draken där papperet släppt. Sedan stadgade han bambun ytterligare med en bit av fiskelinan.

– Om någon av er vill springa så får ni gärna göra det, sa han.

Ingen kände sig manad. Han reste sig och vinden tog tag i draken så att den var svår att hålla. Något fel på vädrets makter var det i alla fall inte. Han kom ihåg att han sett ett teveprogram om gamla gubbar som flög drakar i Kina. Ingen hade sprungit särskilt fort för att få upp dem i luften. Han mötte Hannas blick.

– Vi bara släpper den, sa hon som om hon läst hans tankar.

– Om du ger den en extra knuff kanske den lyfter.

Hanna nickade och Hake gick så långt bort att linan spändes.

– Är ni med?

De nickade spänt.

– Ett, två, tre, skrek Hake i motvinden och linkade längs vattenbrynet.

Hanna och Siri kastade upp draken i luften, men den gjorde motstånd. Han fortsatte längs stranden och kände varken snäckskal eller stenar under fötterna, inte ens hans onda ben gjorde sig påmint.

Han rusade och snubblade och draken hängde med men utan att egentligen lyfta. Den snurrade runt sin egen axel och till sist föll den ner en bit ut i vattnet. Hanna och Siri kom springande. De vadade ut i vattnet och tog upp draken, medan Hake låg flämtande vid strandkanten. Hanna höll draken över huvudet när hon vadade in mot land. Papperet hade blivit blött och färgerna hade börjat rinna. Hon såg ut som en afrikansk drottning i motljuset, svart och slank.

– Det går inte, sa Siri.

– Vi måste torka den först.

De gick lite molokna upp mot huset.

Ovanför dynerna stod en äldre, senig man vid sin cykel. Han hade en snusnäsduk på huvudet och nickade till dem. De nickade tillbaka och när de hunnit förbi honom ropade han:

– Den skal ha en kæmpehale.

De vinkade och fortsatte uppåt. Hanna gav upp först.

– Vad sa han?

– Jag trodde du kunde danska.

– Den skulle ha någonting i alla fall, sa Hanna.

– En kæmpehale.

De var bara några hundra meter från huset när Hanna släppte draken och började springa mot huset. Hake haltade efter.

Siri stirrade oförstående efter dem och plockade upp draken.

Hanna var först inne i huset och sprang till bokhyllan, Hake var steget efter men klättrade med möda upp till loftet.

– Var i helvete är lexikonet? ropade Hanna upphetsat och rev runt i bokhyllan.

Axel trodde att han visste, men det låg inte uppe i sovloftet.

Siri kom in och såg på dem. Hon hade lagt draken för att torka på verandan.

– Vad håller ni på med egentligen?

De stannade upp, tävlingen var över.

– Den där farbrorn sa något som vi inte förstod, sa Hanna.

– Kæmpehale, sa Siri med godkänt danskt uttal. Hon bemästrade diftongerna bättre än Axel och Hanna och härmade obekymrat de andra barnen vid stranden.

– Just det.

– Kæmpe är jag inte säker på, sa Siri. Men hale vet jag vad det är.

Hon förde handen bakåt och lyfte på sin hästsvans.

– Det här är en hestehale.
– Svans! skrek Hake och Hanna på en gång. Draken behöver en kæmpesvans. En jättesvans.

Nu mindes han att många drakar hade lång svans. Den lilla svans han hade gjort var uppenbarligen inte tillräcklig. Han satte igång att tillverka en, tog linan och band fast rosetter och annat tingeltangel på den. Längst bak fäste han en massa tygremsor.

När pappersdraken hade torkat och svansen var på plats gick de darrande av upphetsning ner till stranden igen. Hake stapplade iväg med linan, Hanna och Siri kastade upp draken i luften. Den vinglade till, såg ut att störta med en gång men repade sig och stack plötsligt till väders. Hake kände draget i linan och draken bara steg och steg. Den hängde i luften långt ut över vattnet. Hanna och Siri kom glädjestrålande fram till honom och Siri fick ta över draklinan. Hanna och Hake höll armarna om halsen på varandra och dansade runt.

– Kæmpehale, kæmpehale, skrek de.

Siri gav dem bara en upphöjd blick innan hon fascinerad flög draken längs Skagens strand.

Hake log åt minnet, men han mindes också att han knappt kommit upp ur sängen dagen efter och att han fick äta antiinflammatorisk medicin i en vecka för att få ner svullnaden i knäet. Den danske läkaren hade bara skakat oförstående på huvudet och mumlat:

– Og De skal være en politimand.

Siri hade sett upp från sin målarbok.

– Snut, betyder det, sa hon nonchalant.

Hake svängde av från Scheelegatan och parkerade utanför Polishuset. Han drog rocken över huvudet och gick genom regnet mot ingången.

KAPITEL 4

I ledningsrummet satt Tobisson och skrev ut en förhörsrapport. Han hade haft en annan polis med sig vid förhören, som brukligt var, men konfererade inte med honom. Hake hängde upp sin våta överrock på tork och iakttog Tobisson. Enligt honom var Tobisson en medelmåttig polis. Han var visserligen i utmärkt kondition, han och hans flickvän sprang ju så gott som varje dag, och han hade klarat alla tester och avancerat till inspektör på nolltid. Han var dessutom ganska analytisk. Men hans medelmåttighet som polis bestod i att han ofta ville förminska den förhörde, förnedra eller i alla fall få den misstänkte att känna obehag. Då växte Tobissons självförtroende, vilket kunde vara fatalt, för plötsligt slöt sig den förhörde helt och blev tyst. Den här bristen på kalibrering gjorde att Tobisson när allt kom omkring inte var någon riktigt bra polis. Nu fruktade Hake att han kanske hade skrämt en del av dem som kunde ha sett något.

– Varför snackade du inte med dom på Heleneborgs gård?

Tobisson såg inte upp, han skrev intensivt.

– Tobisson!

Kollegan såg upp. Hake märkte att hans ansikte vitnat något och att ögonen blivit en smula simmiga och tomma.

– Det gjorde jag, sa han dovt.

– Lizzi Hammarlund?

Tobisson nickade.

– Det sa hon inte ett ljud om.

– Du kan läsa det här. Han höll fram ett av papperen han skrivit ut. Om du nu inte tror mig.

Hake tog papperet och såg att det var ett regelrätt förhör med Hammarlund.

– Konstigt. Hon sa ingenting om att hon redan blivit förhörd.

35

– Konstigt? Att en dockkrympling som bara sitter och glor dagarna i ända vill ha besök? Jag tycker det är mer konstigt att en kriminalkommissarie som du inte kollar med sin kollega innan du anklagar honom för att inte sköta sitt jobb.

Hake hängde sin käpp på ryggstödet och satte sig ner.

– Du har rätt, sa han. Jag ber om ursäkt.

Tobissons käkar malde under den spända huden, men han sa inget. Han hade egentligen bara två sorters humör. Antingen var han förbannad eller också var han mycket förbannad. Nu gällde det sistnämnda och Hake visste att resten av dagen skulle bli tung.

När Oskar Lidman kom in sent på eftermiddagen hade ingen av dem yttrat ett ord till varandra.

– Hej, muntergökar, sa Lidman och slängde en pärm på skrivbordet. Jag förstår att jag är efterlängtad.

Han såg på sina kollegor.

– Ska vi sluta leka tysta leken och gå igenom vad vi har?

Hake nickade och reste sig upp. Han gick fram till anslagstavlan och pekade på bilden av den mördade.

– Vi har ett oidentifierat lik av en karl i fyrtiårsåldern. Han har blivit mördad med flera slag i skallen. Vi har kört fingeravtrycken men inte fått någon träff. Vilket kan betyda att han inte är straffad tidigare. Eller också är han utlänning.

Hake pekade på bilden av tatueringen.

– Han har en mystisk tatuering på armen och har blivit sänkt i vattnet med en kätting runt benet och ett ankare för att hålla nere honom. Ingen tycks ha sett dådet. Inga intervjuer med eventuella vittnen har gett något.

Han kastade en blick mot Tobisson som kallt såg tillbaka på honom.

– Enligt Olle Sandstedt är ankaret ett varmgalvaniserat stålankare av vanligt slag. Det går att köpa överallt. På marinor eller hos båthandlare. Säkert över nätet också. Personligen tror jag att det är stulet från någon småbåtsägare i området. Jag har satt Guldbrandsen på att skaffa en lista på alla som har båtplats vid Pålsundet.

– Guldbrandsen? Vi skulle ju inte få någon extra personal.

Lidman skulle just fortsätta när han såg Hakes blick.

– Ah, den stora hövdingen vet inte om det.

Hake ryckte på axlarna.

– Så länge Guldbrandsen inte tar ut övertid tror jag nog att han
kan hålla på med oss. Och man kan inte ha dubbla lojaliteter i en
mordutredning. Antingen är man inne eller så är man ute.

Men han var inte säker. Det var en chans han tog. Om Rilke fick
reda på det kunde han ställa till en hel del trassel.

– Jag har också skrivit ett brev till båtägarna och bett dom kon-
trollera om någon har blivit av med sitt ankare.

– Än sen då? sa Tobisson retligt. Någon har stulit ett ankare.

– Tja, sa Hake. Det kan ju finnas fingeravtryck på båten som det
blev stulet från.

Han såg på bilden av den mördade mannen igen. Han tyckte inte
att den såg grotesk ut längre. Han hade liksom vant sig. Det upp-
svällda ansiktet, de slutna ögonlocken och den blåaktiga hudfärgen
verkade nästan välbekant. Han undrade om det var så här man lång-
samt anpassade sig till hemskheter. Att tröskeln sakta men säkert
sänktes för varje perversitet man blev vittne till, så att man till sist
blev immun mot allt. Eller blasé.

– Jag har en känsla av att brottsplatsen och fyndplatsen ligger
nära varandra.

Tobisson fnös. Han avskydde Hakes känsla för saker och ting.

– Man tar inte livet av någon i en lägenhet för att sedan köra ho-
nom till en båtplats i innerstaden. I så fall dumpar man honom på
någon enslig plats längs kusten.

– Frågan är bara vad för slags brottsplats, sa Lidman. Ombord på
en båt eller någonstans på land.

– Vi får avvakta den tekniska rapporten, sa Hake. Har du nåt,
Lidman?

– Jag har kollat med våra tjallare. Branco vet inget om någon av-
rättning bland juggarna. Och Tom säger att just nu vill motorcykel-
klubbarna ligga lågt. Det har varit alldeles för mycket press om kri-
minella upptåg. Han visste i varje fall inget och han borde veta som
åker med dom så gott som dagligen.

Hake tog upp en bild som polisfotografen tagit av fyndplatsen
och såg på den. Inkörd en bit från parkeringsplatsen under Väster-
bron skymtade han den vita, nerslitna bussen.

– Har någon kollat den där bussen? sa han.

– Det står inget om den i någon rapport i alla fall, sa Lidman.

Hake började på andra sidan Pålsundskanalen, vid den gula villan där Lizzi Hammarlund bodde. Han kastade en blick upp mot hennes fönster och såg hur hon satt med en cigarett i handen och spejade ut i kvällen. Eller på en dataskärm. Han anade att hon tog bilder av sig själv, hårt sminkad så att man inte kunde gissa åldern, som hon sedan skickade ut över nätet. Antagligen var de pornografiska och den där lilla kroppen och de obefintliga brösten fick det nog att vattnas i munnen på många pedofiler. Hake hade tidigare ansett att pedofiler helt enkelt var perversa människor som betedde sig brottsligt. Som våldtäktsmän eller hustrumisshandlare. Men när han fick barn ändrades allt och numera kände han ett obevekligt hat mot den sortens kriminella. Det var inte bara det att offren var oskyldiga barn som sveks och lurades av vuxna. Enligt polispsykologen ställde den sortens övergrepp till med en sådan oreda i barnets emotionella värld att de senare som vuxna hade svårt att finna och ge kärlek. Enligt Hake var det nästan samma sak som mord.

Han såg bort mot Långholmen på andra sidan kanalen. Det var nästan omöjligt att urskilja något, även om regnet hade gjort ett uppehåll de senaste timmarna. Mörka skuggor från träd, presenningar och brospann fick allt att se ut som ett virrvarr av bråte. Hake antog att mordet inte skett under ljusan dag och om det var ett par tre veckor sedan så borde mörkret ha varit ungefär som den här kvällen.

Hake gick över bron och bort mot fyndplatsen. Han mötte inga flanörer eller hundrastare. Man undvek nog Långholmen vid den här tiden på dygnet. Han tog av mot kanalen och bryggorna som omgärdades av ett spjälstaket med en träport. Hake hade tur, porten var öppen och han gick igenom den och fortsatte längs bryggorna. Det gnisslade svagt från småbåtarnas förtöjningar, annars var det tyst. Om någon hade skrikit eller ropat på hjälp skulle det med all säkerhet ha hörts i området, men när ingen var ute på kvällarna hade kanske mördaren ändå tagit risken. Eller så hade det första slaget i huvudet varit nog för att omintetgöra alla försök till räddning. Hake vände blicken mot land. Den gamla bussen lyste vit i skumrasket.

Han lämnade bryggorna och gick fram till bussen. Det satt pappskivor för bussfönstren och den enda ingången var på högersidan, mitt emot förarplatsen. Han tryckte ner handtaget och dörren gled förvånansvärt villigt upp. Med hjälp av käppen tog han sig uppför de höga trappstegen och fortsatte sedan in i bussen. Förarsätet hade inte använts på länge och var täckt med råttskit och gammalt papper. Mellan chaufförens sits och bussens innandöme fanns ytterligare en dörr av plywood. Hake kände på den och noterade att den var stängd. Han tryckte axeln mot den, vilket fick den att ge med sig en smula. Då satte han käppen i springan och bände långsamt upp dörren. Det fanns inget lås på den, men någon hade ställt en tung låda på andra sidan för att hindra dörren från att öppnas.

En tung odör av svett och urin slog emot honom. Det var mörkt inne i bussen och Hake trevade sig vidare. Endast ett svagt sken från framsidans vindruta sipprade in och han hade svårt att orientera sig. Naturligtvis borde han ha tagit med sig en ficklampa, men det var så dags att tänka på det nu. Stolarna i bussen hade rivits ur och istället var kojer uppsatta på bägge sidor. För att få stöd högg han tag i en och gick försiktigt vidare in i bussen. Plötsligt kände han något hårt mot knäet. Han såg ner och upptäckte en skarpslipad bajonett.

– Inte ett steg till, sa en hes röst.

Hake stod blickstilla. En ficklampa tändes och lyste honom i ansiktet. Han blev bländad och höll upp en hand för ögonen.

– Vad vill du? sa rösten.

– Ta bort bajonetten.

Men den skarpa eggen skar ännu hårdare in mot hans dåliga knä.

– Vad vill du, upprepade rösten. Det finns inget att hämta här.

– Jag är polis, undersöker ett mord.

Trycket från bajonetten avtog något och en mörk skepnad satte sig upp i kojen. En arm rörde sig i mörkret och ljus flammade upp i bussen. Det var en liten gasollampa som spred ett klart, vitt sken över en man i femtioårsåldern med långt hår och skäggstubb. Han luktade svett och gammal fylla och var inlindad i en militärfilt. Händerna var svullna och täckta med sårskorpor. De gula naglarna påminde mest om klor. Han tog inte bort bajonetten och plirade mot Hake som stod blickstilla.

– Stick nu, innan jag lackar till.

– Glöm det, sa Hake och satte sig ner på kojen mitt emot mannen.

Denne viftade med bajonetten framför ansiktet på Hake.

– Kom inte närmare, det säger jag dig bara.

– Jag tänker inte göra dig någonting.

39

– Vad vill du då?

– Upplysningar, sa Hake och såg sig om.

Han försökte urskilja om det fanns några blodfläckar i bussen, men det var omöjligt att avgöra. Hela bussen var full av fläckar både här och där. Längst bak fanns ett litet pentry. På golvet stod plastflaskor med T-sprit. En del fyllda, andra urdruckna. Allt som allt hade bussen ett tiotal kojer, men bara en av dem var bebodd, de andra hade inte ens madrasser. Hela bussen var sjaskig från golv till tak och den enda utsmyckningen var några buddhabilder på en av väggarna. Stället var en perfekt brottsplats.

– Jag har inget att säga dig, sa mannen.

Han trevade efter något under filten och fick upp en plastbehållare med någon rödaktig vätska. Han tog en ordentlig klunk och iakttog Hake med misstänksam blick.

– Hur länge har du bott här?

– Sen i somras.

– Vems är bussen?

– Den övergavs av ett kollektiv på försommaren. Dom skulle till Katmandu, men en efter en bangade ur. Till slut tog dom sista sina madrasser och stack. Då flyttade jag in.

– Du spionerade på dom?

– Jag håller alltid korpgluggarna öppna för nya möjligheter.

– Du såg ingen med en draktatuering?

Mannen skakade på huvudet.

– Inte vad jag minns.

Hake plockade fram fotot av den mördade mannen och visade det.

– Ta bort det där! Jag vill inte se det. Jag får nojan.

Han blundade och riste i hela kroppen och tog en klunk till. Ansiktet var askgrått, ögonen flackade.

– Du har alltså inte sett honom?

– Du är inte klok. Tror du jag simmar under vattnet?

– Jag menar när han levde.

Mannen skakade på huvudet.

– Och han har inte varit i dom här krokarna vad du vet?

– Inte förrän han blev mördad.

Det blänkte till i ögonen på honom.

– Du känner till mordet?

– Som sagt. Jag håller korpgluggarna öppna.

– Inte hela tiden uppenbarligen, sa Hake surt. Annars hade du väl varit ett vittne.

– Jag lägger mig tidigt som du märkt. Behöver min skönhetssömn.

Han skrattade hest igen och förde dunken till munnen. Hake kände den stickande stanken från T-spriten.

– Håller du på och försöker ta livet av dig? sa Hake. Är det planen?

– Åh, jag är redan död, så det är ju en lite onödig sysselsättning.

Han fick något svart i blicken, slöt ögonlocken för en stund och stoppade ner bajonetten under militärfilten.

– Jag tror det är bäst att du går nu, innan jag blir sentimental och berättar mitt livs historia.

– Är det så illa?

– Värre. Värre än du någonsin kan tro …

Hake trodde nog det. Han reste sig upp. Stödde sig på käppen och gick mot utgången.

– Du skickar väl ingen på mig, va? Nån jävla socialare eller så.

– Nej, men teknikerna kommer hit och kollar. Vi letar blodfläckar och annat.

– Det enda blod som finns här är mitt eget.

– Det är det vi ska ta reda på.

Plötsligt hoppade mannen upp, tog ett kraftigt tag om Hakes hals och körde in bajonetten i ryggslutet. Han höll honom i ett järngrepp. Hake stod stilla. Lukten från mannen var kväljande.

– Om jag hade varit mördaren hade du inte kommit härifrån. Hajar du?

– Släpp, sa Hake. Han började få svårt att andas.

– Jag har bott på dom där jävla ungkarlshaken och vill inte tillbaks dit. Jag vill vara ensam och har funnit mitt drömställe.

Han lossade lite på trycket runt Hakes luftstrupe.

– Fan ta dig om du sätter dit mig. Jag har god lust att skära halsen av dig bara för att vara på den säkra sidan.

Bajonetten togs bort från ryggslutet och trycktes istället mot Hakes hals.

– Släpp, sa han rossligt.

– Vad händer annars?

– Jag syr in dig. Du hamnar antagligen på stormen, med tjugo andra dårar. Torrlagd. Den enda underhållningen är dina medpatienters skrik om natten.

– Då kanske det är lika bra att jag skär.

– Du hinner inte.

– Är du säker?

Bajonetten var strax under adamsäpplet.

– Helt säker.

Mannen väste något och släppte Hake. Han gav honom en knuff så att han för ett ögonblick förlorade balansen innan han fick tag i en av kojerna som stöd. Hake vände sig om och såg in i mannens ögon. De utstrålade en total likgiltighet.

– Vi får väl se vad din snutheder är värd, sa han och drog filten runt kroppen.

När Hake kom hem till Chapmansgatan tog han ett varmt bad. Stanken från kläderna och kroppen var påtaglig efter besöket i den vita bussen. Han hällde upp ett glas rödvin och ställde det på badkarskanten, sjönk ner i det varma vattnet och slöt ögonen. Han tänkte inte på mannen i den vita bussen, och inte heller på vem mördaren kunde vara. Han tänkte på Hanna och Siri. Att han avstod från dem för att utsätta sig för den ena vansinnigheten efter den andra. Till vilken nytta? Tidigare hade han vetat så säkert. Han ville ha rättvisa. Även för de döda. Nu var han inte lika säker. Och kanske hade Rilke rätt. Kanske var det en intern uppgörelse i den så kallade undre världen som bara fick till följd att mänskligheten blev av med ännu ett svin. Men bara kanske. Axel Hake visste mycket väl att om man började tumma på lagar och förordningar så var korruptionen snart ett faktum. Man började överse med allt möjligt. En hackordning inrättades och som vanligt var det de svagaste som förlorade. Hake tog en klunk av rödvinet. På andra sidan badkarskanten stod Siris plastanka och hennes isbrytare, Ymer. Bredvid den stod Barnängens hårschampo och en saltvattentvål som kunde flyta. I förrgår hade de badat tillsammans i det här badkaret. I dag måste han skrubba sig ren för att bli av med den sura doften av fylla och urin ...

Plötsligt ringde det på dörren. Klockan var över elva. Han tog en handduk, virade den runt höfterna och gick upp. Han kikade ut genom fiskögat. Utanför stod Lars Larsson-Varg och trummade på dörrgaveln.

– Jag vet att du är inne, jag såg när du kom.

Hake öppnade dörren och Larsson-Varg gav honom en uppskattande blick.

– Kan man inte tro när man ser dig komma haltande, sa han.

– Kan tro vad då?

– Att du är så välbyggd. Lyfter du skrot?

– Jag simmar.

– Det gör jag också, men inte blir jag så där.

Han klappade på sin begynnande kalaskula.

– Fjärilsim, sa Hake som om det var en bättre förklaring.

Han tog på sig morgonrocken. Lars Larsson-Varg gick in i vardagsrummet och satte sig i soffan. Han la tatueringsbilden på soffbordet och knackade på den. Hake såg på den vita kinesiska draken mot den svarta botten. På den tvåfärgade fyrkanten i rött och grönt med den guldfärgade eldsflamman i mitten.

– Främlingslegionen, sa Larsson-Varg.

Hake gick närmare.

– Och inte vilken avdelning som helst. Den där tvåan vid drakens huvud betyder andra regementet.

Hake satte sig i sin fåtölj och såg på intendenten som för dagen var klädd i säckiga terylenbyxor och en hawaiiskjorta. Sedan han fått sparken från Nationalmuseum hade han rakat huvudet, anlagt ett långt skägg och börjat klä sig i alltmer färgsprakande kläder. En protest mot sitt gamla byråkratliv. Han hade en stor uppgift i livet och det var att på något sätt knäcka sin förra arbetsgivare. Just nu höll han på att undersöka om det inte kunde finnas fingeravtryck på tavlan "Batavernas trohetsed" av Rembrandt som hängde på museet, eftersom han hade hört att det gick att hitta fingeravtryck i målarfärgen på äldre tavlor. Han hade givit sig fan på att bevisa att tavlan inte var målad av Rembrandt och hade tillbringat sommaren i Amsterdam för att leta efter fingeravtryck från den holländske mästaren.

– Låt höra, sa Hake.

– Det andra regementet är dom utländska fallskärmssoldaternas regemente. Nu heter dom REP, tidigare hette dom C.R.A.P.! Vilket stod för Commandos de Recherche et d'Action dans le Profondeur. Vilket jag är säker på att du, Axel, begriper som kan franska.

43

Hake nickade.

– Det är det mest prestigefulla och professionella regementet i Främlingslegionen. Dom utbildas på Korsika och får inte lämna ön under det första året. Det är stenhård disciplin som gäller och nåde den som inte gillar att käka taggtråd till frukost. Tidigare var det mest tyskar och engelsmän där, nu för tiden är det mycket ryssar. Man lär sig boxas, klättra och döda.

Han petade på bilden av tatueringen.

– Den där är regementets symbol. Draken från Annam, som jag redan från början var på spåren, och så den brinnande granaten över färgfälten.

Nu först såg Hake att den stiliserade facklan kunde föreställa en granat.

– Granaten har sju eldsflammor och är en symbol för hela Främlingslegionen, precis som färgfälten i grönt och rött. Grönt för hopp och rött för försakelse.

– Det gjorde du bra, sa han. Vill du ha något?

– Vad dricker du?

– Côtes du Rhône.

– Det får duga. Och sen ska jag berätta för dig hur det går till att finna fingeravtryck på gamla målningar. Polisen kanske kan ha nytta av det också.

Hake gick och hämtade vinflaskan och förstod att natten skulle bli mycket lång.

KAPITEL 5

Polishuset i Stockholm bestod inte bara av ett hus utan av en mängd byggnader som alla samsades inom kvarteret Kronoberg. Där fanns exempel på många olika stilar, från det gamla pampiga första polishuset, byggt strax efter sekelskiftet i så kallad berlinerbarock eller imperialstil, med tinnar och torn – ett sätt att manifestera den lagliga makten – till de senaste tillbyggnaderna i sann sjuttiotalsanda med små fönster och sluten fasad utan utsmyckningar. En regnig dag som denna liknade den gulaktiga sekelskiftesbyggnaden ett veritabelt kråkslott och de tunga fasaderna som inneslöt större delen av polisväsendet såg ut som fängelsemurar. Nu fanns det ett häkte inom området, Kronobergshäktet, men det kändes som om arkitekterna bakom byggnaden velat signalera "obehöriga äga ej tillträde" snarare än "härifrån slipper ingen ut". I fonden av det väldiga området låg det brunaktiga rådhuset i tung jugendstil. Inte undra på att den gång som förband Polishuset med Rådhuset kallades "suckarnas gång". Hela området andades dysterhet och arkitekturen hade inte hjälpt till att lätta upp intrycket. Till råga på allt höll ett stort teknikhus på att byggas på den före detta innergården, där några lönnar omedelbart sågades ner så att den lilla grönska som fanns på området försvann.

Det borrades och sprängdes runt hela komplexet och när Oskar Lidman kom in var han på ett fruktansvärt humör. Han slängde upp dörren och stirrade på Axel Hake och Tobisson.

– Nu har dom jävlarna rivit gamla polisrestaurangen också. Vem fan har bett om det? Vad var det Olle Adolphson sjöng? "Snart åker man in i en mardröm av glas och betong. Där sitter man sen och hurrar och tycker skjortan är trång."

– E'ru me på den! fyllde Tobisson i.

45

Lidman satte sig tungt på en stol.

– Och grabbarna saknar helt empati. Oförstående blickar när man ber dom hjälpa till. Fan, när jag var grabb fick man springa och köpa röka till farsan, mjölk till morsan och en tidning till grannen. Det var inget snack! Nu erbjuder man dom en hundring för att städa sina rum och dom tar pengarna och rummet ser fortfarande ut som ett tillhåll för Grottbjörnens folk.

Lidman hade två "värdelösa grabbar", som han kallade dem, från ett tidigare äktenskap. Han tog upp en mintkaramell och lät den smälta i munnen.

– Dessutom håller man på att stänga mitt och frugans sambaställe. Hyran smyghöjs, mat och dryck blir dyrare. Är inget heligt nu för tiden?

– Lägg av, sa Hake som redan var trött. Han hade suttit uppe alldeles för länge och lyssnat på Lars Larsson-Vargs utvikningar om den nya tekniken att använda fingeravtryck för att bestämma äktheten i en äldre målning. Därefter hade han gått upp tidigt och informerat sina kollegor om tatueringens ursprung. Dessutom hade han haft ett morgonmöte med Rilke som bara gjort honom deprimerad. Polischefen såg ingen anledning att höja beredskapen när det gällde mordet och hade påpekat att Guldbrandsen inte skulle vara tillgänglig något mera. Hake hade sluppit undan med en varning men kände sig orättvist behandlad. För att glömma irritationen hade han kollat i svenska register om det fanns någon som varit i Främlingslegionen, men utan att hitta någon. Sedan hade han även ringt runt till polisdistrikten för att få uppgifter om försvunna personer. Han höll upp en lista.

– Det är inte brottsligt att försvinna som många tror. Egentligen är det inte en polissak förrän ett brott begåtts. Men vi hjälper till när vi har tid.

– Vilket vi inte har, sa Tobisson.

– Nej, och därför är listan ganska lång, fastän jag har plockat bort alla försvunna kvinnor.

Han gav dem varsin kopia.

– Vi får dela upp oss och ringa runt till dom som har efterlyst dom här människorna. Fyra var. Det är tolv anmälningar dom tre senaste månaderna. Vi går inte längre tillbaka än så. En av dom fyra som jag tar på mig är ryss. Victor Jevtjenko. Han är anmäld försvunnen av invandrarmyndigheten. Väntade på ett utvisningsbeslut. Något signalement hade dom inte. Jag har en kontakt i dom kretsarna.

Lidman såg förvånat upp.

– Syrran känner en ryss, förtydligade Hake. Vi sätter igång på momangen.

Julia Hake stod och grävde i sitt trädgårdsland när Hake svängde in på gårdsplanen. Regnet hade upphört och det var stiltje i luften. Men när han klivit ur bilen kom det plötsligt en häftig fläkt, en pust som drog fram längs grantopparna och fortplantade sig genom krusbärsbuskarna och sedan genom gräset och fram till systern vars svarta sjal blåste upp runt hennes huvud så att hon såg ut som en muslimsk kvinna som arbetade på en åker. Hon drog ner sjalen och vände sig mot honom. Hon såg sliten ut. De sjögräsfärgade ögonen var matta och munnen ett rosa streck.

– Jag skulle vilja tala med Yuri, sa han.

– Om vad då?

– Det är ett polisärende.

Hon körde ner spaden djupt i jorden och torkade av händerna på jeansen.

– Du hittar väl inte på någonting med honom, va?

– Det är bara en förfrågan. Vad heter han mer än Yuri förresten?

– Sarkis. Yuri Sarkis.

– Tack.

Julia nickade och gick mot huset.

– Det finns kaffe på spisen. Jag behöver lite tid.

Återigen tog det lång tid innan Julia ansåg sig klar med sitt utseende. Hon hade bytt ut jeansen mot en kjol i ljusgul pastell, en färg han aldrig sett henne bära tidigare, och tagit på sig en skinnjacka av ett snitt som var på modet. Med nitar längs ärmarna. Ansiktet hade förändrats med hjälp av puder och mascara. Hake tyckte att hon såg äldre ut, men det var uppenbarligen inte meningen. Han skulle just gå ut när hon grep tag i honom och höll ansiktet bara några centimeter från hans.

– Lova att det inte är honom det gäller!

– Det är det inte, sa jag.

– Lova!

Hake lovade och först då slappnade hon av för en stund. Hon

47

klev in i bilen och vred backspegeln så att hon kunde se sitt ansikte och rätta till håret. När han kört en bit och de närmade sig vegan-kollektivet blev hon irriterad och spänd igen.

– Är det verkligen nödvändigt att dra in honom i dina göranden?

– Det gäller ett mord, sa Hake kort.

– Han vet väl inget om det.

Hake svarade inte. Han parkerade bilen vid det stora husets gavel och klev ur. Några ungdomar i tjugoårsåldern stod och diskuterade utanför verandan. De såg anonyma ut och var klädda i grova kängor, jeans och mörka vindtygsjackor med huva. Hake kom att tänka på en flock kajor. Han gick fram till dem.

– Är Yuri inne?

De nickade kort och fortsatte att tala med låga röster. Julia dröjde sig kvar hos dem och kastade en orolig blick mot sin bror när han gick in.

Inne i huset luktade det mat och från en CD-spelare hördes rock-musik. De två flickor som han sett några dagar tidigare stod och dis-kade och såg uttråkade ut. Hake gick mödosamt uppför trappan till Yuris rum. När han öppnade dörren stod Yuri och Gustav Löven-hjelm och talade med allvarliga miner. Lövenhjelm lyfte blicken när Hake kom in. Den var genomträngande och på något sätt oförson-lig.

– Ett ögonblick, sa han med skärpa och fortsatte att tala lågt med den unge ryssen.

Hake stannade i dörröppningen. Nu först såg Yuri på honom men hans blick återvände direkt till Lövenhjelm. När Hake såg honom sist hade ryssen haft kommandot över situationen och spelat ut all sin charm. Nu stod han där med hängande huvud, nickade gång på gång och såg ner i golvet. Det såg ut som när en ung boxare får instruktioner från sin tränare.

Samtalet var strax över och Gustav Lövenhjelm kom fram till Hake.

– Är du här med din syster igen?

– Egentligen inte, men hon är med. Jag tänkte växla några ord med Yuri.

Ryssen såg upp när han hörde sitt namn nämnas och plötsligt för-ändrades han från den vilsne pojken till en ung man med resning.

Lövenhjelm såg lite tveksamt på Hake och väntade sig säkert nå-gon förklaring, men Hake tänkte inte delta i det maktspel som härskade inom kollektivet och sa inget mer. Det här var ett polisärende och Hake tänkte inte be om lov att tala med vem det vara månde. Han nickade kort till Lövenhjelm och gick fram till Yuri. Lövenhjelm stod kvar ett ögonblick men lämnade sedan rummet.

– Jag tänkte att du kanske kunde hjälpa mig, sa Hake till ryssen. Jag utreder ett mord.

Yuri var klädd i en tjock ylletröja, säckiga bomullsbyxor och på huvudet hade han ett slags kalott i svart siden som fick hans ljusa hår att se ännu ljusare ut. Hake undrade om han hade dansat balett tidigare för han stod i en pose med den ena foten på snedden framför den andra, som dansare omedvetet gör.

– Du har kommit till fel man, sa Yuri med sin slaviska brytning.

Hake tog fram kortet av mannen i Pålsundskanalen.

– Varför ser han ut så där? frågade Yuri upprört.

– Han är död.

– Ja, men ansiktet är ju så ...

Han sökte efter ordet.

– Så ... fett, sa han till slut. Stort liksom.

– Han har legat i vattnet. Känner du honom?

– Varför skulle jag känna honom?

Han sökte med blicken bakom Hake som om han hoppades att Lövenhjelm skulle återvända och komma till undsättning.

– Han kanske är ryss.

– Det finns cirka hundrafemtio miljoner ryssar.

Han gjorde en uppgiven gest.

– Inte i Stockholm, sa Hake.

Yuri lugnade sig och fäste sina blåklintsögon på Hake.

– Jag har aldrig sett honom tidigare.

– Men du träffar dina landsmän här i Sverige ibland?

– Det kan jag inte säga nej till.

– Neka, sa Hake.

Yuri förstod inte.

– Det kan jag inte neka till, heter det.

Yuri skulle just öppna munnen, när Hake avbröt honom efter att ha slängt en blick på en lapp som han hade fiskat upp ur fickan.

– Säger dig namnet Victor Jevtjenko något?

– Victor ... vadå? frågade ryssen och svalde hårt.

– Jevtjenko. Och du hörde det första gången.

Yuri skakade på huvudet.

– Varför skulle jag känna denne Victor?

– Det kanske är han på bilden.

Yuri strök med handen över ansiktet. Återigen fick Hake intrycket att han försökte vinna tid.

– Jag har sagt att jag inte känner mannen på bilden. Jag önskar att jag känt honom så hade allt varit ... klarat nu.

– Avklarat, menar du?

Yuri fick något hårt i blicken.

– Jag försöker förbättra min svenska hela tiden.

– Det är därför jag rättar dig, sa Hake.

– Det finns olika sätt att rätta på.

– Låt oss inte fördjupa oss i det. Du har alltså aldrig sett mannen och du har aldrig hört talas om någon Victor Jevtjenko. Stämmer det?

Yuri nickade. Färgen hade återvänt i hans ansikte. Hake stödde sig på käppen och stoppade ner lappen.

– Om det här har något att göra med att jag träffar din syster så tycker jag att du uppför dig ...

Han sökte orden, han ville inte säga fel.

Hake stod kvar.

– Ja?

– Dumt, sa Yuri till slut.

Hake satt i bilen och väntade på Julia medan hon kramade om sin ryske lekkamrat. Yuri såg över hennes axel mot honom, men han låtsades inte se.

– Han sa att du varit oförskämd mot honom, sa Julia när de lämnade kollektivet bakom sig. Var det verkligen nödvändigt?

Hake såg i backspegeln att Gustav Lövenhjelm hade kommit ut ur sekelskiftesvillan. Han talade med Yuri som skakade på huvudet. Några av ungdomarna stod i flockar och tycktes vänta på instruktioner.

– Hörde du?

Julia vände sig mot honom.

– Hörde du, frågade jag.

– Ja, jag hörde.

– Jag bad dig ju att inte bråka med honom. Vad är det med dig

50

egentligen? Så fort jag har en karl så lägger du dig i på något sätt.

Hake körde vidare med sammanbitna tänder. Granskogen var tät och skogsvägen som ledde till Julias hus var slingrig. Vägkanterna hade börjat rasa efter allt regn och vägen var lerig och halkig. Hake körde långsamt och stirrade framför sig. Julia gned sina händer och rättade omedvetet till håret gång på gång. Hon var inne i sina tanke-gångar och sa plötsligt med låg röst, nästan sorgset:

– Egentligen har det varit så ända sedan jag började träffa killar. Plötsligt dyker lillebror upp och ska tala om för storasyster vem hon ska vara med.

– Nu är du orättvis, Julia.

De hade kommit fram till avtagsvägen som ledde ner till klini-kens gård och han svängde av och stannade Cittran framför bo-ningshuset.

– Men ser du inte att det är ett mönster?

– Jag tycker inte det har varit så.

Hake lät motorn gå, han ville iväg.

– Vi måste gå till botten med det här.

– Det finns ingen botten att gå till.

– Men varför var det så jädrans viktigt att åka dit och pressa ho-nom då?

Hake tvekade, såg på henne en lång stund och strök med handen över det kortklippta håret.

– Varför? envisades hon.

Han böjde sig över henne och öppnade hennes dörr.

– Därför, började han. Därför att det här är en mordutredning. Har du inte fattat det ännu? Din pojkvän kunde kanske ha varit be-hjälplig. Nu var han inte det, men det kunde jag inte veta på för-hand.

– Jag tycker ändå att du var stöddig mot honom, sa Julia trumpet.

Axel Hake kände sig olustig när han körde mot Kungsholmen. Inte för det Julia hade sagt om att han la sig i hennes kärleksaffärer. Nå-gon gång hade han ingripit för att hans syster blivit misshandlad av sin älskare, men anklagelsen om att han alltid la sig i var bara ytter-ligare ett tecken på att hon inte riktigt var i balans. Nej, det var po-lisen i honom som hade varit snällare än han borde mot denne Yuri. Han borde ha tagit ner honom till stationen, för han kände på sig att

51

ryssen visste mer än han berättade. Hake undrade hur långt man kunde gå av lojalitet mot någon man älskade. Eller rättare sagt hur långt han, kriminalkommissarie Axel Hake, kunde gå innan brytpunkten nåddes. Han rös till.

På senare tid hade han börjat grubbla över begrepp som kärlek och lojalitet. Vad innebar egentligen dessa ord? Hur jämförde man kärleken till ett barn med kärleken till en vuxen? Var lojalitet att alltid ställa upp för de nära och kära eller var det bättre att inte skydda dem, låta dem ta smällen och få dem att ta ansvar för sitt eget handlande? Kanske skulle de utvecklas mer på det sättet? När han hade gått som katten runt det heta grötfatet smälte frågan alltid ner till frågan med stort F. Älskar Hanna mig verkligen? Var det rimligt att hon plötsligt kunde tappa allt intresse för honom, knappt se honom på flera dagar, för att sedan bara flyta upp till ytan och älska och le som om ingenting hänt, medan Hake legat sömnlös flera nätter i sträck och undrat om allt var över?

Ibland kunde Lidman se på honom med antydan till avsmak när de svarta ringarna under ögonen blev lite för påtagliga. Lidman var en mycket rationell människa som tyckte att Hake var galen som lät Hanna behandla honom som hon gjorde. Lidman ansåg att man alltid måste vara två för att dansa och att danspartnern alltid följde mannen. Svårare var det inte och allt annat var bakvänt.

Hake var inte säker på vem som förde i hans kärleksförhållande. Vad hade han och Hanna gemensamt egentligen? Han var ständigt upptagen med sitt polisarbete och tyckte om att läsa och gå på hästkapplöpningar på fritiden. Hanna ritade sina möbler och var ofta ute hos snickare och leverantörer. Älskade att sitta med ett glas vin till långt in på nätterna och prata om allt och inget. Skvaller från New York där hon bott, om tiden som svältande designstuderande i Köpenhamn, om gamla kompisar och om idéer hon hade. Hake lyssnade men var inte riktigt engagerad. Han levde på något sätt i nuet och tänkte sällan på tiden i Paris som ung polis, på sina föräldrar ute på skärgårdsön, på gamla vänner. Men det som mest oroade honom var att Hanna plötsligt bara kunde försvinna bort från honom. För några nätter sedan, strax efter att de hade älskat, hade hon rest sig på armbågen och sagt med trött röst och tomma ögon:

– Är det ett sånt här liv man egentligen vill ha?

Hake hade inte förstått vad hon menade, men hade slutit henne i sin famn och vaggat henne ömt.

– Det är klart det är.

Då hade hon fått tillbaka lite liv i de nästan färglösa ögonen och det bleka ansiktet glänste i mörkret.

– Du måste påminna mig om det, Axel, sa hon till sist och nästan klamrade sig fast vid honom. Du måste påminna mig…

När Hake kom in i ledningsrummet satt både Tobisson och Lidman där.

– Hur gick det med ryssen? sa Lidman genast.

– Inget napp, sa Hake.

Han tog av sig rocken, hängde upp den, linkade fram till sin stol och satte sig.

– Inte för mig heller, sa Tobisson. Satt i en timme och snackade med någon gammal kärring från Småland som sa att hennes son som bodde i Stockholm inte hört av sig som han brukade.

Lidman satt avvaktande och sög på sin mintkaramell.

– Av dom andra har en kommit tillbaks, sa Tobisson. En har hört av sig från utlandet och en fanns på bårhuset. Hjärtattack på tunnelbanan, men utan legitimation eller körkort. Hans fru gick dit och identifierade honom nyligen.

Hake såg genomträngande på Lidman.

– Fram med det då, Oskar, sa han. Sitt inte där och vänta ut oss.

Lidman log lite och läste i sina papper.

– En Harry Stenman. Bilhandlare på Söder.

Han njöt uppenbarligen av situationen och höll de andra i spänning.

– Och?

– Fyrtitre år.

– Oskar, för fan!

– Han var i Främlingslegionen för tio år sedan. Utbildad i andra regementet på Korsika.

– Hur fan vet du det?

Tobisson kände sig nästan kränkt.

– Därför att han har en tatuering på högra armen som föreställer en kinesisk drake med siffran två i vänstra hörnet.

Det blev tyst i rummet. Det skallrade svagt i rutorna när blåsten

53

tog fart längs Bergsgatan. Hake reste sig och gick fram till Lidman och såg ner i hans papper. Hake läste signalementet som mannens fru, Ulla Stenman, hade lämnat.

– Han är rödhårig också, står det. Eller var, kanske det är dags att säga.

Han såg bistert på de båda andra.

KAPITEL 6

Ulla Stenman stod i porten utanför bårhuset och väntade när Hake och Lidman kom gående. Hon hade mörkblå ögon och grådaskig hy. Hon såg oändligt trött ut, så som den ser ut som givit upp allt hopp. De gick fram och presenterade sig men hon tycktes inte ens höra vad de sa. Som en zombie följde hon efter dem in i den metallblanka salen med sina kakelgolv och sitt hårda obarmhärtiga elektriska ljus. Hon tvekade inför synen av liket på stålbänken och inte förrän Hake sa några tröstande ord förmådde hon sig till att gå fram. Lakanet veks ner halvvägs och när den döde mannens överkropp blottades drog hon in ett djupt andetag, vacklade till och tog ett steg tillbaka.

– Jag måste fråga för formalitetens skull, fru Stenman. Är det er man?

Hon nickade bara svagt och bet sig hårt i läppen. Så hårt att en strimma blod rann nerför hakan. Hon tycktes inte märka det.

– Fick han ... fick han lida mycket?

Det var de första ord hon överhuvudtaget yttrat sedan de träffats, förutom en kort presentation. Rösten rymde en gränslös smärta.

– Nej. Troligen dödade det första slaget honom direkt.

Hon vred på huvudet mot Hake.

– Hur kan man göra så?

– Det frågar vi oss också. Men ondskan är aldrig fridfull.

Han hörde hur patetiskt det lät och försökte skyla över det.

– Jag menar att ondskan alltid är brutal och något annat är inte att vänta.

Det lät ännu värre och Hake beslöt sig för att inte säga något mer.

Ulla Stenman vände sig från båren och skakade på huvudet.

– Stackars Harry. Stackars, stackars Harry.

Vissa som kom till bårhuset för identifikation brukade bryta ihop och gråta hejdlöst, somliga svalde hårt och lät inte ett ljud passera sina hopknipna läppar. Så fanns det andra som inte kunde förstå vad som hänt deras kära dotter eller make. De hade inte lyckats ta in deras död och verkade nästan oberörda. Men smärtan måste förr eller senare ut, och trots att den skulle ta omvägar under en tid så skulle den förr eller senare göra sig påmind. Kanske i drömmar, kanske i en obeskrivlig saknad, men till slut skulle den komma upp till ytan och explodera. Återigen andra blev rasande och skrek och gormade och anklagade allt och alla för att de varit så oförberedda när de sett in i dödens fasansfulla gap.

Hake föredrog den gråtande sorten som reagerade direkt på sina känslor. De kunde senare bidra med uppgifter som rörde polisarbetet och var inte helt innestängda i sin smärta. Ulla Stenman grät hulkande och Hake la en arm om hennes axlar.

– Vi ska ta reda på vem som har gjort det här mot er man, sa han dämpat.

Hon nickade tröstlöst, fick upp en näsduk och höll den framför ansiktet. Hon bad inte om ursäkt för sin sorg och gick sakta mot utgången. Kappan var en smula blanksliten och skorna nergångna. Hake visste att han inte kunde göra mer och följde henne bara tyst ut till den väntande taxin.

Lidman kom och ställde sig bredvid honom och de såg bilen försvinna bort från bårhuset.

– Nu vet vi i alla fall vem han är, sa Hake. Nu kan utredningsarbetet börja på allvar.

Han tände en cigarett. Han rökte inte ofta, men en sådan här dag var det en välbehövlig distraktion.

– Vi får vänta någon dag med att förhöra henne, sa han och blåste ut röken.

Allvaret hade berört dem och de sa inte mycket till varandra på vägen från bårhuset. När de kom in i ledningsrummet stod Tobisson vid fönstret och tittade ut. Regnet slog hårt mot asfalten och stora pölar hade bildats på gångbanorna så att fotgängarna fick ge sig ut i körbanan med sina uppspända paraplyer i motvinden. Det såg livsfarligt ut. Annars gillade Tobisson regn. Han cyklade ofta till Polishuset, klädd i ett brandgult vattentätt ställ så att han skulle synas, och njöt när regnet piskade hans ansikte och han verkligen fick kämpa uppför backarna i staden. För honom var färden till jobbet som ett träningspass.

Nu stod han och tänkte på sex. Det gjorde han ofta. Någon hade sagt att en intellektuell människa är en som åtminstone femton minuter om dagen inte tänker på sex. Tobisson undrade om han verkligen tillhörde den kategorin. Anledningen till de akuta sextankarna var att han just intervjuat flickan som brukade ha sex med sin chef på Långholmen. Hon hade verkat i det närmaste apatisk när de talat om förhållandet, vilket hade gjort honom konfunderad.

– Börje tycker om att göra det med mig, hade hon sagt med ointresserad röst. Ibland är det kallt som fan och då ger jag honom bara en avsugning. Men ibland får han sticka in den.

– Vad tycker du då? hade Tobisson frågat. Gillar du det?

Det såg ut som om hon tyckte frågan var obefogad. Hon ryckte bara på axlarna.

– Han är snäll, Börje, sa hon.

– Det var inte det jag frågade om. Gillar du vad du håller på med?

– Jag förstår inte vad polisen har med det att göra.

– Svara bara på frågan.

Hon drog handen genom håret och såg sedan eftertänksamt på honom.

– Det är ganska kul, sa hon till slut.

– Inte skönt?

Återigen tycktes hon inte förstå frågan.

– Det är kul när vi kommer tillbaks till jobbet och ingen vet vad vi gjort och så ...

Tobisson hade givit upp, trots att han anade att flickan utnyttjades av sin chef. Det var inte hans sak just nu.

Flickan hade hur som helst inte sett något som verkade misstänkt. Men ofta stod de på någon undanskymd plats, så det var inte så många som såg dem heller. Tobisson hade inte hjärta att säga att halva stan sett dem och att det var en av hennes arbetskompisar som ringt in när det hade stått i tidningarna om vittnen vid Pålsundskanalen.

Tobisson slog bort tankarna på flickan och gick och satte sig på sin stol.

– Var det Harry Stenman?

Hake nickade.

– Tjöt hon? Änkan.

Ingen orkade svara. Oskar Lidman gick till sitt skrivbord och tog upp en mapp.

– Det här är vad jag fick fram om Harry Stenman i går.

Han öppnade den.

– Han har varit i Främlingslegionen där han utbildades till fallskärmsjägare. Vad jag förstår har han även varit pilot och gjort rekognoseringsflygningar med lättare flygplan. På senare tid har han alltså varit bilhandlare på Söder. Bilarna säljs från ett stort garage på Ringvägen. Harrys Bilar. Men alla kallar honom Red. Har väl med håret att göra.

Han bläddrade lite till.

– Vi vet ännu inte hur det står till med affärerna, men han har inte varit i klammeri med rättvisan i alla fall, det var säkert därför vi inte fick någon match på fingeravtrycken.

– Har han anställda? frågade Hake.

– En Rick Stenman, antagligen hans brorsa. Ulla Stenman sköter bokföringen och kontrakten.

Han såg upp.

– Vem vill mörda en hederlig bilhandlare?

– Finns det såna? sa Tobisson. Han har antagligen sålt en rutten bil till någon som sedan ville hämnas.

– Tror du på det där själv? sa Lidman hånfullt.

– Vi får tala med Ulla Stenman om affärerna och eventuella fiender, sa Hake. Till dess får vi samla in fakta. Vad vet vi egentligen?

– Vi har fått en rapport från Olle Sandstedt. Det fanns i alla fall inget blod i den vita bussen, så brottsplatsen är någon annanstans. Och ingen av båtägarna har hört av sig angående det stulna ankaret. Inga nya vittnesuppgifter har kommit in, så man kan lugnt säga att vi inte har ett skit.

– Tjejen som knullar med sin chef hade i alla fall inte sett något misstänkt, sa Tobisson.

Han började bli en smula otålig. När han kom hem visste han precis vad han skulle göra med sin flickvän Wendela. Kanske stående, det var så det andra paret hade gått tillväga.

Ingen kommenterade hans uppgifter och de satt i sina egna tankar. Dörren öppnades och polischefen Seymour Rilke stannade i dörröppningen och såg på sina underlydande.

– Här var det tyst och lugnt, sa han. Jobbar ni inte?

Hake iakttog honom med kall blick. Rilke var klädd i en välsittande tweedkostym i grått och brunt. Håret var pomaderat och kammat i vågor över huvudet. De små händerna höll en liten dokumentportfölj i skinn. Han klappade på den.

– Jag ska till departementet och informera våra politiker om vad vi håller på med. Jag har gjort en nedskärningsplan som kommer att tillfredsställa dom.

– Kommer den att tillfredsställa oss då? sa Hake oskyldigt.

Rilke tog tid på sig innan han svarade. Han lät blicken vandra mellan dem.

– Det är bistra tider, mina herrar, sa han. Alla måste dra sitt strå till stacken. Även polisen.

– Men brottsstatistiken visar att vi behöver fler poliser, inte färre, sa Lidman.

– Jag tror jag har bra överblick över vad som behövs och inte, sa Rilke torrt. Här på avdelningen ser det i alla fall ut att gå lugnt till.

– Det vet du inget om, sa Hake.

Rilke ryckte till men ville inte utmana Axel Hake inför de andra. Den bästa metoden att sätta Hake på plats var på Rilkes eget ämbetsrum. Han gjorde en minnesanteckning i huvudet om att kalla upp kriminalkommissarien senare i veckan och platta till honom. Han skulle nog komma på något. Visserligen var Axel Hake en duktig polis, men han var respektlös och i längden var den typen av individer inte bra för kårandan. Han hoppades att Hake en dag skulle göra ett riktigt misstag. Ett misstag gravt nog för att man skulle kunna suspendera eller i alla fall förflytta honom. Förr i tiden kunde en allvarlig förseelse betyda att en högre tjänsteman inom polisen fick börja patrullera igen. Rilke skulle inte ha något emot att de tiderna återkom.

Hake såg utmanande på honom.

– Var det något speciellt du ville, annat än att komma hit och tala om för oss att vi inte jobbar?

Rilke fäste en mörk blick på Hake.

– Jag ville veta hur långt ni har kommit med mordutredningen. Tidningarna har ju fått tag i det och jag vill ha något att säga till dom.

Numera tog han själv hand om massmedierna. Han tyckte inte att polisen behövde någon särskild presstalesman. Han kallade in kommissarie Bolinder bara om det var något särskilt obehagligt eller om polisen var i blåsväder.

– Vi har precis fått hans identitet bekräftad, sa Hake. Jag ska lämna en rapport på ditt kontor.

– Hans fru identifierade honom för någon timme sen, fyllde Lidman i.

– Förhörde ni inte frun, då?

– Det får vänta till i morgon. Hon behöver lite tid att smälta intrycken från bårhuset.

Rilke fnös.

– Inte undra på att ingenting händer i det här huset.

Han skakade på huvudet och gick sin väg.

Axel Hake var inte religiös, men han fann ibland tröst i några bibelcitat som han mindes sedan skoltiden. Ett citat från Predikaren som han särskilt väl kom ihåg var det om att allt har sin tid. En tid att kasta stenar, en tid att samla stenar, en tid att ta i famn, en tid att avstå från famntag. Nu var det en sådan tid när han fick avstå från famntagen. Inte för att Hanna och han slutade älska, men det kom inte spontant som det gör när man lever nära varandra, dag och natt. Den där foten som sträcks ut under täcket precis innan man somnar, som en trevare, för att sedan kunna väcka häftigare passioner. Eller morgonknullet som var något svindlade att börja dagen med. Nu fanns inte det längre inom räckhåll och så skulle det förbli tills mördaren var gripen och ordningen återställd. Hake tänkte att det kanske var den bästa moroten när det gällde att få fast brottslingar. Poliser som längtade tillbaka till vardagslivet. Andra hade det naturligtvis inte som Hake, men det fanns säkert fler kvinnor än Hanna Sergel som ogillade att blanda kärlek och mord.

Hake hade naturligtvis försökt påverka Hannas ställningstagande, men utan resultat. Hon var mycket styvnackad i det avseendet. Samtidigt tyckte han att det var skönt att ha sin egen lägenhet där han kunde koncentrera sig på arbetet när det var som mest intensivt. Han fick naturligtvis ta sin del av ansvaret för Siri även då, men vissa kvällar kunde han helt ge sig hän åt sina utredningar.

På kvällen efter Rilkes dystra besök åt Hanna, Siri och Hake middag tillsammans. Han hade köpt kinesisk snabbmat och de drack en flaska vin till maten. De nattade Siri tillsammans och när Hake skulle gå hem till Chapmansgatan bad Hanna honom stanna lite längre. Hon verkade dämpad och hade mest suttit och petat i maten.

– Är du nöjd med ditt liv? frågade hon när de var ensamma och satt och drack en kopp kaffe i soffan.

Det var en stor och oväntad fråga, och Hake visste inte riktigt vad han skulle svara. Visst var han nöjd, men allt kunde ju bli bättre. Nu svarade han emellertid bara ett kort ja.

– Du då?

Hon log sitt lite sneda leende och kysste honom länge på halsen.

– Så länge jag får vara med dig är allt bra, sa hon till sist.

– Det behöver du väl aldrig tvivla på.

– Allt kan ju hända, sa hon vagt.

– Är det något speciellt du tänker på?

– Nej.

– Berätta vad det är du grubblar på.

Hon reste sig ur soffan, gick fram till fönstret och såg ut mot kyrkan. Dess karolinska kampanil var svagt upplyst och i regndiset såg det ut som om den svävade i rymden.

– Vi kanske inte alltid kommer att gå i takt, sa hon till slut. Vi kanske växer ojämnt, den ene utvecklas på ett annat sätt. Vi kanske kommer att förstöra mer än vi kan ge.

Hake förstod inte riktigt.

– Äh, sa hon. Glöm det. Vill du ha lite calvados till kaffet?

Utan att vänta på svar gick hon ut i köket och hämtade en flaska av det franska äppelbrännvinet. Hon hällde upp var sitt glas.

– Till lykke, sa hon på klanderfri danska.

Hake skålade också, men hon hade sått ett frö av osäkerhet. Han hoppades att skörden skulle bli dålig, att oron för vad hon egentligen ville ha sagt skulle falla i glömska.

Predikaren malde i huvudet på honom när han gick hem längs Hantverkargatan. Hur var det nu? Jo, en tid att riva sönder, en tid att sy ihop, en tid att tiga, en tid att tala ...

När han kom hem satte han på Françoise Hardys "Le temps de l'amour" och tog fram alla papper han hade om utredningen. Från vittnesuppgifter och obduktionsprotokoll till Harry Stenmans data.

Han antecknade och läste. Eftersom han skulle skriva en rapport till Rilke dagen därpå ville han vara så påläst han kunde. När han hade hunnit igenom hälften av vittnesuppgifterna somnade han i soffan. Hans modellsegelbåt stod i fönstret med spända segel. Den hade han byggt när han var liten och den var en kvarleva från oskuldens tid. En tid som nu verkade mer avlägsen än någonsin.

KAPITEL 7

Det var en sådan där morgon som bara en stad vid vattnet kunde uppbringa. Det var fuktigt, dimman hade svept in från Saltsjön och ett fint regn strilade ner från den mörka himlen. Byggnaderna var bara en diffus massa och när Hake och Lidman kom körande längs Ringvägen var det svårt att se gatunumren. De hittade Harrys Bilar strax innan Katarina Bangata, en bit från infarten till Bjurholmsplan. Hake kände väl till området. Han hade bott där när han studerade juridik och efter långa pluggnätter hade han brukat promenera ner till Hammarbyhamnen. Området var då inte bebyggt och något Vintertullstorg, som det nu hette, fanns inte på den tiden. Endast ett virrvarr av magasin och packhus. Hake hade extraknäckt i hamnen och burit tunga, hala saltsäckar tills ryggen inte kunde tåla mer. Ändå mindes han den tiden med glädje. Det hade funnits många original som inte ville ha fast anställning utan tog ett påhugg här och ett där. De hade ätit i en barrack som stod där det nu låg tjusiga våningar med utsikt över den stenbelagda kanalen. Tidens lösen, tänkte Hake. Riv för de besuttna. Visst hade området blivit vackert, men den gamla hamnkänslan och karaktären hade naturligtvis gått förlorad.

Hake tyckte att det var mycket som gått förlorat av den genuina Söderkänslan. Mycket berodde på att när det revs så revs det med besked. Området kring Södra station, med sin kuperade terräng, sina gamla hus och banvallar, hade på bara ett par år förvandlats till en ofantlig stad i staden. Där järnvägsspåren gått och där det hade varit fullt med godståg, lok och vagnar, hade det nu rest sig ett hyreshusområde med höghus, parker och den så kallade Bofils båge, en monumental skapelse som gav en ultramodern karaktär till hela området. Och där fabrikerna, småskuffarna och bilfirmorna legat fanns

numera biopalats och kontorsbyggnader i stål och glas. Hake sakna-
de lite av den frihetskänsla som tidigare hade funnits här. Men den
nya generationen som flyttade till Söder brydde sig inte. De mindes
inte hur det hade varit och de var glada över att deras stadsdel även
hade en modern sida.

Nerfarten till Harrys Bilar var smutsig och kontoret som affärer-
na sköttes från låg bakom en glasruta som inte putsats på mycket
länge. Garaget var halvfullt med bilar som sett sina bästa dagar, det
fanns säkerligen inte en bil som gått mindre än femtontusen mil.
Hake och Lidman steg in i kontoret vars heltäckningsmatta var sur
av all indragen väta. Bakom ett nött skrivbord satt Ulla Stenman
och gick igenom några papper. Hon såg upp på dem och la ifrån sig
pärmen.

– Vill ni ha kaffe?

Hake slängde en snabb blick på kaffepumpan som innehöll någon
svart sörja som verkade ha stått där sedan dagen innan och sa att
han precis druckit. Lidman tog fram ett anteckningsblock och Hake
satte sig på en av de kontorsstolar som fanns tillgängliga. I ena än-
den av rummet stod ett gammalt amerikanskt bilsäte som fungerade
som soffa, i den andra fanns ett plåtskåp som tjänstgjorde som ar-
kivskåp.

– Vi ber om ursäkt för att vi stör, sa Hake. Men ju längre tid det
går, desto svårare blir det att finna er mans mördare.

Lidman satte sig efter viss tvekan på en vinglig stol och tog fram
sin ask med minttabletter. Han sträckte den mot Ulla Stenman som
avböjde.

– Vad vi först och främst vill veta är om ni har någon aning om
vem som skulle vilja mörda er man?

Ulla Stenman skakade på huvudet.

– Min man var omtyckt av alla. Så vitt jag vet hade han inga fien-
der.

– Hade ni varit gifta länge? sköt Lidman in.

– Fem år, vilket nu för tiden väl måste anses som länge.

Hon gjorde en liten grimas.

– Tiden innan ni träffade honom, talade han något om den?

– Jag förstår inte, började Ulla Stenman.

– Han hade ju varit i Främlingslegionen och kanske upplevt ett
eller annat där som kunnat skaffa honom fiender.

– Han talade aldrig om det. Det var som ett mörkt kapitel i hans liv.

– Han var aldrig med på såna där träffar som gamla legionärer brukar åka på?

– Som sagt, han ville nog helst glömma den där tiden. Vad jag vet så träffade han aldrig några som han tjänstgjort med.

Hake iakttog kvinnan på andra sidan skrivbordet. Hon hade fortfarande den där brustna blicken, men den grådaskiga hyn var sminkad med lite rouge och ett par örhängen hade tillkommit. Håret var lika glanslöst som tidigare, men den gamla kjolen var utbytt mot ett par jeans.

– Om vi går till affärerna, sa Hake. Hur står det till med dom?

Ulla Stenman gjorde en gest mot pärmen och röran av papper som låg framför henne.

– Jag går igenom dom nu, men i stort sett är dom i ordning.

– Är det inte du som sköter dom? frågade Lidman.

– Jo, men dom senaste veckorna när Red, det var så alla kallade Harry, varit försvunnen, så har det inte varit lätt. Red hade sitt eget system och sa mest åt mig vad jag skulle göra. När han försvann så har jag försökt lista ut hur han gick tillväga. Jag är inte säker på det ännu.

– Ni har förstås en revisor.

– Det är klart. Han vet allt om bokföringen, men inte ett skit om dom dagliga rutinerna.

En kund kom släntrande ner i garaget. En man i fyrtioårsåldern, klädd i regnrock och stövlar. Han såg mot glaskuren, tvekade, men fortsatte sedan mot kontorsdörren. Ulla Stenman reste sig och öppnade dörren.

– Kan jag hjälpa dig?

– Det ska finnas en Audi -87, sa mannen.

– Ett ögonblick, sa hon och gick tillbaka till skrivbordet och tryckte på knappen till en interntelefon.

– Rick? Kan du komma till garaget. Vi har en kund.

Hon satte sig ner igen.

– Om affärerna, sa Lidman.

– Vi har väl haft våra upp- och nergångar precis som alla andra.

– Vad vi menade, sa Hake och såg genom rutan hur en man i trettioårsåldern kom inifrån garaget och gick mot kunden. Han var smalhöftad, klädd i svarta jeans och skinnjacka. Håret var långt och ljusblont. Han såg mer ut som en rockstjärna än en bilförsäljare.

– Vad vi menade var om någon av era affärsbekanta skulle kunna ha något med mordet att göra.

Ulla Stenman skakade på huvudet.

– Han var inte skyldig någon pengar?

Hake såg att frågan hade gjort henne osäker. Hon försökte dölja det genom att resa sig upp, gå fram till kaffebryggaren och hälla upp en kopp kaffe med ryggen mot dem. Sedan vände hon sig om och såg på dem över kanten på koppen.

– Jag tror inte affärerna kan ha med mordet att göra. Inga av våra bekanta skulle slå ihjäl Red och sedan sänka honom i kanalen. Det kan bara en sjuk människa ha gjort.

– Det finns ju torpeder som kan utföra beställningsmord, sa Lidman.

– Ingen som vi känner skulle göra något sånt.

– Nån har i alla fall gjort det, sa Lidman beskt.

Hake lutade sig fram mot henne och låste hennes blick.

– Vad jag frågade var om han var skyldig någon pengar?

Återigen den där tvekan innan hon satte sig ner och såg tröstlöst på honom.

– Han var skyldig Danne Durant pengar.

– Vem är det?

– En … en affärsbekant. Han lånade oss pengar när vi hade det besvärligt.

– Hur mycket?

– Fyrahundratusen, sa Ulla Stenman.

Audin mullrade till och körde förbi kuren för en provtur med kunden vid ratten och Rick bredvid.

– Var bor Danne Durant någonstans?

– Lite överallt. Men sist bodde han på "Laura" vid Mälarvarvet.

Mälarvarvet på Långholmens östra udde hade anor sedan sextonhundratalet. Själva området bestod av ett virrvarr av uppdragna båtar, arbetslokaler, skjul och magasin. Där fanns svetsfirmor, propellerförsäljare och marina verkstäder. Där fanns välputsade båtmotorer sida vid sida med rostiga skrothögar. Där fanns tonvis med bråte som ingen ägde och ingen ville ha. Vid Pålsundskanalens betongkaj tronade Sjömansskolans elevbåt "Polfors" och längre fram låg det så kallade blästerskjulet där några cyklar stod lutade mot väggen.

Axel Hake hade inget direkt förhållande till Långholmen. Från barndomen mindes han den bara som Fängelseön. När han var äldre och hade börjat som polis åkte han och hans dåvarande flickvän ut till den västra udden och badade. De hade katter och vin med sig och badet ansågs vara ett spontant nakenbad. Det var bekymmerslösa dagar. Nu var det andra tider, tänkte Hake när han och Lidman klev ur bilen vid varvet och gick längs stenkajen. De såg inga människor och fortsatte förbi den vita långa byggnaden där det låg flera småindustrier. Det blåste kallt, vinden hade tagit fart från de öppna farvattnen och temperaturen hade sjunkit ordentligt de senaste timmarna. De skymtade flera båtar längre fram, vid varvets dockor. De flesta var mindre fartyg, alltifrån bogserbåtar till passagerarbåtar för skärgårdstrafik. Mellan några skutor och ett dykfartyg låg "Laura", en rostig, gulaktig pråm som hade sett bättre dagar. Den hade inte mönjats på länge och färgen hade flagnat längs vattenlinjen. Det fanns tillbyggnader både på för- och akterdäck, på själva kommandobryggan var en ruta krossad och det satt en plywoodbit för ett annat fönster.

Eftersom det inte fanns någon landgång fick Lidman hoppa över till det hala däcket. Sedan tog han emot Hake som höll ett stadigt tag i käppen och mer eller mindre lyftes ombord av sin kollega. De gick försiktigt mot en hyttdörr och knackade på. Ingen kom och öppnade. Hake ropade flera gånger, kände på dörren som var låst och gick runt det illa skötta fartyget för att se om det fanns ytterligare en ingång. På baksidan av kommandobryggan fanns en ståldörr, men den var också låst med ett nytt, kraftigt hänglås. Lidman tittade in genom de smutsiga rutorna. Därinne var en gammal, delvis utriven salong med bara några plyschfåtöljer och en boaserad bokhylla. Istället fanns det drivor av byggmaterial och några uppfällbara träbord.

– Bor han verkligen här? sa Lidman.

Hake såg in.

– Hytterna ligger väl under däck, men det ser onekligen ganska ruttet ut.

– Det känns som en flytande katastrofplats. Jag skulle då aldrig åka, eller segla eller vad fan dom nu kallar det när man kör på sjön, med den här, sa Lidman bestämt.

Ett puttrande ljud fick dem att vända sig om. Hake kände igen trucken och dess bleksiktige förare som hade stannat på kajen.

– Danne är inte inne, sa han. Han stack för en timme sen.

– Du vet inte var han är?

Truckföraren tvekade och Hake undrade om den gamla pantomimleken skulle ta fart igen. Men så strök han sig över skäggstubben och såg med de där hundögonen på Hake.

– Han hade sin boxningsbag med sig.

– Boxningsbag? sa Lidman.

– Han tränar boxning, sa mannen. Hos Hammarby IF. Lokalen ligger på Kocksgatan ...

– ... tjugofyra, fyllde Hake i. Jag vet var den är.

Axel Hake kände väl till boxningsklubben på Kocksgatan, nära Folkungagatan. Tidigare hade den hetat Sparta, men sedan hade Hammarby tagit över den gamla ärorika föreningen. Hake hade fystränat och motionsboxat där när han gick sin polisutbildning. Klubben hade bara öppet på kvällarna, men det fanns författare och konstnärer som tilläts använda lokalen även mitt på dagen. Det gällde uppenbarligen även Danne Durant.

Det var i den här lilla lokalen en trappa ner i ett vanligt hyreshus som Hake blivit knockad för första gången. En finne som han sparrat mot hade tagit det hela på alldeles för stort allvar och Hake satt bara efter någon rond på golvet och mådde illa. Tränaren Risto hade blivit rasade på finnen, men Hake kände sig bara skamsen. Han hade inte sett högersvingen som kommit med sådan kraft. Han hade inte ens känt den landa på hakan. Det blev emellertid en nyttig läxa och Hake hade senare blivit vän med finnen och fått honom att lära ut det där kraftfulla slaget. Svenska boxare ansåg svingen omodern. Det enda som gällde var raka slag, jabbar, krokar och en och annan uppercut. Därför gick så många på den. När Hake väl bemästrade slaget hade det kommit väl till pass i tuffare sparringmatcher. Hans motståndare hade blivit lika förvånade som han den där första gången, när han använde svingen och den landade med förödande kraft på motståndarens käke.

Hake öppnade dörren till lokalen och klev in med Lidman i hälarna. Det luktade ingrodd svett och liniment. Lidman rynkade på näsan. Allt som hade med sport att göra fick honom att må illa. Eftersom han fått hyfsad kondition av allt dansande kunde polisläkaren inte tvinga honom till gymnastiksalen för att delta i motionsövningarna. Boxningslokalen var tom så när som på en man i fyrtiofemårsåldern som stod och slog tunga slag mot en sandsäck. Mannen slängde ett getöga på dem innan han fortsatte. Lokalen hade en sparringring som tog upp det mesta av utrymmet samt olika former av päronbollar, sandsäckar och diverse andra träningsredskap. På väggarna fanns helfigursspeglar, och ett litet kontor var inrymt i fonden. Efter ytterligare en blick på Hake och Lidman stannade mannen upp och såg irriterat på dem.

– Det är egentligen inte öppet nu.

– Vi söker Danne Durant.

– Vad vill ni honom då?

Han drog av sig säckhandskarna och strök tillbaka håret. Han såg vältränad ut, inte ett uns fett på den satta, bara överkroppen. Bomullsbyxorna var av det pösigare slaget och alldeles genomsvettiga. Han var ungefär lika lång som Hake och hade lika vaksamma ögon.

– Är det du? sa Hake.

Mannen gick bort till en träningsbag och tog fram en sportdryck som han halsade ur innan han svarade.

– Och om jag är det?

– Polisen, sa Hake och visade sin legitimation.

Mannen kastade en flyktig blick på den och granskade sedan Hake medan han torkade sin svettiga kropp med en handduk.

– Jag är Danne Durant, sa han. Vad gäller det?

– Harry Stenman. Red.

– Har han kommit tillbaks?

– Från vad då? sa Lidman.

– Ulla och Rick sa att han var bortrest.

– Ja, till Hades, sa Lidman.

Danne såg oförstående på den fläskiga kriminalinspektören.

– Han är död. Mördad, fyllde Hake i.

Han letade efter en reaktion i mannens ansikte, men de skarpskurna dragen visade inte någon tillstymmelse till känsloyttring.

– När då?

– Sen några veckor tillbaks.

Danne la handduken på en bänk och satte sig ner.

– Det har jag inte hört något om.

– Vi visste inte om det förrän i förrgår. Någon hade krossat skallen på honom och sänkt honom i Pålsundskanalen. Inte så långt från där du bor.

Danne såg lugnt och eftertänksamt på dem.

– Är jag misstänkt på något sätt?

– Det är alla på det här stadiet.

– Ni kan stryka mig, sa Danne Durant. Jag har ingen anledning att ta livet av Red.

– Har du inte? sa Lidman.

Han gillade inte boxarens nonchalanta svar. Han gillade inte män som inte blev på sin vakt när de blev förhörda av polisen.

Danne skakade på huvudet.

– Nej, sa han stillsamt.

Hake gick närmare och ställde sig framför honom.

– Vi har hört att han var skyldig dig fyrahundratusen kronor.

– Vem har sagt det?

– Det spelar ingen roll, men det är ett motiv så gott som något.

– Varför det? Om han är skyldig mig pengar finns det väl ingen anledning att ta livet av honom.

– Han kanske inte kunde betala och ni började bråka och du slog in skallen på honom.

– Jag tappar aldrig kontrollen, sa Danne självsäkert. Ursäkta mig.

Han reste sig, gick in i omklädningsrummet och klädde av sig naken. Hake och Lidman gick efter. Danne undersökte sin kropp, masserade vadmusklerna och tog en schampoflaska som stod på bänken.

– Ni får spana om ni vill.

Han log mot dem innan han gick in i duschen.

Lidman ilsknade till, men Hake tog honom i armen. Mannen njöt uppenbarligen av att provocera andra och den glädjen tänkte Hake inte ge honom.

De väntade tills Danne duschat färdigt och torkat sig. Efter en ordentlig insmörjning med liniment och ett plåster på ena knogen började han klä på sig. Det var diskreta kläder, grafitgrå slips med ränder i silver till en blyertsfärgad kostym. Från ett litet läderfodral tog han fram två ringar som han satte på fingrarna och klippte sedan fast en Rolexklocka runt handleden. När det var gjort tog han upp en stålkam som han drog genom håret. Till sist tog han fram en flaska rakvatten och smorde in kinderna och hakan. Han rättade till slipsen i spegeln.

Hake och Lidman stod tysta och såg på, lite ointresserade, och Lidman passade på att gäspa.

– Var det något mer? frågade Danne Durant till slut.

– Hur ska du göra med pengarna nu då Harry Stenman inte kan betala?

– Det finns alltid sätt.

– Vilka då?

– Det har ni faktiskt inte med att göra.

Han tog sin sportbag.

– Och nu måste jag låsa och släcka, så om ni inte vill stanna kvar i mörkret tills dom andra kommer vid sextiden är det bäst ni hänger med.

De följde Danne ut på Kocksgatan där han gick fram till en guld-färgad Mercedes. Han slängde in bagen i bagageutrymmet.

– Vill ni ha skjuts någonstans?

– Nej. Men vi kommer att höra av oss. Om alibin och sånt.

– Gör det, sa Danne, satte sig i bilen och körde iväg.

Alibin var ju meningslösa innan de visste när Harry Stenman bragts om livet. Men det visste inte Danne Durant. Alltid något, för intervjun hade inte givit något som kunde föra utredningen vidare.

– Helvete, sa Hake när de satt i bilen på väg mot Polishuset på Kungsholmen.

– Ja, vilken jävla typ, sa Lidman.

– Jag menar inte Danne. Jag tänkte på att vi måste ha ett foto av Harry Stenman som inte är en bårhusbild.

Han svängde runt bilen och körde åter mot garaget på Ringvägen. Rick satt i glaskuren med benen på skrivbordet och ett par free-stylelurar över öronen. Det rödblonda huvudet rörde sig rytmiskt upp och ner i takt med musiken. Han ändrade inte ställning när de kom in på kontoret och med stor uppoffring lyfte han på en av hör-lurarna.

– Vi söker Ulla, sa Hake.

– Hon har gått för dagen.

– Vi är från polisen.

Han drog ner hörlurarna så att de hängde runt halsen.

71

– Vad vill ni?

– Var bor hon?

Rick grep en penna och ett papper och började skriva ner en adress.

– Det är på Mariaberget, sa han.

Hake såg att Rick hade en flytande för att inte säga elegant handstil. Han undrade om Ricks slängiga och slafsiga stil bara var en front. Att han egentligen var en effektiv och noggrann försäljare. När de var här tidigare hade det inte tagit honom lång tid att få in den presumtive köparen i bilen för en provtur.

– Tack, sa Hake när han fick lappen.

– Ingen orsak.

– Har du någon teori om varför din bror blev mördad?

Rick la stillsamt ner pennan på skrivbordet och såg oberört på dem.

– Jag tror att det var ett misstag.

– Misstag? sa Lidman och hans röst sjönk en oktav som den alltid gjorde när han blev irriterad.

– Ja, dom tog fel man.

– Vilka dom?

– Vilka det nu var. Dom trodde att Red var någon annan.

– Och det är din teori?

– Har ni någon bättre då?

Han sa det hövligt och inte det minsta utmanande.

– Vi vet att han var skyldig folk pengar.

– Det vet jag inget om. Jag kränger bara bilarna. Men vad jag vet är att Red var omtyckt av alla. Han hade alltid ett gott ord över för både hög och låg. Och vad jag vet var han aldrig i klammeri med rättvisan. Han var en skicklig affärsman.

– Som blev mördad av misstag?

– Det är i alla fall vad jag tror.

– Hur länge har du jobbat här, frågade Hake.

– Sen han öppnade för sju åtta år sen. Det är han som lärt mig allt.

– Men du vet inte om han var skyldig folk pengar, trots att du har varit här i alla dessa år?

Han skakade på huvudet.

– Som sagt. Jag la mig aldrig i hans affärer eller hans privatliv. Så länge jag fick min lön så var jag nöjd. Och om ni undrar vad jag tyckte om honom, så var han en riktig hjälte i mina ögon.

– Halleluja, sa Lidman och fick en liten knuff av Hake.

– Och om ni undrar om jag sörjer honom, sa Rick utan att blinka inför Lidmans förolämpning, så gör jag det. Men det är en personlig känsla som inte polisen har med att göra.

– Men du vill väl att vi ska få tag i mördaren?

Rick såg nästan sorgset på dem.

– Red kommer inte tillbaks för det, sa han enkelt.

De körde till Bastugatan 38 där Ulla bodde i den så kallade Mälarborgen, ett gigantiskt hyreshus med järnbalkonger, tinnar och torn, som stod högst upp på Mariaberget i Maria Magdalenas församling. Det var byggt vid artonhundratalets slut i nationalromantisk stil. Hake mindes att Lars Larsson-Varg hade pekat ut det en gång från Kungsholmssidan och sagt att där hade sekelskiftesmålaren Eugène Jansson bott. Hans målningar av Stockholm i skymningen hade givit honom tillnamnet "blåmålaren", men i folkmun fick han heta Fotogen Jansson. De gick in genom en stor port och sedan över gården till ingången. Namnskyltarna i entrén förkunnade att Stenmans bodde på fjärde våningen. De åkte upp i en gammal ranglig hiss och ringde på dörren. Ulla Stenman öppnade och såg förvånad ut. Hon hade samma gamla slitna jeans och tröja, och håret var om möjligt ännu risigare än sist. Hon visade in dem i vardagsrummet.

Plötsligt öppnade sig en hänförande utsikt genom de stora fönstren. När man gick in från gatan kunde man inte ana att huset låg på en sluttning som vette mot Söder Mälarstrand utan några andra hus emellan. Nu öppnade sig ett stadslandskap som var svårslaget var man än bodde i Stockholm. Hela Riddarholmsfjärden låg nedanför med sina skutor, pråmar och ångbåtar, och man kunde se Gamla stan, City, Klara, Stadshuset och Kungsholmen i ett och samma andetag. Färgerna i diset smälte till tegelrött, ockra och ärggrönt. Det var möjligt att allt sedan sveptes in i ett blåskimmer framåt kvällningen, men nu var färgerna pastellmättade och distinkta. Några svanar lyfte från vattnet och flög bort mot Långholmen där man kunde skymta "Laura" vid varvets kaj.

– Talade ni med Danne? frågade Ulla Stenman och bjöd dem att sitta i en nersliten soffa. Om utsikten var bedårande så gällde inte samma sak inredningen. Den var murrig och dov i färgen. Möblerna verkade bara vara inställda på måfå och teven som stod i ett hörn var gammal. Några porslinskatter stod i fönstersmygen och väggarna var kala så när som på en gammal reklamaffisch från Volvo som förkunnade att Volvos värld varar längst.

– Vi talade med honom, men han kunde inte bidra med något väsentligt, sa Hake.

Han masserade sitt knä, värken hade tilltagit sedan han gått upp- och nerför trappor, garageuppfarter och ombord på båtar. En svagt molande värk som inte tycktes komma från själva knäet utan en bit utanför benet.

– Det var väl vad man kunde vänta sig, sa Ulla Stenman.

– Han sa att han nog skulle kunna finna ett sätt att få tillbaka dom lånade pengarna. Vet du vad han kan ha menat med det?

Hon ryckte på axlarna.

– Om han tror att jag har några tar han fel.

– Så lånet ligger inte på bilfirman, frågade Lidman med bortvänt ansikte.

Han kunde inte slita sig från utsikten. Det var fan vad andra kunde ordna det för sig. Själv bodde han i en lägenhet i Vasastan, med utsikt över en nersliten gård dit det verkade som om ljuset aldrig orkade tränga in.

– Nej, det var Harrys privata.

– Vad lånar man fyrahundratusen till av privata skäl?

– Jag var inte insatt i Reds affärer.

– Åjo, det måste ni väl ändå ha diskuterat, sa Hake.

Ulla Stenman drog nervöst i jumpern.

– Jag vill inte ha trassel med Reds eventuella pengaaffärer.

– Du har redan trassel. Han är mördad.

– Jag menar, jag tror han använde dom för att köpa bilar. Men transaktionerna gick inte alltid genom firman.

– Svart, alltså.

– Jag vill inte uttala mig mer om det, för jag vet inte säkert. Är det verkligen viktigt?

– På det här stadiet vet vi inte riktigt vad som är viktigt eller inte, sa Hake och reste sig.

Han behövde få röra på benet och ju längre han satt, desto mer ont gjorde det i knäet.

– Men nog tycks dom där fyrahundratusen kronorna vara någonting att utreda. Vem köpte han bilar från?

– Alla möjliga. Privatpersoner, importer från Tyskland. Konkurslager.

– Köpte han stulna bilar?

– Hör nu här. Min man är mördad och jag mår inte särskilt bra. Det sista jag vill är att svärta ner honom med insinuationer om någon brottslig verksamhet.

Axel Hake backade direkt. Han ville inte ha henne som motståndare utan som en villig samarbetspartner under utredningen.

– Jag ber om ursäkt, sa han. Vad vi egentligen kom för var för att få en bild på Harry.

– Vad för slags bild?

– Vad som helst. Vi behöver den för eventuella vittnesförhör.

Ulla Stenman nickade, reste sig och gick in i ett annat rum. Hon var snart tillbaka med en låda som hon tagit locket av. Hon räckte den till Hake som började plocka bland bilderna. Han mindes det svullna ansiktet på dödsbilden och tyckte det var otäckt att nu se samme man på bilder ur levande livet. Men döden var, som sagt, aldrig vacker. Nu stod Harry Stenman där på bilderna och log mot kameran utan en aning om hur brutalt hans öde skulle bli. På några av dem var han tillsammans med Ulla, på några ensam. Den bild Hake valde var en färgbild där han stod med bar överkropp vid en sandstrand och där Främlingslegionens tatuering syntes skarpt och tydligt. Precis när de skulle gå vände sig Lidman till henne.

– Stod Rick och Harry på god fot med varandra?

– Javisst, dom var ju bröder.

– Du har inte hört talas om Kain och Abel? sa Lidman innan han klampade ut genom ytterdörren.

– Är det Harry Stenman? sa Tobisson och tog upp bilden som Hake slängt på hans skrivbord. Hake nickade och såg hur kollegan fundersamt studerade bilden.

– Det måste finnas många som vill hämnas, sa Tobisson nästan för sig själv. Jag menar … han utbildades i en kommandogrupp. Dom var inblandade i Balkankriget. Ni vet ju vad som hände där. Mord, tortyr, våldtäkter.

– Följ upp det, sa Hake. Faxa bilden av Harry Stenman till legionens högkvarter i Calvi.

– Tror du verkligen på det där? sa Lidman. Att dom skulle hjälpa polisen? Främlingslegionen är ju ett slutet sällskap som inte ger någon information om de sina. Inte ens den franska polisen har någon insyn.

Hake mindes plötsligt sin vän Raymond från tjänstgöringen i Paris. Han hade avancerat nu, precis som Hake, och borde kunna vara till hjälp.

Hake skrev ett nummer på en lapp och räckte den till Tobisson.

– Ring dit. Hälsa från mig och ge Raymond alla upplysningar du har.

Han såg att Tobisson verkligen var intresserad, och då kunde man räkna med att han ansträngde sig. Främlingslegionen var en mytisk organisation som unga män drömde om att ta värvning i för att sedan komma tillbaka som hårda, välutbildade stridsmaskiner. Hake hade en känsla av att Tobisson säkert hade fantiserat om att bli legionär någon gång i tonåren. Han var den typen.

Kvällsmörkret kom allt tidigare nu på hösten. När Hake kom hem till Chapmansgatan på Kungsholmen syntes Västerbron bara som en mörk tuschbåge mot en gråmelerad himmel. Inne i lägenheten blinkade telefonsvararen. Det var hans syster Julia som ringt. Hon ville tala med honom om något viktigt som hade med brottslighet att göra. Hon sa inte vad det var men föreslog att han skulle komma ut någon gång dagen därpå. Under natten som kom hade hon jour och var inte anträffbar.

Hake var inte hungrig utan gjorde sin specialare, svart, starkt kaffe med osaltat smör i och två rågbrödskivor med roquefortost på. Hamnarbetarna i Dunkerque hade ätit det som frukost och när han flyttade från Frankrike hade han tagit med sig vanan hem. Han slog sig ner vid köksbordet med den franska hästtidningen Paris-Turf som sällskap och fördjupade sig i resultatlistorna. Hästar och spel var hans passion, men det var ett tag sedan han hade varit ute på galoppbanan och spelat. Han saknade det. Det var balsam för själen. Ingenting kunde smyga sig in i hans medvetande när han såg hästarna och deras tjuskraft. Det var en totalupplevelse, och varken kärleksbekymmer eller arbetsbelastning kunde hindra honom från att njuta av föreställningen.

Plötsligt ringde det på dörren. Han undrade vem det kunde vara. Antagligen Lars Larsson-Varg som ville diskutera sina teorier om hur man bäst knäckte Nationalmuseum. Men när han öppnade stod Hanna och Siri utanför. De log förväntansfullt. Siri sträckte ut händerna och han tog upp henne i famnen.

– Mamma sa att hon längtade efter dig och då sa jag att vi kunde väl hälsa på.

Hake höjde på ögonbrynen mot Hanna som nickade nästan generat. Det var sällan Hanna ville visa att hon inte klarade av alla situationer.

– Och du då? frågade Hake sin dotter.

– Jag var ju tvungen att gå med.

Hon såg allvarligt på Hake innan hon brast ut i ett brett flin. Hon hade precis upptäckt humorn och att man kunde vrida och vända på begreppen så att det blev skojigt. Ibland höll det, ibland inte. Nu märkte hon att det hade gått hem och gick sedan och småskojade hela kvällen tills det blev dags att gå till sängs. Hake nattade henne och läste en saga samtidigt som han hörde hur Hanna gick omkring och botaniserade i hans bokhyllor. Han undrade vad hon letade efter. När han en halvtimme senare kom ut ur sovrummet, satt hon i soffan och bläddrade i Paris-Turf.

– Hur lång tid tar det att lära sig franska riktigt ordentligt? frågade hon.

– Det beror naturligtvis på vilka grundkunskaper man har.

Själv hade han läst två terminer franska under gymnasietiden, men det var först när han tjänstgjorde hos den franska polisen som han verkligen lärde sig språket.

– Om man bara kan så där, sa hon.

Hon vek ihop tidningen och la den på soffbordet.

– Jag förstår ju vad som skrivs, men inte allt.

– Ett år kanske. Det beror på hur flitig man är. Sen gäller det att prata på, inte bara läsa och förstå. Hur så?

– Inget speciellt. Det vore bara kul att lära sig franska.

– Du kan få ta privatlektioner hos mig.

Hanna såg milt på honom. Hon hade en svart, enkel klänning vars axelband åkte ner och som hon hela tiden rättade till.

– Skulle du vilja? frågade hon.

– Vi kan börja med konversationsövningar. Som vi gjorde i Danmark.

– Det var ju på lek.

– Är det allvar nu då?

Hon svarade inte utan sträckte ut händerna mot honom, precis som Siri.

– Kom, sa hon.

Han gick fram och satte sig bredvid henne. Hon tog honom i sin famn och sökte hans mun. Hon smakade mintchoklad och vin. Lekfullt drog hon ner honom i soffan och han lät sig dras med. Han la märke till en liten hårvirvel i nacken som han inte sett tidigare. Han smekte henne över brösten och höfterna och hon höll honom lite hårdare. När han sökte hennes blick var den varm och villig. De älskade på soffan, men innan han somnade bredvid henne fick han ändå en känsla av att hon inte kommit för hans skull.

KAPITEL 8

Ovädret hade börjat redan på natten. Hake vaknade av bullret och tassade upp i mörkret och stack ut huvudet genom fönstret. Regnet vräkte ner, borta vid Västerbron lyste en blixt upp hela området och vattnet som varit en tjock, svart massa förvandlades i ett fruset ögonblick till en metallspegel. Som när man tar ett kort med blixt och allt plötsligt blir skarpt och tydligt. Han såg regnet störta ner mot vattenytan och lämna ringar och stänk efter sig, han såg en bil på bron som först tycktes svart men som vid nästa blixt visade sig vara mörkröd. Han stängde fönstret och kröp ner i sängen igen, men kunde inte somna om. Efter att ha vridit och vänt på sig ett tag steg han upp igen. Han satte sig med utredningen och gick igenom allt de hade men fann inget mönster, allt var bara lösryckta trådar. I hopp om att få nya idéer bestämde han sig för att försöka strukturera upp alla fakta i motiv, offer och tillvägagångssätt, men utan resultat. Vid sextiden kände han sig helt tom och kokade en kopp kaffe.

En timme senare satt han i ledningsrummet och stirrade ut genom fönstret. Det fanns tidpunkter när en utredning gick helt i stå. Det var inget märkvärdigt med det, det hände titt och tätt. Men han tyckte att de hade hållit på länge utan att ens ha börjat kartlägga Harry Stenmans bekantskapskrets, än mindre finna något som kunde ha orsakat en så brutal handling som att först slå ihjäl någon med ett järnrör och sedan sänka kroppen i en kanal. Han behövde fler män, men Rilke hade bestämt sig.

Han gick till Span och snackade med sina kollegor där. De kände till bilbranschen men hade inget direkt på Harry Stenman. Däremot förekom han i en utredning som gällde stulna bilar som några ryssar var starkt misstänkta för att vara inblandade i. Span hade ligan under uppsikt men hade ännu inte fått fram något påtagligt. De hade tålamod och tid att övervaka misstänkta brottslingar, men det hade inte Hake. För varje dag kallnade spåret och om fallet inte löstes den första månaden, så skulle sannolikheten för att det överhuvudtaget löstes sjunka drastiskt. Han fick en adress i Frihamnen där en rysk bilexportör vid namn Maxim Olgakov höll till. Han fick även några papper med uppgifter som Span tagit fram om Olgakov.

Axel Hake tog Cittran och åkte ner till Frihamnen. De stora magasinen utmed stenkajen rymde alla slags småhandlare och bolag. Där gjordes det reklamfilm och radio. Där fanns konstutställningar och fruktlager. Överallt stod det stora containrar som innehöll allt från burkmat till bilar. I ett av magasinen vid den stora piren fanns företaget Interexport. En röd stjärna på skylten över firman hängde lite på sniskan och kontoret som Hake klev in i gick helt i brunt. Bruna skinnmöbler, bruna bokhyllor, brun heltäckningsmatta. Allt såg begagnat ut, allt såg förgängligt ut. Som om man inte riktigt litade på att man skulle stanna så värst länge till och därför inte lagt ner någon möda på inredningen. Mannen bakom skrivbordet var klädd i en brun kostym, men på huvudet hade han en grön, flottig mockahatt. Han var storväxt, med ett brett koppärrigt ansikte. Ögonen var gröna och på fingrarna satt stora guld- och klackringar.

Hake presenterade sig. Mannen såg på honom med ett knipslugt uttryck och lät blicken vandra från Hakes huvud till hans käpp.

– I Moskva skulle du fått jobba som parkeringsvakt, sa Maxim Olgakov. Jag vill inte vara otrevlig, men en polis med käpp skulle inte ha en chans att avancera. Medborgarna skulle dessutom ha uppfattat det som ett hån att en krympling skulle vaka över dom. Som om något sekunda prackats på dom.

– Som dina bilar, kanske, sa Hake surt. Men nu är vi inte i Moskva och vad jag utreder här i Stockholm är ett mord.

– Jag förstår inte vad det har med mig att göra, sa Olgakov.

Han såg fortfarande road ut.

– Den mördade var bilhandlare och vi kartlägger hans bekantskapskrets.

– Det vet jag inget om.

– Du har ju inte ens hört vem jag talar om.

– Jag känner inga som blivit mördade, menar jag.

Han snurrade på en stor klackring och lutade sig tillbaka i stolen.

Den knakade betänkligt under hans stora kroppshydda.

– Harry Stenman, sa Hake.

– Känner honom inte.

– Han kallades Red.

– Red, Blue, Black. Jag känner honom inte.

Återigen kom det där självsäkra flinet tillbaka.

– Var det något mer? Jag är lite upptagen just nu.

Han sträckte sig mot telefonen. I samma ögonblick slog Hake till hans hand så att luren flög av. Det skiftade till i Olgakovs ögon. De blev plötsligt mycket mörka och intensiva. Hake mötte hans blick utan att vika undan.

– Hörde du inte vad jag sa, Maxim? Det här är en mordutredning. Det här är ingen lek som du och jag ska leka.

Han satte sig ner på en stol mitt emot ryssen.

– Vad vet du om Red och hans affärer?

– Jag vet ingenting. Jag förstår inte varför du trakasserar en stackars affärsidkare på det här viset?

Rösten var nu trumpen, blicken oförstående. Men allt tycktes ingå i ett spel. Det illmariga fanns alldeles i närheten.

Hake tog fram några papper ur innerfickan.

– Jag har kollat dina deklarationer, sa han lugnt. Du sålde tjugosex bilar förra året. Sexton i år. Du deklarerar för sjuttiotvåtusen och har en villa i Bromma, en Mercedes och en liten våning på Östermalm. Hur kan det vara möjligt på en sådan inkomst?

Han såg hur Olgakov ryckte till när han nämnde våningen. Han skänkte en tacksamhetens tanke till kollegan som givit honom uppgifterna.

– Vi vet om den. Vi vet om din älskarinna ... Rita, som bor där.

Olgakov försökte sig på ett leende. Det såg mer ut som en grimas.

– Det är inte brottsligt att ha en älskarinna.

– Vi får höra vad din fru anser om det.

– Era jävlar ...

Han reste sig till hälften ur stolen, men sjönk tillbaka när han såg Hakes beslutsamma min.

– Vi har även sett i dina papper att du gjort affärer med Harrys Bilar.

– Okej, sa Olgakov. Jag har träffat Red några gånger. Det är inget brott.

Hake sa inget, han plockade med sina papper. Olgakov jämrade sig till slut högljutt.

– Vad vill du veta?

– Om Reds affärer.

– Och det här stannar mellan oss?

– Inte om det har med mordet att göra.

Olgakov vägde för och emot ett tag innan han började prata.

– Red var en småhandlare, sa han. Hade dåligt rykte bland oss exportörer.

– Varför då?

– Han såg sig själv som något slags soldat. Försökte vara tuff. Precis som du.

Olgakov log ett reptilleende.

– Han strulade alltid med pengar och till slut ville ingen göra affärer med honom.

– Men det var stulna bilar han handlade med?

– Någon gång kanske. Jag vet inte säkert.

– Han kanske blåste någon rysk exportör en gång för mycket?

Olgakov skakade sorgset på huvudet.

– Kommissarie Hake, vi är affärsmän, inte mördare. Vi klädde bara upp honom en gång och sedan var det inte mer med det. Det är inte svårt att hitta någon med ett basebollträ som kommer och hälsar på någon som försöker spela tuff.

Han såg oskyldigt på Hake.

– Ingen, och jag säger ingen i våra kretsar, skulle mörda honom för några gamla begagnade bilar. Försök förstå det. Om det kom ut skulle vi inte kunna göra affärer längre. Alla skulle bli rädda för oss och det vill vi inte. Polisen i Ryssland är rädda för oss, men här försöker vi vara snälla. Vi vill inte göra polisen illa fastän vi skulle kunna.

Han lät orden sjunka in.

– Och nu är ditt besök över, Hake. Jag har faktiskt inte tid med dig längre.

Han reste sig i hela sin längd och såg ner på Hake.

– Red var en liten fisk och vet du vad man gör med små fiskar?

Hake teg.

– Små fiskar släpper man tillbaks i sjön, sa Olgakov med skollärarröst.

82

Axel Hake åkte hem till Chapmansgatan och åt lunch. Spagetti med vitlök och sardeller. På toppen lite riven parmesanost. Knepet var att mosa sardeller i het olivolja som sedan hälldes över spagettin. Han åt stående i köket. Han tänkte på den ryska exportmaffian. Kunde inte Harry Stenman ändå ha varit en nagel i ögat på dessa så kallade affärsmän? Hotat dem. Eller idkat utpressning. Det var naturligtvis fullt möjligt för han trodde inte ett ord på vad ryssen berättat för honom. Men varför ville de i så fall gömma Harry Stenman i vattnen kring Långholmen? Han hade inget svar och satte på en CD med Serge Gainsbourg. När han lyssnade på fransk musik tyckte han alltid att rummet förändrades. Att det blev ljusare och större på något sätt. Hanna hade sagt att det antagligen berodde på att hans tid i Paris var en frihetstid, en tid utan något reellt ansvar. Därför associerade han alltid den franska musiken med frihet och förhöjd livskänsla. Det kunde nog vara sant, tiden i Paris hade varit både rolig och intressant. Men han längtade inte till Frankrike annat än som turist. Kanske när han blev äldre, kanske en liten lägenhet i Paris eller ett stenhus i Provence. Men längre än till fantasier hade det aldrig kommit. Han gick ut i vardagsrummet och såg att några böcker hade tagits ut ur bokhyllan där ett svart hål gapade. Han visste vad det var för böcker. Där brukade hans böcker om Paris stå. Det kunde bara ha varit Hanna som tagit dem, men varför hade hon inte sagt något? I samma ögonblick ringde telefonen. Det var Julia. Hon undrade var fan han höll hus.

Hon stod som vanligt och väntade på honom utanför veterinärkliniken. Antagligen var det hennes hund som hört bilen komma och varnat henne. Hon hade ett bistert drag kring mungiporna och nickade bara kort när han steg ur och hälsade. Han följde efter henne in i huset där det luktade kaffe och nybakat. När han frågade om hon hade börjat bli huslig, fräste hon bara och undrade vad det var för fel med det. Kanske var det dags att hon började bli lite moderlig. Hake blev lite lugnare när han såg att hon bara tinat några djupfrysta bullar i ugnen.

Rummet var annars rent och snyggt, och en blåvit duk som inte hade funnits där tidigare prydde köksbordet. Där fanns också ett par nya blomkrukor, och bokhyllan som normalt svämmade över av böcker och tidskrifter hade ordnats till. De drack kaffet och talade om ditt och datt. Om hur Siri mådde. Systern frågade aldrig om Hanna, hon hade svårt för den svala kvinnan med de genomskinliga, färglösa ögonen. Hon tyckte Axel var värd ett bättre öde. Till slut kom hon fram med vad hon hade på hjärtat. Hon ville veta om det var brottsligt att känna till något som kunde vara en kriminell handling. Hake undrade om det var något med Yuri, men Julia förnekade det. Det var något annat. Hake ville veta vad det var, men Julia var svävande och sa att det bara var en hypotetisk fråga.

– Det är klart att man ska anmäla ett brott, sa han.

– Men det kanske inte har begåtts ännu, svarade hon undvikande.

– Då är det desto större anledning att berätta vad du vet.

– Du är hopplös, sa hon besviket. Hård. Det måste finnas gråzoner.

– Vad är det du vet?

– Som sagt, sa Julia. Det är bara ett antagande och inget specifikt.

Det ska fan vara polis, tänkte Hake. Inte nog med att man var den sista utposten för alla samhällsmedborgare, man skulle också vara sista utposten för sin familj och sina vänner. Balansera mellan kriminalkommissarien Hake, vännen Axel eller i värsta fall Axel-gubben. Folk vägde och mätte allt som de sa till honom eftersom de kände att det inte bara var privatpersonen Axel utan även en myndighetsperson som de talade med. Det fanns ofta en misstänksamhet mot honom, för att han trots allt var en snut som skulle kunna göra dem illa. Hanna hade inte den inställningen. Hon sa överhuvudtaget inte ett pip till polisen Axel Hake. Allt var privat, men han visste att han ändå var sista utposten och ankaret i deras förhållande. Det konststycket, att både vara tryggheten för alla medborgare som behövde hans hjälp och familjens stöttepelare, var ofta mer än han kunde klara av. Ibland behövde han vila, vara oansvarig, leka. Men han visste att det aldrig skulle accepteras, och därför var han på sätt och vis fången i sin egen roll.

Han slog bort de dystra tankarna och såg upp på systern. Hon satt tyst och sluten, och han insåg att de inte skulle komma längre. Julia följde honom ut med bara en sjal över sin T-shirt. Hon iakttog honom när han med möda tog sig in bakom ratten och sedan vinkade lamt när han svängde ut på vägen. Hon såg hans slutna ansikte där han satt ensam i bilen innan den försvann in i granskogen. Han är en riktig ensling, tänkte hon. En solitär och ensamvarg som lever i självvald exil. Med sin avvaktande hållning gjorde han folk osäkra. Med sin hårda framtoning gjorde han andra obehagliga till mods. Bra för hans yrke, dåligt för hans sociala liv. Julia undrade om han hade några egentliga vänner. Hon kunde inte minnas några som återkom i hans liv. Hans bästa vän var antagligen Hanna, och vad var det för slags vän? Eller också var det hon själv och vad var det för ett liv där ens syster var ens bästa vän? Julia drog sjalen tätare runt kroppen. Och jag då? tänkte hon till slut. Vem är min bästa vän? Hon log snett för hon visste att hon inte hade någon. Hade alltid vetat det. Allt handlade om djuren. Och djuren var trofasta och tillgivna. Men älskare hade hon och dem skulle man akta sig för att ha som bästa vänner.

När Hake kom tillbaka satt både Tobias Tobisson och Oskar Lidman i ledningsrummet. På den stora vita anslagstavlan satt obduktionsbilderna tillsammans med bilden av Red med bar överkropp, tio år tidigare, flinande mot kameran, stolt över sin tatuering. Där satt obduktionsprotokollet och de tekniska analyserna av ankare och kätting, bilderna från fyndplatsen och även några foton från den vita bussen samt en lista över vad de hittat nära fyndplatsen, vilket inte var mycket att gå på, eftersom tusentals flanörer hade passerat platsen. Där satt även foton av Ulla Stenman och Danne Durant. Hake berättade för sina kollegor om Maxim Olgakovs och Reds förehavanden. Lidman skakade på huvudet.

– Om nu Harry Stenman sålde bilar olagligt, så gjorde han det jävligt dåligt i så fall, sa han. Titta här.

Han hade en bunt papper framför sig som han grep tag i med sina tjocka fingrar och skakade.

– Jag har grävt fram dom från skattemyndigheterna.

Han såg nästan äcklad ut, som om papperen var nersölade.

– Värre råttbo än Harrys Bilar finns inte. Allt är misskött. Firman är översållad med betalningsanmärkningar, leverantörer som inte fått sina pengar, kunder som blivit lurade. Sen är det andra skulder till både höger och vänster. Hyran för garaget är inte betald på flera månader. Kreditkortet till Statoil är inte betalt trots att han har tankat hundratals liter.

– Men inget åtal?

– Inte ännu, alla kvarnar ska mala några varv först.

– Men då kan det inte ha pågått så länge, sa Hake.

– Ett halvår.

– Och innan dess?

– Var det väl ett upp och ett i minne, vad jag kan se. Men inte misskött.

Hake satte sig ner och stirrade upp i taket.

– Tror du som jag, sa Lidman.

Hake nickade svagt.

Tobisson gav dem ett surt ögonkast. Han hatade när Hake och Lidman talade över hans huvud. Det var inte schyst. Att Lidman gjorde det för att briljera var det inget tvivel om. När det gällde Hake var Tobisson mer kluven. Han tyckte inte att Hake var en bra chef när han uteslöt vissa ur gemenskapen och nästan medvetet höll vattentäta skott mellan sina mannar. Det kändes som om Hake undervärderade honom, men han skulle nog visa vem som var bäst när det gällde att ta fram uppgifter som skulle få fart på utredningen.

– Tror vadå? sa han irriterat.

Hake såg lugnt på honom.

– Att han började missköta företaget för att han hade större saker på gång.

– Eller för att allt kanske verkade så totalt hopplöst, sa Tobisson som inte tänkte låta sina kollegor nonchalera honom.

– Det tror jag inte, sa Lidman. Han lånar fyrahundratusen av Durant. Till vad vet vi inte, men uppenbarligen inte för att betala av sina skulder. Kanske har han en affär på gång med ryssarna. Kanske går den snett. Kanske tänker han börja i en annan bransch och behöver investera i ett lager. Knark, kanske.

– Kanske han är utsatt för utpressning, sa Tobisson. Och måste slanta upp. Han låter firman gå i putten så att det ska se ut som om han inte har mer.

Hans båda kollegor såg lite förvånat på honom och nickade.

– Bravo, sa Hake. Det ligger någonting i det.

– Hur kom du på det? frågade Lidman ironiskt.

Han hade inte höga tankar om Tobisson. Han var av naturen misstänksam mot vältränade, kortsnaggade poliser som låg i lite för hårt i selen.

Tobisson svarade inte. Han ställde sig vid fönstret med händerna på ryggen som en gammal skollärare. När han såg ut märkte han att det för första gången på länge inte regnade. Himlen mellan taken var blå och utan ett moln. Husen tycktes få en ny fasad, från en platt gråbrun framsida till en gyllene, levande exteriör med gesimser och reliefer. Till och med fönstren blixtrade i solljuset och folk skyndade inte längs gatorna i skydd av paraplyer och regnrockar. De strosade, stannade upp framför skyltfönster och tycktes ha all tid i världen. Tobisson själv kände sig väl till mods och staden speglade på något sätt hans sinnesstämning. Han vände sig om mot sina kollegor och såg på dem. Ni tyckte det där var bra sagt, tänkte han. Då skulle ni bara veta vad jag mer har på lager.

KAPITEL 9

Harry Stenman begravdes följande dag och Axel Hake var där tillsammans med Oskar Lidman för att se vilka som följde honom till graven. Ulla Stenman stod lite för sig själv. Hon hade inget flor eller någon speciell sorgklänning, bara en enkel svart kappa under vilken en mörkgrå kjol skymtade. En bit bakom henne stod Reds bror Rick i svart skinnrock. Han såg närmast uttråkad ut och tittade hela tiden på klockan. Prästen försökte göra sitt yttersta för att få följet att böja sina huvuden och visa någon form av sorg, men efter ett tag insåg han att det var omöjligt och mumlade bara sin litania. Maxim Olgakov var där liksom Danne Durant. Ingen av dem hade svarta kläder. Olgakov var som vanligt klädd i brunt och Danne hade en diskret grå kostym. Ytterligare några personer hade samlats runt graven, men Hake kände inte igen någon av dem. De tog emellertid fotografier av alla, som kanske skulle komma väl till pass senare under utredningen. Han la märke till två män som liknade varandra, de gick fram till graven tillsammans och la ner sina blombuketter. Hake såg mot Ulla som vägrade möta hans blick. Han hade sagt att de skulle komma och hon hade inte haft några invändningar.

– Ni kan göra vad ni vill, bara ni hittar den som gjorde det här mot Red. Men jag tror inte att ni finner honom bland hans vänner. Så gör man bara inte mot någon man känner.

Hake hade sett det göras alltför ofta för att lita på det där med vänners förträfflighet.

På vägen ut från kyrkogården gick Hake ifatt Olgakov.

– En fråga bara.

Maxim Olgakov, som hade haft godheten att inte ha på sig sin flottiga mockahatt under ceremonin, satte nu tillbaka den på skulten och stannade.

– Känner du någon som heter Victor Jevtjenko? sa Hake.

Det var ett hugskott, men allt måste prövas.

Olgakov såg nästan förvånat på Hake.

– Min bästa kommissarie, sa Olgakov formellt. Om polisen på något sätt hade hjälpt mig någon gång med någonting hade jag kanske kunnat svara på din fråga. Men jag har blivit motarbetad av er sedan jag kom hit och därför finns det bara ett svar på den frågan. Nej, jag känner ingen med det namnet. Däremot kan jag erbjuda dig tjugotusen för Cittran.

– Man säljer inte sina kompisar, sa Hake.

– Nej, just det, sa Olgakov och gick iväg.

Hake tillbringade kvällen i sällskap med Siri. Hanna var hos sin mamma i Saltsjöbaden, en kvinna som ansåg att hennes dotter valt fel man. Hans aktier hade inte direkt stigit i kurs när han under en stel middag råkade nämna pappan, en egen företagare som gift om sig med en yngre kvinna. Efter det misstaget tog det månader innan han blev bjuden till den stora villan igen. Siri tyckte att mormor var hårdhänt och var lite rädd för den njugga damen. Det hade sin upprinnelse i att mormor en gång skulle klippa Siris tånaglar och tyckte att hon var pjåskig när hon sa att det gjorde ont. Sedan dess var det bara Hake som fick klippa naglarna på henne men det tog han som ett hedersuppdrag. Först badade de tillsammans tills naglarna var mjuka, sedan utfördes fotmassage innan saxen fick göra sitt. Den här kvällen hade de hyrt "Pippi Långstrump" på video för femtioelfte gången. Siri kunde aldrig få nog av den och Hake undrade hur många flickor som fått sin identitet stärkt av denna fantastiska varelse.

Hake pussade Siri god natt på munnen och kände den där friska andedräkten av äpple som bara barn har. Senare, när de blivit lite äldre, försvann den och då var på något sätt oskuldens tid förbi. Om det nu någonsin fanns en oskuldens tid. Siri somnade nöjd och ren med sitt gosedjur i famnen, en sliten tygkanin med långa öron.

Hake satte sig i soffan, läste sin franska galopptidning och smuttade på ett glas vin. Plötsligt ringde det på dörren.

– Jag vet att du är hemma, sa Lars Larsson-Varg och tryckte ner handtaget.

Hake gick och öppnade och hans granne viftade med en samling dokument.

– Sover hon?

Hake nickade och undrade om den gamle intendenten hade lagt örat till golvet och lyssnat på vad de hade för sig i våningen under. När han inte hörde Siris röst längre kom han allt som oftast ner bara några minuter efter att Hake nattat henne. Hake hällde upp ett glas vin till honom och såg på fotona och papperen som Larsson-Varg hade med sig.

– Nya rön, sa han. Man tror sig ha funnit ett tumavtryck på tre av Rembrandts mest kända målningar. Såna som man vet utfördes av honom.

Han gav Hake en menande blick. Hans övertygelse att National-museums Rembrandtmålning var falsk kunde inte ens diskuteras.

– Här.

Han pekade på några förstoringar av ett tumavtryck som återfunnits i den torkade målarfärgen på de tre tavlorna.

– Remmens egen tumme. Begriper du vad det innebär?

Hake begrep inte.

– Ibland är du seg, Axel, sa Larsson-Varg otåligt. Det betyder naturligtvis att om den tummen inte finns på "Batavernas trohetsed", så innebär det att han inte rörde vid den. Och framför allt inte målade den.

– Jag är inte säker på det, sa Hake. I ett brottsfall räcker det inte med att någonting inte finns.

– Det här är inget brottsfall ännu, sa Larsson-Varg kryptiskt.

– Ännu?

– Först när jag lagt fram alla bevisen blir det ett riktigt brottsfall. Vilka skadestånd som kan utmätas. Själv ska jag lämna in en stämning och kräva pengar för alla entréavgifter som museet tagit ut på falsk varudeklaration. Var och varannan besökare har betalt inträde för att se just den tavlan. Om alla gör som jag kommer museet att få punga ut med astronomiska belopp. Tavlan har ju funnits på museet sedan det öppnade 1866.

Han sjönk tillbaka i fåtöljen, slöt ögonen och njöt i sitt stilla sinne av de effekter hans avslöjande skulle få.

– Och hur ska du komma åt att undersöka tavlan på jakt efter fingeravtryck? frågade Hake oroligt, för han befarade det värsta.

Larsson-Varg tog tid på sig innan han öppnade ögonen igen och såg oskyldigt på Hake.

– Jag tror att det är bra att ha polisen på sin sida vid sådana här operationer. Du skulle också kunna få en del av äran när allt uppdagas.

– Vadå för operationer?

– Ni har väl dyrkar och sånt där? Ni har väl kartor över larm och hur man stänger av dom, inte sant?

– Tänker du göra inbrott på Nationalmuseum?

– Är det verkligen inbrott när man har polisen med sig?

– Du har ingen polis med dig, Lars.

– Jag tänkte att du och jag …

– Du skojar?

Larsson-Varg såg en smula obeslutsam ut, allt hade inte gått riktigt som han hade tänkt sig.

– Du skulle i alla fall kunna hålla vakt.

– Lars …

– Okej, okej. Om du envisas med att inte vilja delta …

Han ryckte på axlarna.

– Min bäste sparkade intendent. För det är väl så det är? Du fick sparken från museet och nu vill du hämnas?

Larsson-Varg svarade inte.

– Hursomhelst så är jag mordutredare. Men jag är också polis och jag varnar dig för att berätta om eventuella brottsliga handlingar, hur goda vänner vi än är.

– Axel, sa hans gäst med en suck. Du håller på att formas till en paragrafryttare och streber. Snart arresterar du väl mig om jag bjuder på en flaska smuggelsprit i min egen våning.

– Det är inte samma sak.

– Du är i all fall hopplös, sa Larsson-Varg sårat.

Han rafsade ihop sina dokument och reste sig. Hans röda kaftan och de bylsiga linnebyxorna fick honom att se ut som en cirkusartist.

– Men jag ska kämpa vidare. Ensam, så som jag alltid har gjort.

– Gör inget dumt bara, sa Hake.

Lars Larsson-Vargs skratt följde honom ut genom ytterdörren.

Intendenten hade knappt försvunnit när en nyckel sattes i dörren och Hanna kom in. Hon hälsade kort och gick raka vägen in i vardagsrummet där hon hällde upp ett stort glas vin som hon stjälpte i sig i ett enda drag.

– Skål, sa Hake.

Hanna gjorde bara en grimas innan hon hällde upp mer vin.

– Bråkade ni?

Hon såg på honom oändligt länge innan hon talade.

– Har du någonsin varit rädd för att likna dina föräldrar?

Nog hade Hake någon gång reflekterat över sin pappas alkoholism och sin mammas reumatism i händerna, men rädd hade han aldrig varit.

– Tja, började han.

– Jag är rädd, Axel.

– Men du liknar ju inte henne det minsta.

– Jo, jag kommer antagligen att bli som hon. Bitter, fördomsfull och känna ett särskilt nöje i att det går dåligt för andra.

– Den sidan har i alla fall inte jag sett hos dig, sa han ömt.

– Du är snäll, sa hon och satte sig bredvid honom och la armen om hans axlar, men du kommer att lämna mig precis som pappa lämnade henne.

– Hanna, för helvete …

– Schhh, sa hon och kysste honom intensivt på munnen.

Hake gjorde sig fri och såg på henne.

– Vad är det som har hänt egentligen?

– Jag satt där i vardagsrummet och iakttog mamma när hon ampert malde på om alla andras tillkortakommanden, och i samma ögonblick såg jag mig själv så där om några år. Lite mager om halsen, lite för hårt färgat hår, lite för många smycken och ringar. Bröstet var insjunket och de blå ådrorna på händerna var som svarta tuschstreck på pergament.

Hon lutade huvudet mot honom.

– Och jag tänkte att så där vill jag inte bli, hellre går jag i sjön.

– Vännen, sa Hake mjukt. Så där blir du aldrig.

Hon såg på honom med forskande blick.

– Jo, sa hon, men du kommer aldrig att få se mig så där.

– Vad menar du med det?

Hon skakade sorgset på huvudet och såg tomt framför sig.

– Jag fryser, Axel, sa hon. Jag fryser …

Lidman och Hake åkte till Ringvägen i Cittran nästa dag. Ljuset letade sig upp över huskropparna och gatorna var fyllda av nerfallna

92

löv i guld och rött. Lidman satt ihopkrupen i sin stora överrock och stirrade framför sig. Hans fru hade åkt på kongress och det betydde att han inte hade någon att dela sina stora intressen – mat och dans – med. Någon privat kontakt med Tobisson och Hake ville han inte ha. Tobisson och hans magra markatta åt väl mest bark och kruska, och att tillbringa en kväll med lektioner om kosthållning och motion var inte något som Lidman tänkte utsätta sig för. Och Hake hade aldrig visat några tecken på att han ville ha sin kollegas sällskap på fritiden. Kvällen innan hade Lidman funderat på att gå till dansklubben ensam och dansa lite med några andra, men han visste att det i så fall skulle sluta på krogen med för mycket sprit, och bakfyllan gjorde honom så deprimerad att han knappt stod ut med den nu för tiden. Bättre då att vara hemma, lösa korsord och gräva ner sig i arbetet tills frun kom hem.

Hake parkerade vid Harrys Bilar och de gick garagerampen ner till kontoret. Ulla Stenman satt vid skrivbordet i glashyttan med några papper och en räknemaskin bredvid sig. Hon såg hastigt upp på dem, slog in några siffror och bad dem sitta ner. Lidman tog upp sin dokumentpärm och bläddrade en stund under tystnad innan han harklade sig.

– Vi har tittat på era affärer det senaste året och det ser verkligen inte ljust ut, sa han trevande.

Ulla Stenman höjde på ögonbrynen.

– Om jag ska finna ett enda ord som beskriver det så är det konkursmässigt.

Ulla såg dystert på de båda poliserna. Den tjocke Lidman med sitt smackande och sin stora överrock som Red säkert skulle ha kallat en sprängmatta. Och så kommissarien med sin käpp och sin stadiga blick.

– Jag börjar förstå det, sa hon till slut och gjorde en gest mot papper och pärmar. Jag trodde att Red hade betalt räkningarna fortlöpande, men det ser inte ut så.

– Vad tänker du göra? sa Hake.

– Vad finns det, förutom konkurs?

– Vet du varför han misskötte affärerna så det sista halvåret?

Hon skakade på huvudet.

– Men du jobbade ju här på kontoret.

– Han skötte affärerna, jag såg till att bilarna hade försäkringar, riktiga papper, var betalda och att annonser och kundkontakter fungerade.

Hon gjorde en uppgiven gest.

– Det var så han ville ha det.

Lidman hade kollat om det fanns företagare som skulle råka riktigt illa ut på grund av Harry Stenmans slarv med fakturor och betalningar men inte hittat något uppseendeväckande.

Rick kom körande ner i garaget i en gammal Mazda, parkerade på en minimal plats och gick in på kontoret. Han var klädd i en för väderleken alldeles för tunn skinnkavaj. Han drog handen genom den rödblonda kalufsen, hälsade på dem och ställde sig vid dörren.

– Och du har fortfarande ingen idé om vem som kan ha mördat din man? frågade Hake.

Hon gav Rick en lång blick innan hon såg på poliserna.

– Jag börjar mer och mer luta åt Ricks teori att dom tagit fel på person.

– Vilka dom?

– Dom som gjorde det, så klart.

Hake hörde en lätt irritation i hennes röst.

– Hur ska du göra med pengarna som ni är skyldiga Danne Durant då?

– Det var inte jag eller bolaget som lånade dom, har jag sagt. Det var Harry. Jag har inga privata pengar.

– Och du har fortfarande inte upptäckt var Harry kan ha gjort av dom, nu när det är uppenbart att han inte använde dom till att betala skulder.

Hon skakade på huvudet. Hake vände sig mot Rick.

– Inte en aning.

– Han investerade dom inte i … knark, eller någon annan affärsverksamhet?

– Red skulle aldrig göra något sådant, sa Ulla Stenman.

– Han var reko, sa Rick. Varför tror ni oss inte? Har ni fördomar mot begagnade bilförsäljare?

– Vi följer alla möjliga uppslag, sa Hake lugnt. Det är polisens arbete. Om ni inte vet var han gjorde av dom fyrahundratusen som han lånade, så har ni ju inte haft hans förtroende, eller hur? Då måste vi gräva i det själva.

Både Ulla och Rick stod svarslösa och Lidman lät tystnaden sjunka in. Det var ett gammalt polistrick att låta tystnaden verka så att någon till slut kände sig manad att säga något. Ulla reste sig och strök med händerna över höfterna för att släta till kjolen.

– Jag har kollat alla våra konton och dom fyrahundratusen har inte ens varit inne där, sa hon.

– Han kan inte ha haft några hemliga konton då?

– Varför då?

– För att han höll på med något som han inte ville att någon annan skulle se, så klart, sa Lidman irriterat.

– Jag vet bara inte vad det skulle vara.

– Han var inte offer för något slags utpressning?

Ulla skakade på huvudet och såg på Rick som ryckte uppgivet på axlarna.

– Och Danne Durant, då? Har han överhuvudtaget hört av sig?

– Han var på begravningen, sa Ulla. Han beklagade sorgen.

– Inget mer?

– Nej.

Hon satte sig ner igen och vred på sin vigselring. Hake iakttog henne hela tiden och försökte finna ett mönster när hon kände sig pressad eller när hon blev osäker, men hade ännu inte märkt något särskilt beteende. Att hon vred på ringen hade han inte sett tidigare.

– Hur kände Harry Danne Durant, då?

– Dom var kompisar sedan länge, sa hon vagt.

– I alla fall i över femton år, sa Rick. Jag minns honom när han hade en antikaffär på Gotlandsgatan.

Rick gav Ulla ett ögonkast, hon skakade lätt på huvudet.

– Hade dom gjort affärer tidigare?

– Dom har alltid hållit på och fixat saker tillsammans, sa Rick. Ett tag hade dom en flyttfirma ihop.

– Vad hände med den då?

– Den kånkade.

Återigen kom det där utväxlandet av blickar mellan Rick och Ulla Stenman. Hake undrade vad det betydde. Det verkade som om Rick ville säga något men att Ulla inte ville det. Det blev en stunds distraktion när en kund kom ner och Rick gick ut och sa att de hade stängt för dagen. När han kom tillbaka sa han vänd mot Ulla:

– Jag tycker ändå att du ska tala om det, Ulla.

– Vadå? frågade Oskar Lidman och lutade sig fram så att stolen knakade.

Ulla ryckte till sist på axlarna.

– Han menar antagligen det att Danne Durant och jag var ett par innan jag gifte mig med Harry, sa hon.

– Jävla subba, sa Lidman när de åkte från bilfirman. Varför sa hon ingenting tidigare?

Hake körde längs Ringvägen, tog av vid Hornsgatan och fortsatte sedan längs Bergsunds Strand mot Långholmen.

Ulla Stenman hade bara undrat om det verkligen kunde vara relevant när de frågade henne om det. Hon hade berättat att Dannes och hennes relation gick på tomgång när hon blev kär i Harry. Några månader senare var de gifta. Enligt henne hade Danne inte ställt till med några scener, han var inte den typen om man fick tro henne. Han hade accepterat faktum och de hade förblivit vänner.

– Om han hade fått spel när jag lämnade honom, så hade han väl slagit ihjäl Harry då, hade hon sagt.

– Så han är kapabel till det? hade Lidman frågat.

Hon hade förnekat det och trodde inte heller på att Danne fortfarande efter så många år skulle vara svartsjuk eller ha ett horn i sidan till Harry.

– Och inte skulle han ha lånat Harry några fyrahundratusen om han hatade honom, hade Rick skjutit in. Han hade i alla fall inte märkt någon förändring i de båda affärskompanjonernas relation.

Men Hake visste att svartsjuka kunde gro och under vissa omständigheter utlösa våld och mord. Det fanns fullt av sådana fall i polisregistret.

– Kan man inte sätta dit henne för undanhållande av fakta? sa Lidman när Hake körde över bron till Långholmen och bort mot Mälarvarvet där Danne Durants båt "Laura" låg.

– Vad skulle det tjäna till? Då kommer hon att sluta sig ännu mer.

Lidman muttrade för sig själv och klev ur bilen när Hake stannade på kajen vid Mälarvarvet. Båten låg på samma plats som förut, men i det bleka dagsljuset såg den ännu mer sliten ut än när de sist var där. Rostflagorna lyste röda och smutsen på fönstren verkade ogenomtränglig. De klev ombord och knackade på dörren. En radio stängdes av och de hörde hur någon gick uppför lejdaren till däck. Dörren öppnades och Danne Durant såg på de båda poliserna.

– Vad är det nu då?

Hake bad att få komma in och Danne släppte motvilligt in dem. De gick igenom den fallfärdiga salongen och nerför lejdaren till undre däck. Där öppnade sig plötsligt ett elegant, loftliknande utrymme. Det var rent och snyggt, en soffgrupp i Chippendalestil stod i ena änden och bruna bokhyllor av ek täckte ena skottet. Där fanns ett stort soffbord, belamrat med böcker om arkitektur och antikviteter, och på golvet låg antika mattor. Hela rummet påminde om en kaptensbostad för hundra år sedan. Kanske förklarades den smakfulla möbleringen av att Danne varit antikhandlare en gång i tiden.

– Man vill ju inte skylta med att det finns elegans under däck, sa han när han såg polisernas förvånade blickar. Allt slödder som tittar in ser bara en nersliten salong med några hopfällbara bord, inget värt att stjäla.

Han slog sig ner i en fåtölj.

– Men ni kom inte hit för att beundra min inredningssmak, va?

– Som du vet så undersöker vi mordet på Harry Stenman, sa Lidman. Vi kollar hans bekantskapskrets och flera gånger under den senaste tiden har ditt namn dykt upp. Nyss fick vi reda på att Ulla Stenman dumpade dig för Harry.

Lidman såg småleende på Danne, han var en mästare på att irritera folk med sina plumpa påståenden.

– Sa hon det?

Danne såg på Hake som fortfarande inte hade öppnat munnen.

– Det var precis så hon sa, återtog Lidman. Du räckte väl inte till.

Danne bleknade något och Hake märkte hur motstridiga känslor rasade inom honom. Å ena sidan be Lidman dra åt helvete, å andra sidan inte förlora självkontrollen som uppenbarligen var så viktig för honom. Danne reste sig upp, gick fram till ett litet kylskåp och tog fram en Ramlösa. Han hällde upp ett glas åt sig själv och bjöd inte de andra. Han såg över glaskanten på Hake.

– Vi försöker lösa ett brutalt mord, sa Hake. Det går oss på nerverna ibland. Du får inte ta illa upp.

Danne satte sig ner igen och smuttade på källvattnet.

– Ulla och jag var ett par, men det var på upphällningen när Ulla träffade Harry. I ärlighetens namn var jag ganska lättad. Ulla har en tendens att prata på utan att säga något väsentligt.

– Så brytningen var mer eller mindre ömsesidig, sa Hake förstående.

Danne nickade.

– Och ni har inte tagit upp relationen igen?

– Det vore ganska meningslöst.

– Är det alldeles säkert?

Danne såg bara roat på honom.

– Och vad vet du om rysk bilexport? frågade Hake med samma lågmälda röst.

Frågan var totalt oväntad och han såg att Danne blev tagen på sängen.

– Jag vet ... ingenting. Varför skulle jag veta det?

– Vi vet att Harry var inblandad i den verksamheten.

– Harry, ja.

– Du lånade ju ut fyrahundratusen till honom. Han kanske berättade för dig att pengarna skulle användas till affärsverksamhet med ryssarna.

– Jag har sagt tidigare att jag inte vet vad han skulle använda pengarna till.

– Han bara frågade om han fick låna pengar och du sa ja och så var det inget mer med det?

– Ungefär så, sa Danne. Jag har känt honom i tjugo år och han behövde inte redovisa för mig vad han skulle ha dom till.

– Och du hade fyrahundratusen liggande sådär? sa Lidman.

– Jag är en framgångsrik affärsman. Jag såg det som en investering. Red skulle betala tillbaka med ränta.

Plötsligt hördes ett skrapande ljud utanför båten och Danne såg lite orolig ut.

– Väntar du nån? frågade Hake.

Danne skakade på huvudet.

Nu hörde Hake att någon gick på däck och försökte dra i dörren. Han reste sig snabbt upp, tog käppen och började haltande ta sig uppför lejdaren. Han knuffade upp dörren till salongen och gick snabbt fram till fönstret. När han såg en skepnad som hastigt försvann bakom båtens hörn bestämde han sig för att följa efter. Den kalla höstvinden slog emot honom när han kom ut på däck, och han stannade upp för ett ögonblick och lät blicken svepa längs varvet. Ingen rörde sig. Så fort benet tillät tog han sig över relingen och ner på kajen, men han såg fortfarande inget spår efter skepnaden. Han skyndade vidare längs båtarna och bakom ett fabriksskjul dök truckföraren upp.

– Var det du som var ombord på båten alldeles nyss? ropade Hake. Mannen skakade på huvudet.

– Nån var där.

Mannen gjorde en gest med huvudet mot en bogserbåt som låg några platser bort. Hake gick mot fartyget. Han såg ingen, men när han vände sig om mot truckföraren, nickade denne bekräftande. Hake klev ombord och hann precis uppfatta att någon försökte ta sig ner genom en lucka på fördäck. Han kom fram precis när luckan smällde igen och ryckte upp den med kraft. När han såg ner var där becksvart och alldeles tyst.

– Kom upp, du som är därnere, ropade Hake, men ingen gav sig tillkänna.

Hake la undan käppen och började kliva nerför den lilla stegen. En sur stank av ruttna rep och oljekläder strömmade emot honom. Ljuset från lucköppningen gav tillräckligt ledljus för att han skulle kunna se var han satte fötterna och till slut var han nere under däck.

– Ge dig till känna, sa han ut i mörkret.

Ingen svarade och han trevade sig fram, slog emot en förrådssäck fylld av tampar och trossar och klev på en hal presenning. I samma stund kände han att någon var nära honom och han sträckte på måfå ut handen och fick tag i en tröja. Tröjans ägare ryckte till och drog sig ännu längre in i utrymmet. Hake tappade taget men kastade sig oväntat fram; tröjan fick en kropp och snart låg de båda två på golvet. Han hade inte mer än tagit ett nytt ordentligt tag i tröjan förrän han förstod vem det var.

– Vad i helvete gör du här?

Spritstanken var nästan outhärdlig från mannen i den vita bussen.

– Släpp mig, kved han.

– Kom med upp, sa Hake och drog mannen mot stegen. Luften tycktes helt ha gått ur denne och han följde lydigt med upp på fördäck.

Hake såg att mannen darrade, fyllsåren hade läkt något men hela hans uppenbarelse var ömklig att skåda.

– Varför spionerade du på oss?

99

Mannen slickade sig om de spruckna läpparna.

– Jag spionerade inte, sa han. Jag skulle bara kolla om Danne var inne.

– Känner du honom?

– Han ger mig en tia då och då.

Hake släppte taget om mannen.

– Vad heter du?

– Leffe.

– Bara Leffe?

– Dom kallar mig för Leffe Strumpan, för jag har så skitiga fötter ibland, men jag heter Alderson.

Han försökte sig på ett leende, men det blev bara ett otäckt grin.

– Kom med bort till Dannes båt, så får vi tala mer.

Leffe bleknade synbart och skakade häftigt på huvudet.

– Aldrig. Då hoppar jag hellre i sjön.

– Är du rädd för honom?

– Säg inte att det var jag som var utanför, bad Leffe.

Han darrade till igen och såg sig desperat omkring.

– Okej, sa Hake. Ta det lugnt nu.

Men Leffe tänkte inte ta det lugnt. Han rörde på sig hela tiden, huvudet guppade upp och ner som om han hade spatt och Hake undrade oroligt om han höll på att få delirium tremens.

De gick från bogserbåten och bort mot "Laura".

– Och du har inte sett något mer vad gäller mordet på Harry Stenman? frågade Hake när de närmade sig Dannes fartyg.

– Ingenting. Och lämna mig i fred. Jag har varken sett eller hört något som gäller det där mordet.

Han skakade till igen och började småspringa bort från Dannes båt och ut från Mälarvarvet. Hake såg efter honom ett tag innan han gick ombord på "Laura".

– Vem var det? frågade Danne när han kom tillbaka till nedre däck.

– Såg honom inte, sa Hake.

– Honom? sa Lidman. Jag som trodde det var Ulla Stenman som var på väg hit för en herdestund, men fick se oss och sjappade.

Hake iakttog Danne Durant, men hans ansikte var helt uttryckslöst och han verkade varken lättad eller bekymrad när han nu trodde sig veta att Hake inte sett vem det var.

– Kanske tjuvlyssnade han, sa Hake när han körde från Långholmen mot Polishuset. Men varför skulle han göra det?

– Eller så skulle han träffa Danne i något ärende, men när han fick se polisen så drog han, sa Lidman.

– Men karln såg livrädd ut och bad mig att inte nämna honom för Danne.

– Det är något mysko med det här, sa Lidman och betraktade Hake. Han tyckte att kollegan körde ryckigt. Visserligen hade Hake en specialkonstruerad koppling, men det verkade som om han knappt kunde lyfta knäet när han växlade.

– Hur är det med knäet? frågade han.

– Det är okej, sa Hake och bet ihop.

Men när de kom till Polishuset gick han ut på toaletten och smorde in knäet med en antiinflammatorisk salva och svalde en smärtstillande tablett. Knäet hade svullnat upp betänkligt och han förbannade sig själv för att han inte kunde lära sig att inte överbelasta det genom att klättra och springa.

När han kom in i ledningsrummet satt Tobisson och väntade på honom. Han såg oroväckande lugn ut. Han var inte klädd i sina vanliga sportkläder, utan hade en nyinköpt mockarock med skinnkrage.

– Ja? sa Hake.

– Han ville inte säga någonting till mig förrän du kom tillbaks, sa Lidman.

Han tyckte att Tobisson såg ut som en hallick från sjuttiotalet i sin nya mockarock. Det enda som fattades var en pälsmössa.

– Bara för att slippa dra det två gånger, sa Tobisson och reste sig. Han grävde i sin dokumentportfölj och tog fram en bild som han fäste på anslagstavlan bredvid de andra bilderna. Det var en bild av fyra män i Främlingslegionens uniformer. Harry Stenman hade skjutit upp sin vita uniformsmössa, den berömda képi blanc med nackduk, från pannan och såg allvarligt in i kameran. På hans vänstra sida stod en man i hans egen ålder med geväret mot axeln och på hans högra stod två andra män, båda yngre, som påminde om varandra och hade grå ögon och köttiga näsor. Hake kände igen dem från kyrkogården.

– Harry Stenman och vänner i Sarajevo, sa Tobisson. Han på vänstra sidan hette Kurre Oskarsson. Han dog därnere. Det ansågs allmänt att det var Harry Stenman som inte lydde order och därför

101

gick rakt in i ett bakhåll. Han blev avskedad utan prut. Dom två andra, bröderna Nils och Göran Hemmesta, stannade kvar och kom hem först på försommaren i år. Dom hade då varit i Legionen i nästan femton år.

Han såg nöjt på sina båda kollegor.

KAPITEL 10

Sportstugan låg ute på Värmdölandet. Den var av den där typen som är hälften svartbygge, hälften laglig. Ursprungligen bara ett litet hus som byggdes i början av femtiotalet när tomterna var billiga, men sedan utbyggt med extra sovrum, liten altan med tak och några uthus. Det vimlade av den här sortens sportstugor i Stockholmsområdet, men den här såg extra sunkig ut. Stugan var brun med grönt papptak, målarfärgen hade flagnat runt fönstren och ingen tycktes ha skött den på flera år. Genom den igenvuxna trädgården med sina knotiga äppelträd hade det tidigare gått en väg upp till huset, men den var nästan borta nu, endast en fördjupning i mitten av gräsmattan avslöjade att den hade funnits.

Hake stannade bilen utanför en brevlåda med namnet Hemmesta knappt urskiljbart och spanade upp mot sportstugan. Det lyste inte i fönstren trots att det var mulet och mörkt ute. Han såg på Tobisson som ryckte på axlarna.

– Det är den enda adressen som finns, sa han.

Tobisson hade gjort ett mycket bra grundarbete. Hans kontakt med Raymond hade givit honom namnen på svenskar i Främlingslegionen. Han hade också fått fram att de varit i Bosnien i början av nittiotalet och till och med fått tag i den döde Kurre Oskarssons mamma, som lånat dem fotot av vännerna.

– Jag sa åt Kurre att han inte skulle åka, hade hon sagt. Men inte lyssnade han inte. Vem lyssnar på sin gamla morsa?

Det var en liten dam med pepparkornsögon som intensivt iakttog Tobisson.

– Han påminde lite om dig, sa hon. Senig och envis. Han ville bli polis egentligen, men han hade gjort några dumheter och var

103

straffad för misshandel, så det gick inte.

Hon suckade åt minnena och Tobisson förstod att hon inte hade haft det lätt under sonens uppväxt.

– Hans pappa stack när han var tre och en del säger att just pojkar utan pappor blir extra våldsbenägna. Själv tror jag att det satt i generna. Hans pappa var en drummel och slagskämpe. Kunde aldrig låta något bara vara utan skulle alltid utmana. Du är väl inte sån, va?

Tobisson kände en kall kåre längs ryggraden när han överraskades av den direkta frågan. Wendela brukade anklaga honom för att aldrig riktigt kunna släppa taget om oväsentligheter. Han lovade emellertid kvinnan att han inte alls var sådan.

Hon gick fram till en byrå och letade upp fotot av vännerna i Sarajevo.

– Dom där bröderna var visst ena riktiga tuffingar, sa hon när hon räckte honom bilden. Den där Red var en ledartyp som fick pojkarna att göra som han ville.

– Har du några brev från honom kvar?

Hon såg bedrövat på honom.

– Du förstår, Kurre hade läs- och skrivsvårigheter, det heter något speciellt, så jag tror han skämdes för att skriva. Jag fick något vykort någon gång, men jag tror inte det var han själv som skrev det, jag kände i alla fall inte igen hans handstil.

– Hur visste du om Red och bröderna då?

– Det finns en uppfinning som kallas telefon, sa hon roat. Han ringde ganska ofta.

Hon blev sorgsen för en stund, men sedan log hon igen.

– Han tyckte verkligen om sina vänner, sa hon. Trivdes med dom. Speciellt med bröderna.

– Även Harry Stenman?

– Åh, han beundrade honom. Han var ju deras chef och hade varit i Somalia och hade stor erfarenhet. Men jag tyckte han var ... hal.

– Så du träffade honom?

Hon nickade.

– Han kom och beklagade sorgen, klädd i mörk kostym och vit skjorta. Han lämnade Kurres gröna basker från andra regementet i Legionen och sa att han kände ett ansvar som Kurres överordnade att söka upp dennes familj. Han sa att Kurre var en av dom modigaste män han träffat och att dom hade pratat om att starta en firma

104

ihop när kontrakten var uppfyllda. Men det trodde jag inte ett skit på, i så fall hade Kurre sagt det.

– Berättade han hur din son hade dött? frågade Tobisson.

– Han sa att han hade dött i strid, att en prickskytt hade träffat honom. Jag fick också ett kondoleansbrev från Främlingslegionen med ungefär samma visa. Men jag visste redan då att det inte var sant.

– Hur då?

Hon fick ett bistert drag kring munnen.

– Bröderna hade redan varit hemma på permission och sökt upp mig. Dom sa att det var Harry Stenmans fel, att han lett dom in i ett bakhåll trots att han hade uttryckliga order att inte göra något.

Hon sökte Tobissons blick och de mörka ögonen var intensiva när hon sa:

– Det känns på något sätt rättvist nu när Stenman är död.

– Han blev mördad, sa Tobisson.

– Ett passande slut för en sån som han ...

Hake och Tobisson följde stigen mellan äppelträden. En svag doft av rutten fallfrukt kom emot dem. Det var kyligt i luften och från vattnet blåste en stillsam bris. Sommarstugeområdet låg isolerat och det lyste inte i några fönster i de andra stugorna. Hake gick fram till dörren och knackade hårt. Han hörde ljud inifrån, steg som sedan upphörde. Ingen kom till dörren. Han knackade igen och ett ansikte dök upp i fönstret strax bredvid dörren för att sedan ducka.

– Polisen, sa Hake med hög röst.

Plötsligt klev en man fram vid husknuten. Han var klädd i fläckiga byxor och bar en grön militärjacka. Han höll en hagelbössa riktad mot dem. Det var en av bröderna.

– Håll händerna stilla, sa han på skånska.

Samtidigt öppnades dörren och den andra brodern kom ut med en jaktkniv i handen. Han hade träningsoverallbyxor och en verktygsväst över en tjock olle.

Hake såg på dem. Båda två hade gråstensögon, som om det inte fanns något ljus i dem. Hake höll händerna stilla och vägde tungt på käppen.

– Jag hoppas du har licens för den där, sa han till brodern med geväret.

Bröderna gav varandra en snabb blick. Han med hagelgeväret

105

nickade och den andra gick fram till Hake och muddrade honom innan han gjorde detsamma med Tobisson.

– Vi är från polisen, sa Hake igen.

– Det är vad du säger, sa han med jaktkniven som stod tätt inpå honom.

Han fick fram Hakes plånbok och tog upp legitimationen. Han synade den, skrapade med tummen mot plasten och gav sedan tillbaka den tillsammans med plånboken.

– Dom är snutar, Nils.

Nils Hemmesta höll fortfarande geväret riktat mot dem, tvekade, men sänkte sedan pipan en aning.

– Vad fan vill ni, då? sa han.

– Vi vill tala med er om Harry Stenman.

– Vi har inget att säga till er om honom.

Hake tog ett steg närmare mannen, kände hans dävna kroppslukt och dåliga andedräkt.

– Jag vet inte om du förstod, men vi är från polisen och i det här landet betyder det att vi har befogenhet att förhöra folk när det gäller brottsutredningar.

– Vi har ändå inget att säga er, sa den andra brodern och Hake fångade hans blick som verkade helt likgiltig.

– Det bestämmer jag och om du inte stoppar undan det där vapnet tar vi med dig härifrån.

– Och hur skulle det gå till?

Göran Hemmesta vägde på hälarna.

– Nej, sa Hake skarpt till Tobisson för han kände att kollegan tänkte göra ett försök att övermanna den andra brodern. Inte nu!

Nils Hemmesta stod kvar med geväret nonchalant svängande från höger till vänster.

– Jo, gör ett försök, sa han sävligt.

– Nu går vi in och talar om det här istället för att stå här ute och gaffla, sa Hake och trängde sig förbi Göran Hemmesta. Bröderna stod kvar, liksom Tobisson. Nils iakttog honom.

– Trodde du verkligen att du skulle ha en chans, sa han nästan nyfiket.

– Det här är inte över än, sa Tobisson lugnt.

Inne i stugan luktade det rått och man kunde dessutom känna den där speciella lukten av sommarstuga som beror på att elelemen-

106

ten drar till sig små dammtussar som bränns. Det var till Hakes förvåning välstädat och tallrikarna var diskade, antagligen var det en nödvändighet för män med paramilitär bakgrund att alltid hålla ordning. Två bäddade sängar fanns inne i vardagsrummet. Längs väggen stod en låg bokhylla med bilder och minnen från Främlingslegionen, böcker och skivor. En transistorradio spelade skvalmusik.

De andra hade följt efter Hake in i rummet och bröderna ställde sig mot dörren och iakttog de två poliserna.

– Börja snacka, sa Nils Hemmesta som verkade vara den äldste av de två, men det var inte mycket som skilde dem åt vare sig till längden eller utseendet.

Hake linkade fram till en stol och satte sig.

– Sitt ner, sa han myndigt.

Bröderna tvekade, men så satte de sig och det gjorde också Tobisson. Han kände en viss lättnad när de inte spärrade ytterdörren. Hake tog upp ett papper som han mödosamt vecklade ut.

– Nils och Göran Hemmesta, födda i Löddeköping. Straffade i samband med den lokala motorcykelklubbens kriminella verksamhet. Villkorligt. Värvning i Främlingslegionen för femton år sedan. Mönstrade av i maj och bor här sedan dess. Bägge två arbetslösa.

Han såg upp på dem.

– Vad lever ni av?

– Har du verkligen med det att göra? frågade Göran Hemmesta.

Hake såg länge på honom. Han kom att tänka på begreppet vitt slödder.

– Ni har varit utomlands länge, så jag kan acceptera att ni inte vet allt om Sveriges lagar och förordningar, men låt mig säga så här. Jag är chef för en mordutredning och vi kan tala här, som vuxna människor, eller så kan vi åka ner till stationen och ta det där. Valet är ert.

Bröderna gav varandra en blick, och då, bara för bråkdelen av en sekund, signalerades något i deras grå ögon. Nils vände sig mot Hake.

– Vi fick avgångsvederlag från legionen, sa han. Och i vilket sammanhang figurerar vi i en mordutredning?

Hans skånska dialekt var extra knorrig, antagligen för att han talat franska de senaste femton åren.

– Det gäller mordet på Harry Stenman, men det vet ni säkert.

– Vi har inget med det att göra.

– Det är det jag tänker ta reda på, sa Hake bestämt.

107

– Vad vill du veta?

– Träffade ni Harry när ni kom hem?

– Vi sökte upp honom.

– Vad hände?

– Ingenting. Bara en artighetsvisit.

– Blev han glad över att se er?

– Varför skulle han inte bli det?

Återigen kom den där sura, döda motfrågan, som om de ifrågasatte inte bara vanlig konversation utan hela livet. Som om den kärlekslöshet de mött tidigare i livet var ett konstant tillstånd och alla påståenden måste bemötas med en motfråga. Inget gick smidigt med de här två soldaterna. Det fanns i kropparna, i ögonen, och var inget nytt utan hade funnits där sedan länge.

– Därför att ni anklagade honom för att ligga bakom dödsskjutningen av Kurre Oskarsson.

– Vem har sagt det?

– Kurres mamma, sköt Tobisson in.

Nils tvekade, la sina stora, nariga händer på låren och böjde sig fram mot Hake.

– Red var en sån där som trodde han var smart. Han undanhöll viktiga upplysningar för sina kamrater, samma sak när det gällde ransoneringskort och betalningar. Han tog aldrig själv några risker utan lät alla andra göra det. Kort sagt så var han ett riktigt svin.

Nils ögon mötte nu Hakes och långt därinne såg Hake en skärva av självgodhet.

– Vårt uppdrag var inte sanktionerat på högre ort, men det visste vi inte. Istället hade det att göra med Reds egna privata affärer med den jugoslaviska maffian. Det gällde bensin. Red kom över ett litet tvåmotorigt plan som han flög in lasten med. Men han skickade Kurre att reka i ett fabrikslager där han tänkte göra upp affären. Juggarna hade tröttnat på Reds dragningar och tänkte göra processen kort med honom, men Kurre strök med istället.

– Han var våran bästa kompis, sa Göran oväntat. Och precis när han sagt det verkade det som om han ångrade sig, som om han sagt för mycket. För att klarlägga fortsatte han:

– Därnere är det viktigt att man kan lita på varandra. Det kunde man med Kurre. Med Red var det en annan sak.

– Pressade ni Harry Stenman på pengar när ni kom hem? frågade

108

Tobisson plötsligt. Han hade kommit att tänka på de fyrahundratusen som bara gått upp i rök.

Nils vände sig mot Tobisson.

– Du verkar tigga om det, sa han.

– Tigga om vadå?

– Om att få en ordentlig läxa.

– Som Red fick?

Käkarna malde i Nils ansikte. De stora händerna knöts och han hade satt ner fötterna stadigt på golvet som om han förberedde sig för ett språng.

– Vad sa Harry Stenman när ni dök upp? sa Hake snabbt.

Det tog ett tag innan Nils slappnade av en smula.

– Han sa att han kanske hade användning för oss, sa han till slut.

– Han erbjöd er jobb?

De nickade.

– Och vad blev ert svar?

– Att vi skulle tänka på det.

– Men ni hörde aldrig mer ifrån honom?

De såg på varandra för ett ögonblick innan de skakade på huvudet. Hake fortsatte att ställa frågor, men det var tydligt att bröderna tyckte att de hade sagt nog, och fortsättningsvis kom det endast enstaviga svar från dem. Efter ett tag tröttnade Hake, reste sig och tackade för samtalet. Han tänkte återkomma om det visade sig nödvändigt. Bröderna svarade inte. Nils sökte Tobisson med blicken utan att lyckas nagla fast honom. Men när han skulle stänga dörren bakom dem gick han alldeles intill Tobisson.

– Anytime, snut, sa han lågt.

Tobisson vände sig tvärt om och grep mannen i skjortbröstet.

– Var det där ett hot?

Nils såg över hans axel på Hake som var på väg ner mot bilen.

– Kom in ett tag, snälla, sa han sedan med ett vansinnesgrin i ansiktet.

Tobisson stötte bort honom.

– You wish, sa han kort.

De åkte in mot stan precis när kvällsljuset började komma. Längs Stadsgården såg de lyktorna tändas vid Gröna Lund och ombord på fartyget "af Chapman" vid Skeppsholmen. Vattnet var svart som en sidenduk och rörde sig lätt i vinden. Stadsgårdshissen gick inte längre uppför berget, men i dess gamla påstigningsplats, ett litet hus av trä, hade en målare sin ateljé med utsikt över hela inloppet till Skeppsbron. Vid Järngraven bredvid slussarna var det mörkt och skumt, men lite längre bort, mot Gamla stan och dess medeltida gränder, såg allt inbjudande ut igen. Det här var Stockholm på något sätt. Både dramatiskt och hemtamt. Både brutalt och vackert. Rusningstrafiken hade just börjat, och nu för tiden spelade det ingen roll om man kom från norr eller söder, köerna gick i bägge riktningar.

Hake kände sig märkligt lugn, trots mötet med bröderna. Han hade inte blivit rädd när Nils dök upp med sin hagelbössa, istället kom något kallt beräknande över honom. Han stod tillräckligt nära Göran för att slå jaktkniven ur hans hand med käppen och sedan ta honom som skydd. Men det var bara för ett svindlande ögonblick han övervägde den taktiken, sekunden efter kände han på sig att han skulle kunna lösa dödläget genom att ta kommando över situationen. Han insåg snabbt att de var soldater som var vana vid att bli kommenderade och att en auktoritär framtoning inte skulle provocera dem. Tvärtom. Den här sortens människor blev osäkra i osäkra situationer.

Ändå visste han inte riktigt vad han skulle tro om bröderna. Deras utanförskap var så påtagligt att det bara berodde på dem själva om de skulle göra något brottsligt eller inte. De var helt orädda för samhällets väktare, kanske också för eventuella påföljder. Det var naturligtvis en livsfarlig kombination. Hade de verkligen bara träffat Harry en gång sedan de kommit tillbaka? Och hade det bara handlat om ett erbjudande om jobb? Hake tvivlade.

Tobisson satt och hatade på passagerarsidan. Han skulle ha givit vad som helst för att få vara ensam med Nils Hemmesta. Utan vapen. Han hade tränat in en hög kickspark på karatelektionerna och den satt han nu och fantiserade om att pricka in mitt i det där flinande ansiktet.

Trafiken lättade något vid Gamla stan, och på Hantverkargatan gick det smidigt ända fram till Polishuset.

– Är det inte lika bra vi tar in dom? sa Tobisson när han klev ur bilen.

– You wish, sa Hake och log mot honom.

Hakes goda humör höll i sig när han hämtade Siri på dagiset och promenerade hem med henne till Hannas våning. Hon hade inte kommit hem ännu, men de bestämde sig för att börja med middagen ändå. Siris älsklingsrätt var spagetti med räkor och nu var hon så pass stor att hon fick vara med och laga maten. Hon stod på en liten stol i köket och kommenderade Hake.

– Glöm inte … vitlöken, pappa.

Efter middagen gick Siri in i sitt rum och lekte för sig själv. Hon gjorde det naturligt, utan tjat, och det var en sann gåva. Både för föräldrarna och för henne själv. Att kunna ha ro i kroppen och sitta för sig själv en stund och plocka med sina leksaker och böcker, trots alla intryck och impulser från ett högljutt dagis, var en välsignelse. Han stod i dörröppningen ett tag och såg på henne innan han gick in i vardagsrummet och satte på teven. På soffbordet låg några böcker. Han plockade upp dem. Det var böckerna som fattades i hans bokhylla, böckerna om Paris. Han var fortfarande förbryllad, varför tog Hanna dem utan att fråga honom? Kanske var det bara en slump, men med Hanna var nästan ingenting en slump. Hennes lite svala och nästan ointresserade livshållning var bara en fasad. I själva verket var hon ytterst planerande och visste precis vad hon höll på med.

Hake slog sig ner i soffan och hoppades att hon snart skulle komma hem, han ville iväg till galoppbanan. Men hon kom hem alldeles för sent för att han skulle hinna ut till hästarna och istället tillbringade de kvällen tillsammans. Innan han skulle gå kände han sig ändå tvungen att ta upp det där med böckerna.

– Du, dom där böckerna. Varför frågade du inte mig innan du tog dom?

– Vilka böcker?

– Dom om Paris. Eller har du tagit fler?

Hon stannade upp i en rörelse och la huvudet på sned.

– Herr Polis är ute på uppdrag, hör jag.

– Jag undrade bara varför du inte frågade mig innan du tog dom.

Hon såg lite skuldmedveten ut och när hon följt honom ut till tamburen la hon armarna om hans nacke. Hennes mun sökte hans hals och han drog in doften från hennes hår.

– Jag vet inte varför jag tog dom, Axel. Jag vet inte om det var för att Paris alltid bara är din stad och jag kände mig svartsjuk på något sätt och ville lära mig något om den. Eller om jag bara var nyfiken på vad du läser när du är ensam. Förlåt mig.

Hake sa god natt och vandrade sakta mot Chapmansgatan. Han förbannade sig själv för att han överhuvudtaget tagit upp frågan om de förbaskade böckerna. Citronljuset från gatlyktorna vid Kungsholms Kyrkoplan spred ett vänligt sken över träden och gatorna, den belysta fasaden vid det imponerande Landstingshuset såg ut som en inbjudan till fest, men Hake var dyster. Inte för böckerna utan för att hon ljugit och kysst honom på halsen samtidigt. Det kändes som en judaskyss, för han trodde inte för en sekund på hennes förklaring om att hon var svartsjuk eller att hon ville veta vad han läste. Hade hon haft rent mjöl i påsen hade hon inte krånglat så med platta bortförklaringar. Han tog av vid Pontonjärgatan och tänkte ett tag gå in till kinesen och ta en karaff vin, men han behövde inte den sortens tröst just nu. Han behövde svar för att bli på bättre humör och de svaren visste han att han inte skulle få. Så småningom kanske. Men inte nu när han behövde dem.

Han hann inte mer än in i lägenheten förrän telefonen ringde. Han lyfte luren i hopp om att det kanske var Hanna som tänkte vara rak och säga vad allt handlade om, men istället hörde han hur en ljus flickröst sa att hon mindes något som kanske kunde vara till hjälp. Det tog ett tag för honom att placera rösten och inse att det var Lizzi Hammarlund som ringde. Han lovade att komma så snabbt som möjligt.

När han kom in i lägenheten i den gamla stenvillan slogs han än en gång av hur vacker den var. Lampljuset som föll över trägolvet avslöjade att det var nybonat, en svag doft av vaxet hängde kvar i rummet, tillsammans med doften av rosenvatten. Nu först såg han också att en kristallkrona hängde i taket och dess prismor sände färgexplosioner mot väggarna. I andra änden av rummet stod en empirebyrå med ett fång rosor på. Över den hängde ett porträtt i guldram. Lizzi satt vid fönstret i salongen och rökte. Hon vinkade med sin dockhand mot honom. Ansiktet var lika vitsminkat som tidigare och hon hade satt upp håret med några eleganta pinnar, vilket fick henne att se ut som en liten geisha.

– Kliv på, kommissarien, sa hon.

Hake hoppades att hon verkligen hade något att berätta. Att hennes ensamhet inte var orsaken till telefonsamtalet. Han slog sig ner på en stol och hängde käppen på ryggstödet. Det låg några bilder vid fotoutrustningen, pornografiska nakenbilder av Lizzi i diverse absurda poser. En hel del rekvisita fanns med, en nallebjörn, en docka, ett par rosa sockor. Till och med katten var med på en bild. Han undrade om hon medvetet lagt fram bilderna för att han skulle se dem. Han mötte hennes blick. Det var något okynnigt i den.

– Vill du ha något att dricka?

Hake skakade på huvudet.

– Skyll dig själv, sa Lizzi och hällde upp sin gröna dryck. Vad gjorde du förresten häromkvällen vid den vita bussen?

– Så du såg mig?

Hon ryckte lite nonchalant på axlarna. Den vita huden under kimonon blottades och han såg att hon hade några fula brännmärken efter cigaretter strax ovanför brösten. De var översminkade, men Hake kände igen brännskador.

– Jag ser, sa hon.

– Det var ett polisärende. Känner du honom?

– Nej, han flyttade in i Overland Express i somras.

– Overland Express?

– Det är så den vita bussen heter.

– Hur vet du det?

– Åh, jag har mina källor.

– Vet du vad han heter också?

– Nej, men han är ganska intressant. Ibland klär han upp sig. Det är som om det inte är samma kille. Han har cowboystövlar, rena jeans och en mockajacka med fransar på. Han har badat och rakat sig. Han öppnar bussdörren på glänt och kollar om det är någon som ser honom innan han smyger ut. Sedan rätar han på ryggen och går mot Pålsundsbron.

– En tjej? sa Hake.

– Skulle tro det.

– Du har inte sett tjejen komma dit någon gång?

– Hon vet antagligen inte var han bor. Skulle du berätta det?

– Knappast, sa han. Du ringde …

– Just det. Jag ringde om något som kanske kan vara intressant för din utredning. Det var väl för en månad sen som jag satt här och tittade ut. Plötsligt såg jag en taxi stanna därnere vid Pålsundsbron.

Hon pekade mot kanalen.

113

– Det regnade den där kvällen och jag minns händelsen därför att passageraren klev ut utan paraply och gick över bron.

– Såg du honom?

Lizzi skakade på huvudet.

– Det var för mörkt. Det finns ju ingen gatlykta där. Han hade händerna i fickorna på en stor överrock och gick framåtlutad. Taxichaffisen satt kvar en stund och räknade pengarna. Honom såg jag däremot tydligt för han hade innerbelysningen på.

– Hur såg han ut?

Hon ryckte på axlarna.

– Jag tycker dom där lakritstomtarna ser likadana ut allihopa. Mörkhyade med tunga ansikten, men den här hade en strimma vitt i håret, som måsskit. När han räknat klart tände han sin skylt och körde iväg.

– Såg du vart den andre gick?

– Nej, jag var inte intresserad. Jag minns bara att jag tyckte det var korkat att inte ta taxin ända fram dit han skulle. Varför skulle han gå sista biten över bron i regnet?

– Ja, det kan man ju fråga sig.

– Vad tror du?

Hake visste inte.

– Men upplysningen kan kanske vara viktig?

Hon såg hoppfullt på honom.

– Det tror jag.

– Så jag har i alla fall varit till nån nytta?

– Absolut.

– Le lite då, snåljåp.

Hake kostade på sig ett leende och klappade henne på handen.

– Inga fingrar i maten, sa hon allvarligt och drog bort handen. Jag såg nog hur du sneglade på dom där fotona. Sugen?

– På dig?

– Vem annars?

Men hon väntade sig inte något svar, hon hade sett vad som fanns att se i Hakes ögon och rullade iväg in i det lilla sovrummet och slängde igen dörren. Han reste sig och gick fram till dörren.

– Lizzi, kom ut nu. Du har verkligen varit till stor hjälp.

Hon mumlade någonting inifrån rummet.

– Vad säger du?

114

– Kom inte hit något mer, snutjävel. Jag vet vad ni män går för, men ni är så jävla fega.

– Lizzi ...

Men det enda han hörde var några våldsamma snyftningar. Han lämnade henne och gick ner på gården. Kvällskylan var fuktig när den kom drivande från kanalen. Han märkte att det fattades en knapp i överrocken och han höll ihop den med den ena handen, medan den andra höll en smula krampaktigt om käppen. Han såg upp mot fönstret i stenvillan, men Lizzi satt inte där. Han kände sig lite illamående och hoppades att han inte skulle förknippa rosenvatten med olycka. Han hade alltid tyckt om rosor och ville också i fortsättningen kunna glädjas åt doften.

KAPITEL 11

Efter att ha kontaktat de olika taxibolagen och bett dem kolla i sina datorer lyckades Hake till sist lokalisera en taxichaufför som hade haft en körning till Söder Mälarstrand kvällen den 29 september. Han hette Muhammed Hafez och motsvarade Lizzis beskrivning. De träffades på nattfiket på Folkungagatan. Hafez var kortväxt som Hake och hade en vit hårslinga. Det var en pigmentförändring, antagligen orsakad av ett slag. Hake frågade honom om körningen.

– Visst minns jag den. Det var en rödhårig lirare som skulle till Söder Mälarstrand. När jag frågade vilket nummer sa han bara att jag kunde stanna vid Pålsundsbron. Det lät lite konstigt tyckte jag och kände mig obehaglig till mods. Det är ju inget folk där. Dessutom såg han ganska sliten ut och satt med händerna djupt nerkörda i fickorna. Jag undrade nästan om han höll i ett vapen. När han klev ur kan jag villigt erkänna att jag var lättad.

– Sa han något under färden?

– Nej. Och när jag försökte småprata svarade han inte. Han var i sina egna tankar.

– En kvinna som såg dig sa att du satt kvar en stund efter att han gått ut.

Hafez nickade.

– Jag undrade lite vart han skulle gå någonstans, så jag såg efter honom. Jag menar, bor man på Långholmen så kör man väl för fan över bron när det regnar, inte sant? Då tänkte jag att han kanske ska ner till någon av båtarna. Alla var ju inte uppdragna.

– Gick han till någon båt? frågade Hake spänt.

– Ja för fan. Han gick ombord på en Petterssonbåt.

– Kom, sa Hake.

116

De körde över kanalen och stannade vid Mälarvarvet. Lidman stod och väntade på dem alldeles vid det brandgula stenhuset "Fördärvet". Han hade sin mörka regnrock på sig och när han stod där mitt bland höstlöven på gången och de svarta träden som spretade som tuschteckningar, tyckte Hake att han påminde om en inspektör från en svunnen tid. En sådan där butter, tung karl som höll fast bovar med sina kroppskrafter och hatade att skriva rapporter.

Lidman var fortfarande sårad för att han inte hade fått följa med till bröderna Hemmesta, men Tobisson hade gjort grundjobbet och det var bra om han höll i den delen av utredningen. Dessutom låg Tobisson i när det gällde legionspåret, han hade kommit att hata de där två bröderna ända in i märgen och vände på varje jordkoka för att se vad som kröp fram under den. Ibland kunde ett sådant engagemang vara förödande för polisarbetet, men Hake trodde nog att det skulle vara en fördel i det här fallet. Lidman var klipsk och behövdes bättre när det gällde sansade bedömningar av läget.

Hake presenterade kollegan för taxichauffören och därefter gick de tillsammans bort mot brovalvet. Hafez kastade en blick upp mot Söder Mälarstrand för att få ett riktmärke och gick sedan ut på bryggan och ner till vattnet. Han såg sig omkring. Det fanns ingen båt där överhuvudtaget.

– Det var här, sa han och såg mot andra sidan kanalen innan han nickade bekräftande.

– Det var en sån där Petterssonbåt i mahogny med små kajutafönster.

– Dom har säkert dragit upp den nu, sa Lidman.

Hake tog med sig Hafez runt bland de uppdragna båtarna som tronade under stora presenningar.

– Och du är säker på att du skulle känna igen den?

Hafez ryckte lite på axlarna och de fortsatte från båt till båt. Lidman hade börjat i andra änden. Efter ett tag hojtade han till.

– Kom!

De gick dit och Lidman drog av presenningen från en Petterssonbåt i mahogny. Vattnet rann nerför båtsidan och Hake tog ett steg tillbaka för att inte bli blöt. Hafez tittade på båten en lång stund.

– Nej, sa han. Det är inte den. Den här är vit på, vad heter det nu igen, roffen.

– Ruffen, sa Lidman.

– Den andra var grön.

– Och det såg du i kvällsljuset fastän det regnade?

– Jag såg, sa Hafez stolt.

Med Hakes hjälp drog Lidman på presenningen igen. Taxichauffören såg på klockan.

– Jag måste på mitt pass nu, sa han.

De tog en sista sväng ner till kajplatsen igen. Det var nummer 22.

– Här alltså, sa Lidman med en liten glimt i ögat.

– Jag såg, sa Hafez kort och gick iväg till sin taxi.

Lidman och Hake gick omkring en stund till, men fick inget napp. Lidman stirrade fascinerat på det väldiga brospannet. Enorma nitar och betongfundament höll bron på plats i urberget. Det gick historier om att det fanns gångar och hela rum inne i Västerbron, men det trodde han inte på.

– Okej, kajplats 22, sa han efter att ha studerat bron i flera minuter.

Hake såg mot den vita bussen där Leffe huserade. Han gick dit och knackade på, men ingen öppnade. Lidman kom fram till honom.

– Tror du han vet något?

Hake ryckte på axlarna.

– Jag tror att han har ganska bra koll på vad som försiggår här.

Han gick runt bussen och försökte se in genom fönstren, men de stora pappskivorna som satt för gjorde det omöjligt. Han knackade igen, men ingen kom och öppnade. Han svepte med blicken runt området för att se om Leffe satt och spanade bakom någon buske eller husknut, men han upptäckte ingen.

De gick tillbaka längs Skutskepparvägen och skulle just kliva in i bilen när truckföraren kom körande ut från industriområdet. Hake ställde sig i vägen och höll upp en hand. Mannen stannade trucken. Han såg aldrig direkt på Hake utan på någon punkt alldeles bakom honom.

– Kajplats 22, sa Hake.

– Ja, vad är det med den?

– Vem har sin båt där?

– 22:an, sa han och vätte läpparna. Den brukar jag inte ha med att göra.

– Vem har det då?

– Jag menar, den båten drar jag inte upp.

– Vem gör det då?

– Jag menar att ingen gör det. Direktör Bergman har ett ställe på Skarpö dit han åker och lägger sin båt när säsongen är över.

– Direktör Bergman?

– Ja, om du menar den där Petterssonbåten med grön ruff?

Olle Sandstedt, kriminalens chefstekniker, var en inbiten nikotinist. Fingrarna på högerhanden var gula av lång tids missbruk och hostattackerna var långvariga. Dessutom kunde han inte hålla sig länge utan att röka och han hade något slags dispens för att få röka på sitt tjänsterum. Skyddsombudet hade sagt nej, men Sandstedt hade då helt sonika sagt att han skulle säga upp sig med omedelbar verkan. Eftersom han ansågs oumbärlig fick han som han ville.

Nu åkte han bakom Hake och Lidman i teknikernas bil på väg ut till Skarpö utanför Vaxholm. Någon hade skrivit att Stockholms skärgård var en värld i tusen bitar, små skärvor utspridda i ett väldigt salthav, och Skarpö var en av dessa. Man fick först ta färjan från Vaxholm till Rindö för att sedan ta sig till ön via en liten bro. Överallt på ön blandades burget med påvert, stora sekelskiftesvillor med små sommarnöjen och stugor. Ön hade tidigare haft sin egen lanthandel och ett församlingshus, men den tiden var förbi.

Lidman satt med färdbeskrivningen och guidade Hake som också höll ett öga på Sandstedts bil så att de inte tappade bort varandra. Varje gång han tittade i backspegeln kunde han se Olle sitta med en nytänd cigarett i handen. De svängde av vid en korsning och körde ner mot Skarpövik strax före något som kallades Långa Bryggan. Efter ytterligare några svängar var de nere vid vattnet och direktör Bergmans ställe. Det var ett gult trähus med glasveranda och rött tak. Nere vid bryggan låg ett båthus i samma färg och stil och vid bryggan låg Petterssonbåten med sin gröna ruff. Bergman själv, en karl i femtioårsåldern, klädd i lodenrock och stickad mössa, vinkade in dem på tomten där en BMW stod parkerad. Han var i full färd med att kratta löv och alldeles bredvid honom, som en parhäst, gick en kvinna i hans ålder, även hon klädd i lodenrock men med en pepitarutig hatt, och samlade ihop löven i en svart plastpåse.

Hake och hans kollegor klev ur bilarna och presenterade sig. Varken herr eller fru Bergman hade känt till mordet, det hade inte stått något om det i deras dagliga tidning och kvällstidningar läste de inte. Fru Bergman erbjöd sig att sätta på kaffe och poliserna tackade och gick ner mot båten tillsammans med hennes make.

– Jag begriper faktiskt inte vad det där mordet kan ha med min båt att göra, sa Bergman och höjde de buskiga ögonbrynen så att de bildade ett M i pannan.

– Som jag sa i telefon så har ett vittne sett den mördade gå ombord på din båt, sa Hake och tog ett försiktigt kliv ut på bryggan.

– Men vad skulle han på den att göra? sa Bergman.

– Det vet vi inte.

Bergman såg missnöjd ut med svaret.

– Har du ankaret kvar? frågade Hake när de kom fram till båten.

– Det vet jag faktiskt inte, jag har ju boj både här och i Pålsundet. Använder det knappt alls.

– Kan du kolla?

Bergman gick ombord först, sedan Sandstedt med sin assistent, en man i trettiofemårsåldern som säkert skulle dö i sekundärrökning. Han var stor och kraftig och Hake misstänkte att Sandstedt bara hade honom till att bära utrustningen som var tung och bökig. Allt undersökande ville Sandstedt göra själv. Lidman gick också ombord, men Hake stod kvar på bryggan, han tänkte inte hoppa ombord på några hala farkoster. Bergman dök ner i kajutan och kom upp ganska omgående.

– Nån jävel har stulit ankaret, sa han.

– Du kan hämta det hos oss, sa Sandstedt. Vi är i alla fall färdiga med det. Om det var ett Breezeankare?

Det trodde Bergman. Sandstedt såg sig omkring i båten.

– Har det varit många ombord på båten?

– Sen när?

– Sen ... i somras?

Bergman tänkte efter och kom fram till att det kanske hade varit ett tjugotal personer ombord sedan dess. De hade haft kräftskiva i aktertoften med minst åtta personer. Deras son hade lånat den flera gånger och åkt omkring med sina kompisar.

Sandstedt skakade på huvudet, fiskade upp en cigarett och drog in ett djupt halsbloss. Han kastade en blick mot Hake som ryckte på axlarna.

– Vi måste ha allas fingeravtryck, Olle, sa han.

– Tror du inte jag vet det …

Hake var ändå mycket nöjd. Nu hade han kanske en mordplats, i alla fall var det på den här båten Harry Stenman klev ombord kvällen den 29 september. Han såg ut över vattnet. Ett svanpar låg i vassruggen och han hörde några allor skrika på andra sidan sundet. Naturen var sällan vild i skärgården, det vanligen otämjda havet bromsades upp av alla öar och holmar och fick en nästan idyllisk inramning. Det enda dramatiska vid det här sundet var den gamla fästningen Oskar-Fredriksborg som låg snett emot på andra sidan.

– Axel, ropade Sandstedt. Jag tror vi har något.

Han höll en märklig, fluorescerande lampa nära durken och låg på alla fyra.

– Vadå? frågade Hake och gick närmare.

– Blod, sa Sandstedt drastiskt och reste sig upp.

– Vill du ha in båten?

– Absolut.

Direktör Bergman höjde på ögonbrynen.

– Vi behöver ta in båten för en teknisk undersökning, sa Hake.

– Får man … ersättning för det?

– Det tror jag inte.

– Men något måste man väl få. Ni har ju så att säga stört min arbetstid. Förlorad arbetsinkomst, heter det väl?

– Vissa saker måste man ställa upp på i samhällets tjänst, sa Lidman som älskade att ta sig an motsträviga personer.

– Samhället, fnös Bergman och ögonbrynen åkte om möjligt upp ännu högre.

– Att hjälpa till i en mordutredning så att medborgarna, det vill säga du, kan sova tryggare är en samhällelig plikt.

– Jag behöver inget skydd från något samhälle.

– Din båt kanske är en mordplats, sa Lidman sakligt. Det betyder kanske att du är eller kan bli inblandad.

– Är jag misstänkt? sa Bergman.

– Det är alla på det här stadiet.

– Men …

– Det kan också betyda att du kanske är nästa offer. Eller din fru. Eller din son. Vem vet?

Bergman bleknade men svarade inte. Hans fru kom ut på verandan och ropade att kaffet var klart. De gick sakta upp mot huset.

Bergman ondgjorde sig över att han måste ta ledigt när de skulle hämta båten med polisens trailer och köra den till den tekniska undersökningen. Och vad hände om båten blev skadad under transporten? Hake förklarade att de skulle ta bilder och videofilma båten före och efter undersökningen och att de naturligtvis ersatte eventuella skador som de orsakat. Bergman försökte hitta luckor i polisens tillvägagångssätt medan Hake tålmodigt försökte styra över samtalet till mordutredningen. Men paret Bergman kände inte någon Harry Stenman och de hade absolut inte köpt någon begagnad bil av honom. De kände inte heller några andra medlemmar i båtklubben, de höll sig för sig själva och hade sina egna vänner. Hake fick numret till sonen som läste på Handelshögskolan. De försäkrade att han inte heller kände någon som hade med mordet att göra.

– Det kan ni väl ändå inte veta, sa Lidman elakt.

Herr och fru Bergman satt tysta tills Hake reste sig, tackade för kaffet och lovade att återkomma med tid för hämtningen.

Senare på dagen åkte de till konkursförvaltaren för Harrys Bilar, en äldre advokat i ett rum fyllt av pärmar. Han meddelade att ingen skulle kunna tjäna något på konkursen. Bilarna i garaget var belagda med försäljningsförbud och det fanns inte mycket kvar i firman i form av kontanter, fordringar eller inventarier. Ulla Stenman hade uppträtt korrekt, varit samarbetsvillig trots sorgen och den ekonomiska katastrofen. Lägenheten på Bastugatan var en bostadsrätt i hennes namn och den kunde inte tas i pant, så hon var i alla fall inte ställd på bar backe. Rick Stenman hade en månadslön innestående och den skulle han få ut, men sedan fick det bli en vanlig förhandling om vilka som skulle kunna få ut något av konkursboet. Bilarna som fanns kvar i lagret skulle säljas på auktion och där fanns kanske fynd att göra, men Hake tyckte inte det var motiv nog och avskrev en undersökning av eventuella köpare. Advokaten sa att han så här tidigt i utredningen inte kunde bedöma om det skett något brottsligt, men han skulle höra av sig så fort han upptäckte något som kunde vara av intresse för polisen.

När de återvänt till Polishuset sökte Hake upp Seymour Rilke för att avge rapport och be om mer resurser. Men han fick samma svar som tidigare, någon förstärkning var inte att vänta.

– Någon ringde mig förresten om en båt som skulle beslagtas, sa Rilke just när Hake skulle gå.

– Ja?

– Var det verkligen nödvändigt?

Hake stannade i dörröppningen.

– Tja, sa han. Vad tycker du?

– Jag frågar ju dig, Axel.

– Men du vet ju min bedömning. Båten är beslagtagen.

Rilke såg oskyldigt på honom.

– Det kanske var en smula överilat.

– Varför då?

– Du blir ju ofta ... provocerad av den så kallade besuttna klassen. Du uppträder ... fyrkantigt.

– Har du något exempel på att jag misskött mig i tjänsten?

Hakes röstläge var nu så dovt att orden nästan viskades fram.

– Du vet vad jag menar. Dom där underklasskomplexen fördunklar ditt omdöme ibland.

– Kan du inte utveckla det? Ge några exempel? Det vore intressant.

Han tog ett steg in i rummet.

– Jag tycker i alla fall inte om när jag får klagomål om mina mannar. Det var allt.

Hake såg kyligt på Seymour Rilke.

– Båten är med all sannolikhet en mordplats, kan jag upplysa dig om. Den måste undersökas noggrant av våra kriminaltekniker. Det är så vi arbetar. Själva hämtningen finns också på video om du vill se att allt gått korrekt till.

– Du kunde väl bara ha satt någon tejp runt båten vid sommarstället så att dom inte fick gå ombord.

– Nån tejp? sa Hake.

– Ja, är det så konstigt då?

– Ja, det är jävligt konstigt och skulle i det närmaste vara tjänstefel av mig.

– Det tror jag inte. I alla fall är det obehagligt när polisen får klagomål av allmänheten.

– Du menar av överheten?

Rilke tänkte säga något, men lät det bero.

– Dessutom är Bergmans inte avskrivna som tänkbara förövare, det är trots allt på deras båt som mordet troligtvis har skett.

Rilke svarade inte.

– Några fler klagomål som jag behöver känna till i mitt fortsatta arbete?

– Jag hör av mig i så fall …

Hake kände kallsvetten komma längs ryggraden och kunde med nöd och näppe ta sig ut ur rummet utan att kasta sig över den arroganta polischefen. När han gick längs korridoren slog han käppen mot väggen flera gånger. En dörr öppnades och kommissarie Bolinder tittade ut. Han betraktade Hake med en närmast nyfiken blick innan han log lite. Som om han förstått sammanhanget.

– Lever Rilke? sa han innan han drog igen dörren.

Hake simmade. Det var alltid så efter ett möte med Rilke där han känt sig underlägsen. Han behövde bli ren och han behövde ta ut sig. Han simmade extra långt och avslutade sessionen i simbassängen med över tvåhundra meter fjärilsim. Armarna darrade lätt av överansträngningen när han körde ut till galoppbanan. Han förlorade femhundra kronor på en häst som han tidigare lovat sig själv att aldrig spela på. Hans omdöme var förblindat och han ansåg att Seymour Rilke nu var skyldig honom femhundra kronor.

Det var först när han kommit hem och slagit sig ner i soffan med ett glas rödvin som kropp och psyke blev normala igen. Han tog fram sin anteckningsbok och skrev med versaler att han aldrig skulle låta sig provoceras av sin chef. ALDRIG! Att mord var det grövsta brottet, den största synden, och att han, Axel Hake, var satt att ta fast de illgärningsmän som begick sådana brott. Och att då låta sig dras in i en överordnads maktspel som kunde äventyra uppdraget var nästan oförlåtligt oprofessionellt. Han lutade sig tillbaka i soffan och smuttade på vinet. I samma ögonblick visste han att han inte för en sekund skulle kunna förhålla sig professionellt gentemot sådana som Rilke.

På lördagen, som var Alla helgons dag, tog han Siri med sig till Adolf Fredriks kyrkogård, en kyrkogård mitt i staden endast omgiven av ett enkelt järnstaket på en sockel av sten. Hake var där för att tända ett ljus i minneslunden för sina farföräldrar som han alltid hade tyckt om. I deras testamente krävde de att bli begravda på samma

124

kyrkogård som Branting och Palme, och när de gick bort för tio år sedan såg Hake till att så blev fallet. De hade varit arbetarrörelsen trogna i hela sitt liv, och Hake hade suttit i timmar och lyssnat på dem när de berättade om alla orättvisor som drabbade vanligt folk. Han hade en svag aning om att det var därifrån han hade fått sin känsla för rättvisa. Inte var det från hans suput till pappa i alla fall, det var han säker på.

– Mamma sa att det låg en farbror som heter likadant som hon här, sa Siri, som började tina upp när hon såg alla de vackra ljusen som lyste upp gångar och gravar. Överallt låg det blommor och de flesta fanns vid den mördade statsministerns grav. Hake tog henne till skulptören Johan Tobias Sergels vita gravsten och Siri kände igen bokstäverna på stenen från sin egen brevlåda. Hon såg stolt ut fastän de inte var släkt och ville veta varför hon inte hette Sergel som mamma. Hake sa bara att de hade bestämt så en gång och att hon kunde ta sin mammas namn när hon blev större. De gick längs den knastrande grusgången och Hake kände som vanligt ett slags frid på kyrkogården.

Siri tyckte att det var konstigt att pappas farmor och farfar inte hade någon egen gravsten. Hake förklarade att det var så de ville ha det och att man kunde sörja sina döda ändå. Han stod en stund med böjt huvud och Siri blev tagen av allvaret och kinkade inte, utan böjde också på huvudet. I bilen hem till Kungsholmen kröp det fram att hon i alla fall ville ha en sådan där sten, och Hake misstänkte att hon gärna ville ha namnet Sergel på den också.

De åt middag hos Hanna som hade stannat hemma för att arbeta med en ny kollektion barnmöbler för ett internationellt möbelkonsortium. Hake såg att hon inte var riktigt närvarande och hon ursäktade sig efter maten. Hon ville göra färdigt några skisser som hon påbörjat. Hake badade med Siri och läste en godnattsaga. Innan han var halvvägs in i den hade Siri somnat.

Utanför slog regnet mot rutan och dropparna bildade små, små lysande stjärnor i det reflekterande gatuljuset. Kyrkklockan slog svagt och trafiken brusade dovt i oktobernatten.

125

KAPITEL 12

På måndagen dök en rödögd Olle Sandstedt upp. Han hade jobbat hela helgen och hans sköldpaddsfärgade glasögon verkade smutsiga, kläderna skrynkliga och det såg ut som om han frös. Hake var övertygad om att han inte hade sovit en blund. Sandstedt viftade med några papper.

– Blodet på båten stämmer överens med den mördades.

– Helt säker?

Sandstedt nickade.

Hake tog materialet och ögnade snabbt igenom det. Han såg på Sandstedt som klippte sömnigt med ögonen.

– Hurra för Olle, sa han.

Sandstedt log matt.

– Gå hem och lägg dig nu. Jag vill inte se dig förrän i övermorgon.

Rättsteknikern trevade efter cigarettpaketet, sa hej och gick ut. Han mötte Lidman och Tobisson i dörren men såg dem knappt.

– Har du torterat honom? undrade Lidman när Sandstedt hade försvunnit längs korridoren.

– Blodet från Harry matchar det på båten, sa Hake.

– Och, sa Tobisson.

– Det betyder att vi med all sannolikhet har en mordplats och en tidpunkt för mordet.

– Och?

– Att det är alibin för mordkvällen som gäller från och med nu.

– Jag misstänkte det, sa Tobisson och sjönk ner på en stol.

– Du borde vara glad, sa Hake. Nu får du en chans att träffa dina kompisar från Främlingslegionen igen.

De åkte inte ut till sommarstugan den här gången, utan de två bröderna kallades till Polishuset nästa dag. De var klädda i sina paramilitära kläder, gröna fältjackor, stickade mössor och kamouflagefärgade byxor. Den ene brodern gick alltid en bit bakom den andre och lite åt sidan. Som gerillasoldater som tar sig genom en stad och inte vill bli skjutna på samma gång. När de kom in i entrén till Polishuset såg de allt annat än vilsna ut. De rekognoserade med blickarna och när de upptäckte Hake som gått för att hämta dem, visade de inga tecken på igenkännande utan gick bara fram till honom och hälsade. Ingenting de gjorde verkade vara på måfå, allt verkade planerat. De hade en handlingsplan för alla eventuella händelseförlopp.

Hake tog dem till förhörsrummet där Tobisson och Lidman satt. Lidman såg nyfiket på dem när de kom in, men de gav honom bara en hastig blick. De bedömde snabbt vilken plats som var bäst för dem och satte sig närmast utgången. Nils Hemmesta släppte inte Tobisson med blicken många sekunder, medan Tobisson bara låtsades vara uttråkad.

– Varsågoda och sitt så att vi kan börja förhöret.

Nils såg på Hake.

– Vadå, förhör? Du sa att du bara ville ha fler upplysningar när jag talade med dig i telefon.

– Du måste ha hört fel, sa Hake sakligt.

– Jag hörde inte fel, sa Nils.

Han såg misstänksamt på Hake som satte på bandspelaren.

– Låt oss inte ägna oss åt hårklyverier nu, sa Hake. Vi är här för att bringa klarhet i en del omständigheter rörande mordet på Harry Stenman.

Bröderna förstod att de hade blivit manipulerade och såg sig osäkert omkring.

– Vad vi är intresserade av är vad ni två gjorde kvällen och natten den tjugonionde september.

– Det kommer jag inte ihåg, sa Nils tvärt. Är vi misstänkta för nåt?

– Det beror nog lite på vad ni svarar på frågorna.

– Jag minns inte heller, sa Göran.

– Det är ju inte mer än en månad sen. Försök och tänk efter även om det är svårt.

Det var Oskar Lidman som med ett föraktfullt tonfall lät förstå att han hade med ett par efterblivna att göra. Nils borrade blicken i honom och hade tydligen fått ytterligare en att hata.

– Försök nu, sa Hake blitt. Det gäller ett mord.

– Vi har inget med mordet på Red att göra, sa Nils. Att det ska vara så svårt att förstå.

– Det regnade den där kvällen. Det var en tisdag.

Bröderna såg på varandra. Hake såg att de hade en kod för allt men kunde inte knäcka den. Nils tog i örsnibben, det kunde vara det. Göran drog i ringfingret, det kunde vara det. Det kunde vara vad som helst.

– Nå?

Nils strök med handen genom håret.

– Vi var i sportstugan då, sa de i munnen på varandra.

– Några vittnen?

– Han, sa de unisont och pekade på den andre.

Långt inne i Nils Hemmestas grå ögon, bakom hatet, fanns en skärva av något som Hake tolkade som intelligens. Han fick påminna sig om att vara försiktig, för den här mannen var ingen inavlad bonnkanin.

– Ingen som kom förbi?

– Nej.

– Såg ni på teve?

– Vi har ingen teve.

– Minns ni vad ni gjorde då?

– Lyssnade på radion, läste.

– Något speciellt radioprogram?

– Vi brukar ha på Radio France. Ibland skickar kompisar hälsningar genom dem.

– Något som ni hörde som kan bekräfta att ni lyssnade då?

De ryckte på axlarna.

– Ni ringde inte någon? sa Hake.

De skakade på huvudet.

– Inte era föräldrar?

Hake visste att de var döda men också att de polisanmält sina egna söner för att ha stulit pengar och smycken, och han måste hitta blottor i pansaret.

– Dom är döda, sa Göran dämpat.

– Jag är ledsen, sa Hake.

– Det är inte vi, sa Nils.

Det blev tyst. Lidman slutade suga på sin minttablett.

– Varför inte det då? sa Hake milt.

– Det har du fan i mig inte med att göra.

– Var dom taskiga mot er?

Tystnaden lägrade sig igen. Nils ville inte ha något medlidande och bröt den efter en kort stund.

– Dom var svin.

– Som Harry Stenman?

– Ja, som Harry Stenman.

– Önskade ni honom död också?

Nils skakade bara på huvudet.

– Tränas ni inte att döda i Främlingslegionen? sa Tobisson plötsligt. Tränas ni inte att rikta ert inneboende hat mot andra människor?

Nils såg först på Tobisson, sedan på Lidman som satt där överviktig och slapp och slutligen på Hake och hans käpp. Föraktet lyste ur ögonen.

– I Främlingslegionen utbildas vi till fallskärmsjägare som kan sättas in i oroshärdar runtom i världen. Vi sorterar under franska armén och är inga legosoldater. I Somalia och Bosnien hade vi bara fredsbevarande uppgifter. Under FN:s ledning. Harry Stenman var ett svin för att han inte respekterade det, utan gjorde affärer under vår flaggas täckmantel och drog in Kurre Oskarsson. Det blev Kurres död.

Han iakttog de tre poliserna igen.

– Det var Red som var en mördartyp, inte vi.

– Så ni är bara två harmlösa pojkar?

– Vi är män. Vi är soldater som sätter ära och uppoffring främst. Det har vi svurit på inför våra kamrater i legionen. Men vi känner igen svin när vi ser dom. Och en sak till, era löjliga fördomar om oss och era manipulationer är bara skrattretande. Och du, Tobisson, skulle inte ha klarat dig en vecka därnere. Det var tur att du aldrig sökte till legionen fastän du säkert gick och fantiserade om det.

Tobisson bleknade betänkligt.

– Och nu är jag trött på det här. Vi har sagt var vi befann oss och vad vi gjorde den där kvällen och om ni vill gå vidare så får ni göra det genom en advokat.

Han såg på Hake.

– Vi vet i alla fall lite hur det här samhället fungerar fastän vi inte varit hemma på länge.

Han reste sig och brodern följde hans exempel. I dörren vände sig Nils om och såg på Tobisson. Han pekade på honom med ett stadigt finger.

– Vi kommer att ses, var så säker.

Han log inåtvänt och försvann ut.

– Buss på dom, sa Lidman till Tobisson. Bit dom.

Men Tobisson var inte road. Han kände en iskall ilning längs ryggraden och för första gången på länge hade han blivit rädd. Det var som om han var skyddslös. Som om all karateträning och alla uthållighetsövningar bara varit ett utanpåverk, bara ett sätt att intala sig att han var säker på sig själv när det gällde våld och konflikter. Och när mötet med den verkliga ondskan kom så var man ändå i det närmaste hjälplös. Han försökte skaka av sig känslan, men skadan var redan skedd. Han reste sig upp, gick fram till bandspelaren och sa:

– Förhöret avslutades klockan elva och trettiofem.

Han stängde av den och tänkte att han måste vara på sin vakt den närmaste tiden.

Hake ansåg att de hade kammat noll. I brödernas fall var det vittnen som gällde. Att någon sett dem den där kvällen i stan så att deras alibi sprack. Då först kunde han gå vidare. Han kunde förstås låta skugga dem för att se om något kom upp, men han antog att ingen skulle vara bra nog att undgå upptäckt och det ville han inte utsätta sina mannar för. Oavsett Nils tal om Främlingslegionen så var de här männen livsfarliga och utbildade för att döda.

De fortsatte med att förhöra Danne Durant på hans båt. Han uppgav att han hade varit hemma kvällen den tjugonionde september men hade inga vittnen. Han tyckte till och med själv att det kändes konstigt att veta att Red blivit mördad bara några hundratal meter därifrån, utan att han vetat om någonting. Axel Hake tänkte att det var mer än en konstig känsla, det var också en konstig tillfällighet. Hake grillade honom så gott han kunde, men Danne var slipad och visste alltför väl vad polisen hade för befogenheter.

Hake reste sig flera gånger och gick runt i båten för att hålla värmen, trots jacka och polotröja. Han la märke till att varje gång han gjorde det, iakttog Danne honom i smyg. Han följde intresserat Hakes rörelser, hur han använde käppen, hur mycket han kunde gå utan den, hur han stödde sig. Hake kände sig som ett villebråd som någon kallt värderade för att få kunskap till dess att jaktsäsongen började. När han lämnade båten tyckte han att han inte hade fått ut någonting av förhöret. Inget användbart i alla fall.

Även Rick Stenman hade varit ensam hemma, utan vittnen, den där ödesdigra kvällen. Han hade naturligtvis undrat när Red inte dök upp på kontoret dagen efter, men sådant brukade hända. Red hade sin egen agenda och Rick var inte den som ifrågasatte den. Han hade bara skrattat nervöst och dragit en hand genom det röd-blonda håret när Lidman frågade honom om han var rädd för sin bror.

– Han hade temperament och han var förbannat stolt, sa Rick. Men rädd var jag aldrig. Han var ju min välgörare. Utan honom hade det gått åt pipsvängen.

Återigen blev Hake förvånad över den nästan helgonlika uppfattning Rick hade om sin storebror. Han gillade inte heller alla dessa män som saknade alibin för mordkvällen. Det ironiska var att han själv också varit ensam hemma den kvällen. Han mindes att det hade regnat, att han hade tänkt åka ut till hästarna men att han ångrat sig i sista sekunden. Naturligtvis vann hästen som han hade tänkt spela på och det var därför han mindes den kvällen så tydligt. Istället hade han krupit upp i soffan, läst en bok om franska avelshästar och fantiserat om att köpa ett sto och låta henne betäckas av en intressant fransk hingst som inte var så dyr men hade bra härstamning. Han hade tänkt ringa till Hanna, men visste att hon hade några kompisar från designskolan hemma på middag och avstod. Summa summarum var att inte han heller hade några vittnen till var han hade varit den kvällen.

När Rick hade gått från Polishuset påminde Hake Lidman att han måste kolla Reds telefonräkningar. En timme senare kom Lidman tillbaka och berättade att Red hade haft en mobil med kontantkort till vilken samtalen inte kunde spåras om de inte kom åt hans simkort. Men de hade inte hittat någon mobil bland hans tillhörigheter och därför var det en hopplös uppgift.

Hake ringde Ulla Stenman för att boka ett möte, men hon hade rest till sina föräldrar i Värmland och skulle komma hem först om några dagar.

131

Lidman hade förhört Bergmans, men de hade alibi för den kvällen. De hade varit i Båstad tillsammans med sin son, så de kunde avskrivas.

Efter jobbet gick Hake direkt hem. Han såg att det lyste hos Lars Larsson-Varg och tänkte ett tag gå upp till honom och ta ett glas. Senast de sågs hade ju intendenten klampat ut i affekt och Hake kände ett behov av att få deras vänskap på banan igen. Men när han såg upp mot fönstret stod Larsson-Varg där och observerade honom. Hake vinkade, men grannen såg bara kyligt på honom och vände sig tvärt från fönstret.

De åkte när kvällsmörkret hade lagt sig. De var bara fem i Folkabussen, och Julia Hake satt längst bak med Yuri tätt intill sig. Lövenhjelm körde och de två andra killarna hade Julia bara sett som hastigast när hon besökte vegankollektivet. Målet låg inte så långt bort, bara en timmes körväg. Julia kände sig både exalterad och lite orolig. Hon hade aldrig varit med om det här tidigare och hon visste fortfarande inte om hon gjorde rätt. Yuri hade kommit till henne strax efter lunch. De hade fikat och sedan älskat. Hans smala höfter och lena kropp i det bleka eftermiddagsljuset hade gjort henne sjuk av längtan. Hon hade gjort saker med Yuri som hon inte hade gjort med någon annan man. Sedan hade de sovit tätt sammanslingrade i en timme innan de satte igång igen. Den här gången hade han varit en innerlig och mjuk älskare och Julia hade fått honom att tala ryska under akten. Små, små viskningar ljöd i det dunkla rummet och de lät både poetiska och ömma.

Senare hade Lövenhjelm kommit med Folkabussen och hämtat upp dem. Han hade dragit Yuri åt sidan och talat lågmält med honom, och ryssen hade nickat allvarligt. Julia hade gärna velat veta vad de talade om, men hon ville inte fråga. Så länge han satt tätt intill henne i bussen var hon nöjd, och då och då klämde hon hans hand och fick en lätt tryckning tillbaka. Som en hemlighetsfull morsesignal mellan två älskande. Efter en dryg timmes körning stannade de vid kanten av en skog med ett djupt kanaldike alldeles intill vägrenen. En av killarna tände en pennlampa och lyste på en karta innan de gick ut.

Gustav Lövenhjelm ledde gruppen och Julia höll sig tätt intill Yuri. Det var en djup granskog och det fanns ingen bebyggelse i närheten. Skogens sus och trampet från stövlarna blockerade alla ljud och det var först när de var väldigt nära målet som Julia kunde urskilja gnyenden och dämpade skrik. Lövenhjelm höll upp en hand och de stannade bakom honom. En av killarna drog ner sin mössa så att bara ögonen glänste i mörkret i de urklippta hålen. Han tog sig ensam fram till boningshuset som låg i totalt mörker. Bakom skymtade långa rader av minkburar. Killen hukade sig ner när han närmade sig boningshuset och tryckte sig mot väggen innan han sakta böjde sig framåt och såg in genom fönstret. Han skakade på huvudet mot de andra, fortsatte till baksidan och kom sedan fram vid husgaveln och tecknade till de andra att kusten var klar.

De drog ner sina egna skidmasker och smög i samlad tropp mot burarna. Julia hade en liten kattkorg i handen och ett par grova handskar. När de var framme vid minkfarmens burlängor öppnade hon en av burarna och tog ut två minkar som hon placerade i kattkorgen. De små, starka djuren försökte bita henne, men när de upptäckte att det inte hjälpte gav de upp. När hon gjort klartecken, satte de andra igång med att öppna resten av burarna och ett hav av gråaktiga varelser strömmade ut och vidare in i skogen. Det dröjde inte länge förrän alla minkarna var utsläppta och Julia kände ett styng av dåligt samvete. Som veterinär var det hennes uppgift att skydda djur, och hon visste att flera av de här minkarna aldrig skulle kunna klara sig i det fria. De skulle bli offer för rovdjur och de var inte tränade att skaffa föda själva. Hon slog bort tankarna. Det var ändå för deras eget bästa, hon visste att minkarna i annat fall skulle skickas iväg till garveriet och en för tidig död.

Hon kände hur flera av dem törnade emot hennes ben, och minkarna i hennes kattkorg ropade åt de andra. Hon vred på huvudet för att se var den andra killen befann sig och upptäckte att han stod och videofilmade hela aktionen. Han höll upp en tumme mot Gustav Lövenhjelm som nickade och ropade att de skulle ge sig av. Yuri kom fram till Julia och kysste henne hårt på munnen innan de gick tillbaka samma väg de kommit. Utanför Folkabussen tog de av sig skidmaskerna och alla tycktes upphetsade. Julia höll upp korgen med de båda minkarna och talade vänligt till dem. Killen som filmade zoomade in henne och minkarna.

På hemvägen lät Gustav Lövenhjelm en flaska vin gå runt bland deltagarna och han berömde dem för deras modiga uppträdande.

Julia tog en klunk och kände värmen sprida sig i kroppen. Hon var ganska utmattad men ändå lycklig på något sätt. Allt hade varit som ett stort äventyr och att ha Yuri så nära inpå bidrog naturligtvis till upphetsningen. Hon blev lite besviken när Yuri inte kunde stanna över natten, de skulle mejla till andra djuraktivister och det skulle ta lång tid innan de blev färdiga, sa de. Hon lovade att hålla minkarna gömda och Lövenhjelm sa att de snart skulle ta kontakt med henne igen.

Det var först när Folkabussen åkt och mörkret helt omslutit henne som hon tänkte på hur absurt allt hade varit. Hon såg på minkarna i kattkorgen innan hon gick till stallet och släppte in dem i en större bur. Efter att ha givit dem en portion fiskfoder som hon hade köpt i förväg gick hon in i huset och satte sig på en pinnstol i köket. För första gången på mycket länge kände hon sig oändligt ensam.

KAPITEL 13

Mannen som väntade på Hake utanför hans kontor var i femtioårs-
åldern, klädd i grå överrock och med en portfölj under armen. Han
var tunnhårig, hade ett smalt, benigt ansikte och en näsa som var
lite sned. Ögonen var alerta, med långa ögonfransar som på en kvin-
na. Han presenterade sig som Tage Lennartsson, utredare. Rösten
var fyllig och lugn, och hans magra uppenbarelse rimmade illa med
den djupa basrösten. Hake släppte in honom och bad honom sitta
ner. Mannen hade ringt dagen innan och begärt ett samtal angående
mordet på Harry Stenman, mer ville han inte säga på telefon.

– Du hade upplysningar till mig, sa Hake avvaktande.

Mannen nickade och öppnade sin portfölj. Han tog fram några
papper och la dem på skrivbordet. Hake tittade snabbt på dem.

– En livförsäkring, sa han förvånad.

– Ja, sa Tage Lennartsson. Om du läser på sista sidan så ser du
beloppet.

Hake bläddrade dit och såg att försäkringen var utställd på Harry
Stenman och att beloppet var på två miljoner kronor. Som förmåns-
tagare stod Ulla Stenman.

– Hon kommer att bli rik, sa Hake.

– När det gäller mord och så stora belopp vill vi vara säkra på att
allt går rätt till.

– Det kan jag förstå.

– Hon är inte misstänkt?

– Vi håller på med en mordutredning och jag kan naturligtvis inte
berätta om den.

Försäkringsutredaren suckade ljudligt och ögonfransarna fladdra-
de. Han drog i näsan.

– Det här är ju ganska speciellt, sa han.

– Jag förstår ert bekymmer, sa Hake, men det har inget med polis-arbetet att göra.

– Men nog är väl en så stor summa ett motiv så gott som något?

– Absolut, men utredningen är fortfarande en polissak. Om ni misstänker försäkringsbedrägeri måste ni anmäla det.

– Det är det jag försöker utreda, men utan er hjälp är det inte så lätt.

– När tecknade han försäkringen?

– För ett år sedan. Premien är naturligtvis hög, men han var inte så gammal och det var inget som verkade skumt. Inga sjukdomar, inget i straffregistret.

– Och han betalade premien punktligt?

Tage Lennartsson nickade.

– Och det var ingen ömsesidig livförsäkring?

– Nej, Ulla Stenman är inte försäkrad överhuvudtaget.

– Jag kan inte hjälpa er, sa Hake. Vad jag kan säga är att ingen ännu är häktad eller anhållen för mordet.

– Ingen misstänkt?

Hake log lite.

– Som sagt, det behåller vi för oss själva tills vidare.

Lennartsson såg inte direkt missnöjd ut, men kanske hade han hoppats på mer. Han reste sig.

– Det är mycket pengar även för ett stort försäkringsbolag som vårt, så jag måste undersöka alla tänkbara omständigheter innan vi betalar ut beloppet.

– Ring mig om du hittar något som vi kan ha användning för, sa Hake och räckte fram handen. Lennartsson tog den och såg upp-fordrande på honom.

– Men du informerar inte mig?

– Det kan jag inte, men jag hör av mig så fort vi häktar eller åtalar någon.

Hake följde försäkringsutredaren ut och gick sedan in i lednings-rummet där Lidman satt och tröskade igenom information om fal-let.

– Kom, sa Hake.

Ulla Stenman stod mitt i rummet och slog ut med händerna.

– Jag fick reda på det i går, sa hon.

136

Axel Hake och Lidman såg på henne utan ett ord. Hon verkade nervös och de hade kommit överens om att låta henne tala.

– Det kom som en chock.

En glad sådan, tänkte Hake. Hon hade gjort i ordning lägenheten sedan sist och gjort sig av med den gamla teven och affischen på väggen. Istället var rummet fyllt med blommor och på golvet låg en ny matta i ett djärvt mönster. En tavla som han inte sett tidigare hängde på väggen, ett sjömotiv i guldram. Ljuset från fönstret lyste upp våningen och de gamla gardinerna var nertagna. Ulla själv hade också piffat upp sig. Borta var det glanslösa håret och de slitna kläderna. Nu hade hon på sig en minikjol av läder och en brandgul angorajumper. Hennes glåmighet hade försvunnit och hon såg ut att ha genomgått en föryngringskur. Hon stod tyst och såg på de båda poliserna som inte kom med någon följdfråga.

– Jag visste alltså inte att Harry tagit ut någon livförsäkring, sa hon nästan vädjande. Han sa inte ett ljud om det.

Hake undrade om det verkligen kunde vara sant.

– Det låter kanske otroligt, men så var det i alla fall, malde Ulla på.

Hon såg från Hake till Lidman.

– Om ni tror att jag slagit ihjäl honom för livförsäkringens skull, så misstar ni er.

Hon gick ut i köket, hällde upp ett glas vatten och kom sedan tillbaka in i rummet. Hon hade lugnat sig något.

– Jag tänker inte bjuda er på kaffe för jag var på väg ut när ni kom. Hon gick mot tamburen och tog ner en kappa.

– Säg nåt då!

Hon såg irriterat på dem.

– Hur går det med bilfirman?

– Konkursförvaltaren har hand om allt nu. Jag skiter i det där. Det var Reds baby och nu är han död och …

– Du är två miljoner rikare, flikade Lidman in.

Hon drog på sig kappan.

– Jag dödade honom inte.

– Man kan ju leja någon, sa Hake.

Hon såg stelt på honom.

– Gå nu, jag har inget mer att säga.

Hon skulle just öppna dörren när Hake la sin hand på hennes.

– Ett ögonblick bara.

Hon sjönk ihop lite, som om hon alltid gav upp när någon var påstridig.

– Det vi är mest intresserade av är vad du gjorde kvällen den tjugonionde september.

– Den tjugonionde september?

– Våra undersökningar visar att det antagligen var då Harry blev mördad.

Hon tog ett steg tillbaka, körde ner händerna i kappfickorna och böjde lätt på huvudet.

– Men ... det var den kvällen Harry inte kom hem, sa hon till slut. Han skulle bara låsa firman, jag hade gått några timmar tidigare. Men han kom aldrig. Dagen efter anmälde jag honom försvunnen.

– Just det. Var var du då?

– Här, sa hon snabbt. Jag var här.

– Ensam?

– Ja, jag väntade ju på Harry. Det var en hemsk natt. Flera gånger tyckte jag att han kom i dörren, men det var ju bara inbillning.

Hake såg på Lidman som ryckte på axlarna. De insåg båda att de inte skulle komma så mycket längre. Hake kastade en sista blick ut genom fönstret och tänkte att man faktiskt kunde se ända till Mälarvarvet och Pålsundsbron från lägenheten. Om hon var inblandad och hade varit här så kunde hon ha följt skeendet från sitt vardagsrum.

– Tack då, sa Hake till sist och de lämnade lägenheten tillsammans.

När de kom ut på gatan klev Ulla Stenman in i en gammal Opel. Hon nickade åt de båda poliserna innan hon körde iväg.

– Vad tror du? frågade Hake.

– Jag vet inte, sa Lidman.

De vek in på Timmermansgatan vid vars slut man kunde se ut över Riddarfjärden. Där stod de ett tag och tog in utsikten. En väg ledde ner mot Söder Mälarstrands uppfart och de gick i sakta mak längs den. De vände sig om och såg upp mot den mäktiga, tegelröda Mälarborgen som i eftermiddagsljuset glödde på toppen av berget och kastade en väldig skugga över slänten nedanför. Det såg ut som ett spökslott, så annorlunda mot den övriga bebyggelsen i området som mest bestod av gamla kulturkåkar och låga hyreshus.

– Skuggning? frågade Lidman när de hade gått runt huset och kommit tillbaka till framsidan.

Axel Hake nickade beslutsamt.

Så man satte igång operation skuggning. Det fick ske på den tid de hade till övers på grund av Rilkes styvnackade motstånd mot att sätta in mer personal. Första passet tog Tobisson och Lidman, men då hade Ulla Stenman överhuvudtaget inte gått ut. Men någon med stickad mössa hade gått in genom porten. De såg honom inte så tydligt, mössan var djupt nerdragen över öronen och rockkragen uppfälld, så det var omöjligt att känna igen honom. Kanske var det bara en hyresgäst.

Lidman beklagade sig över Tobisson. Han tyckte att han gick på högvarv, ryckte till för minsta lilla och tyckte sig vara förföljd.

– Dessutom hade den jäkeln med sig en stor termos med kaffe, trots att han vid det här laget måste veta att kaffe är urindrivande och att man måste springa och pissa titt som tätt. Så kan man ju för fan inte göra under ett skuggningsuppdrag.

Hake tog lätt på anklagelserna. Tobisson hade i sin tur beklagat sig över Lidmans kroppslukt och hans mumsande på diverse bakverk och chokladkakor.

– Karln kommer ju att äta sig till döds, hade Tobisson sagt. Sprängas inifrån. Det känns otryggt med en polis som inte skulle kunna komma till undsättning om man behövde honom, som inte skulle kunna springa tio meter utan att stanna och hämta andan.

Hake hade låtit dem ta ett pass till innan han avbröt samarbetet. Inte heller den kvällen hade något speciellt hänt. Ulla hade varit hemma hela kvällen och någon man med stickad mössa hade inte uppenbarat sig. Kvällen därpå avlöste Hake Tobisson utanför Mälarborgen på Bastugatan. Tobisson såg lättad ut när han klev ur bilen och viskade att Lidman hade fått ytterligare en noja. Lakritsormar. Hake satte sig i bilen och efter några håglösa repliker blev det tyst i bilen, så tyst det kunde bli med tanke på Lidmans mumsande.

Hake stod ut en halvtimme, sedan klev han ur bilen och gick till Timmermansgatan som vek av från Bastugatan vid sidan av huset. Där fanns två utgångar till och han undrade om de skulle ha sett Ulla Stenman om hon gått ut den vägen. Han gick tillbaka till bilen

och konstaterade att det var omöjligt ta sig ut den vägen utan att bli
sedd. Men misstanken hade väckts och han återvände till tvärgatan
och fortsatte sedan nerför backen så att han kom till framsidan av
den mäktiga byggnaden som tornade upp sig mot natthimlen. Hake
började räkna våningsplanen och såg upp mot Ulla Stenmans föns-
ter. Där var det släckt. Han skyndade sig tillbaka till Lidman i bilen.

– Är du helt säker på att hon är inne?

– Hon gick in för tre timmar sen, sa Lidman.

Hake tog hissen upp till Ulla Stenman och ringde på. Ingen kom
och öppnade och han svor tyst för sig själv. Han gick tillbaka till
bilen.

– Kan hon ha sett er? frågade han.

– Kan och kan. Allt är möjligt, speciellt med tanke på hur Tobis-
son hoppade ut och in i bilen.

– Hon är inte hemma och ingen av er har sett henne gå ut.

– Hon kan ju vara hos någon granne.

– Släcker man ljuset om man går till en granne?

Lidman såg tankfullt på honom.

– Släcker man ljuset om man vet att polisen spanar på en?

– Hon vet med andra ord inte att vi skuggar henne.

– Men hon har en annan utgång?

Hake nickade.

– Låt oss vänta, sa han.

De satt ytterligare tre timmar utan att Ulla Stenman dök upp.
Under tiden hade Lidman gjort slut på sitt förråd av lakritsormar
och mintpastiller. Hake hade gått ner till Hornsgatan och köpt korv
och mos till dem båda, och när de ätit tog han en ny vända till fram-
sidan av huset. När han såg upp mot Ullas fönster såg han att det var
tänt. Han satte sig bredvid Lidman.

– Vi kan åka härifrån nu, hon har kommit hem, sa han. Jag tror
inte hon går ut något mer i kväll.

Lidman la i en växel och körde iväg. Hake knöt händerna bakom
nacken och såg upp i taket. Ulla Stenman hade alltså en väg ut och
in i huset som inte kunde iakttas vare sig från Bastugatan eller från
tvärgatan. Varför hade hon det? Kände hon sig förföljd? Ville hon
inte att någon skulle kunna se om hon var ute eller inne? Kanske
fanns det en enklare förklaring, kanske hade hon en genväg som
passade henne bättre än att gå ut genom den stora porten. Hake

tänkte ta reda på det, men han ville inte konfrontera henne, de hade ett övertag om hon ännu inte visste att hon var skuggad. Han skulle kolla alla andra utgångsmöjligheter i dagsljus redan nästa dag.

Han såg ut genom vindrutan. Det var skönt att inte behöva köra utan bara låta staden flyta förbi. Stockholm på natten var en annan stad än på dagen. Det var nästan folktomt, ändå levde den på ett nästan magiskt sätt. Neonljusen längs gatorna verkade lockande, de gula lyktorna längs körbanan gav staden en både upplyst och dunkel stämning. Allt verkade lugnt. Inget våld. Men Hake visste att det var en illusion. Under ytan sjöd det av hat och aggressivitet. Under ytan fanns de dolda sanningarna om människans natur.

Tobias Tobisson skulle just sätta nyckeln i portlåset när han såg hur en skugga föll över glasrutan. Han vände sig snabbt om och det var antagligen det som räddade hans liv, för järnröret träffade på sidan av huvudet och gled ner mot axeln med en våldsam kraft. Tobisson kände hur axeln domnade bort och hur smaken av blod vällde fram i munnen. Han gick ner på knä och försökte se upp. Han urskilde någon i skidmask som höjde järnröret en gång till, men han rullade åt sidan och röret träffade armbågen. Han tyckte sig höra hur den splittrades och såg framför sig benpipan sticka ut genom skinnet och alla senorna blottlagda. Plötsligt såg han sig själv fraktas som ett dött kolli till rättsläkare Brandt som vägde och mätte honom, tog ut inälvor och hjärna och la dem i kalla rostfria skålar. Han hann tänka att han inte ville ligga på stålbänken till allmänt beskådande.

Med sina sista krafter sparkade han till och kände att foten fick kontakt med angriparens ben. Denne föll ner på knä tätt intill Tobisson och när han skulle lyfta järnröret igen blottades hans handled. Av någon oförklarlig anledning ekade Oskar Lidmans ord i Tobissons huvud. Bit dom. Bit dom. Han böjde sig snabbt fram och bet i handleden med all kraft. Genom illamåendet och blodvallningarna hörde han ett högt skrik innan armen rycktes loss ur hans käkar.

Angriparen knuffade omkull honom igen och röret dansade ner mot honom. Han kröp ihop som en boll och kände knappt när det träffade axelpartiet och fortsatte ner mot sidan. Vindtygsjackan tog emot en del av smällen, men Tobisson började nu sjunka in i ett segt klibbigt tillstånd där varje rörelse gick i ultrarapid och varje andetag tycktes som en nästan övermäktig uppgift. Han såg mot portens glasruta och tyckte att det även stod någon innanför och väntade på honom, men han var inte säker. Det kunde vara angriparen som speglades i dörrglaset. Under några fasansfulla sekunder väntade han på det slutliga slaget, men det kom aldrig. Han tyckte att han hörde någon skrika uppifrån ett fönster och fotsteg som försvann från platsen. Nu började allt snurra fortare och fortare och det sista han såg innan han gled in i medvetslösheten var sin egen klocka som var nersmetad med blod.

Tobisson var fortfarande medvetslös när Axel Hake kom till sjukhuset mitt i natten. Han hade blivit väckt av jourhavande som berättat vad som hänt. Trots flera koppar kaffe kändes det inte som om han riktigt hade vaknat. Han hade inte ringt Lidman, eftersom han tyckte att kollegan behövde all sömn han kunde få om de skulle kunna fortsätta skuggningen.

Hake kände igen Tobissons flickvän, Wendela, som satt i väntrummet på akuten. Han nickade till henne, och hon såg oerhört trött ut. Ögonen var rödgråtna och näsan narig efter alla pappersnäsdukar som hon snutit sig i.

– Dom måste ha väntat på honom, sa hon lågmält. Han har känt sig orolig en längre tid.

– Orolig för vad?

– Jag vet inte, han ville inte säga det, men han vände sig om titt som tätt och kollade ofta ut genom fönstret.

Hake satte sig bredvid henne.

– Vet du om någon såg överfallet?

– Enligt patrullen som kom tillsammans med ambulansen så hade flera hört ett vrål från gatan och tittat ut. Men den som slog ner honom försvann in i porten, så ingen kunde se något. Antagligen gick han ner i källaren och sedan ut på bakgården där vi har piskställningen.

Hon skakade på huvudet.

– Vem ville döda honom?

Axel Hake kunde tänka sig flera svar på den frågan. Tobisson hade gjort sig ovän med ett antal kriminella under sin tid som polis. Det var många som hade svurit att de skulle "ta" honom en vacker dag. I realiteten var det dock ytterst sällsynt att någon gav sig på en polis. Men det fanns uppenbarligen undantag.

– Jag vet inte, sa Hake. Men jag tänker ta reda på det.

Wendela såg lite avvaktande på honom. De kände inte varandra, de hade bara träffats några gånger när hon väntat på Tobisson utanför Polishuset. Hon tittade på Hake igen. Han såg lugn ut, nästan loj. Tobias både hatade och respekterade honom, det visste hon. Han var attraktiv på ett fulsnyggt sätt, hans näsa med platt näsrygg och de fylliga läpparna var inget att yvas över. Men tillsammans med de vaksamma ögonen och den markerade hakan såg de inte så illa ut. Hon kunde se att han själv var helt omedveten om det, vilket hon tyckte var klädsamt.

– Har du någon aning om vem det kan ha varit? frågade hon.

– Nej. Dom var inte två?

– Ingen har sett något, eftersom den jäveln försvann in i trappuppgången.

Hake tänkte inte spekulera utan vänta till Tobisson vaknade. Han om någon borde veta.

En läkare kom gående emot dem och Hake reste sig och presenterade sig. Läkaren visade in honom i rummet där Tobisson låg i respirator med mängder av sladdar i kroppen. Hake kunde se att huvudet var bandagerat, armbågen gipsad och ansiktet blåsvullet.

– Det är ett järnrör som har gjort alltihop, sa läkaren. Skallfrakturen är allvarlig men inte livshotande. Armbågen är spräckt och röntgenplåtarna visar att det finns benflisor runt hela området. Vi får ta det steg för steg, just nu är det viktigaste att han vaknar upp. Han har också ett brutet nyckelben och stora blånader på rygg och hals. Det märkliga är att han hade blod i munnen men inga sår, så vi vet inte var det kommer ifrån.

Hake tackade honom, sa adjö till Wendela som halvsov i väntrummet och gick ut i den tidiga gryningen. Det hade inte ljusnat ännu, men morgontrafiken hade kommit igång och det stod en plym av vit avgasrök från bilköerna.

Ledningsrummet var tomt när Hake kom till Polishuset. I väntan på Lidman gick han igenom morgonposten som bland annat innehöll ett brev från konkursförvaltaren. Han öppnade det och läste att de hade lyckats undvika konkurs. En firma vid namn Interexport, ägd av Maxim Olgakov, hade köpt Harrys Bilar och gjort upp med alla

143

gäldenärer, så det fanns ingen anledning för konkursförvaltaren att ägna mer tid åt den saken. Han ville bara informera polisen om utvecklingen. Hake funderade ett tag över vad det kunde betyda men kunde inte komma på något konkret. Han hade svårt att se något motiv till mord för den här sakens skull, om det nu inte fanns dolda tillgångar i Harrys Bilar.

Hake kände sig fortfarande sömnig och bestämde sig för att gå och simma innan det var dags att skriva en rapport till Rilke. Men tröttheten övermannade honom och han sjönk ner i en behaglig dvala och slöt sakta ögonen.

Yuri hade inte varit snäll under hela kvällen. De hade älskat, men den milde älskaren var som bortblåst och en mycket mer brutal och krävande man hade intagit hans plats. Julia hade motvilligt gått med på saker som hon i grund och botten tyckte var förnedrande. Hon hade känt sig ful, och Yuri hade ibland sett på henne med en blandning av avsmak och förakt. Hon hade försökt kela med honom, men han hade bryskt slagit bort alla sådana försök. Hon hade försökt säga att hon var djupt beklämd efter aktionen mot minkfarmaren. Hon hade läst i tidningen att han hade lagts in på sjukhus efter att ha fått en hjärtattack vid synen av förödelsen. Men Yuri hade inte lyssnat på henne, bara sagt att det var rätt åt den där djurplågaren. Och när hon antydde att hon inte ville vara med längre hade han blivit hotfull. Han hade tryckt ampullerna i hennes hand och sagt att nu gjorde hon bara vad hon lovat, annars …

– Annars vadå? hade hon svarat.

Hans bleka albinoansikte hade stelnat till en mask och svaret kom som en väsning:

– Annars kommer kanske polisen och tar dig. Återkallar din legitimation.

Först hade hon inte förstått.

– Vi har en videofilm på dig precis efter aktionen då du har minkarna i kattkorgen, hade han sagt. Och den kan skickas till både myndigheterna och pressen.

– Du skojar, hade hon försökt.

Men Yuri skojade inte. Han hade varit gravallvarlig och det var först då som hon förstod vilket misstag hon hade gjort då hon inlät sig med aktionsgruppen. Hennes veterinärlegitimation kunde lätt återkallas om hon medverkat till djurplågeri, vilket många ansåg att minkaktionen egentligen innebar.

Julia gick in till minkarna och gav dem mat. Hon försökte tänka på något annat än hur sviken hon kände sig. Därefter återvände hon till köket och plötsligt, som från något slags urkälla, kom ett kraftfullt ljud, en klagosång, ett våldsamt läte som rev tag i alla undertryckta känslor som hon burit på de senaste dagarna. Det övergick i ett vrål som höll i sig tills hon, högröd i ansiktet, inte fick någon mer luft utan kollapsade och föll ner på golvet. Hon hulkade och några tårar kom, sedan en vild gråt. Det var inte ett barns gråt och inte en vuxens. Det lät som om det kom från ett plågat djur.

KAPITEL 14

Leffe Strumpan vaknade med ett ryck i den vita bussen. Han tyckte att han hörde steg utanför och famlade efter bajonetten. Han satte sig upp och lyssnade men hörde inget mer. Nervöst la han sig ner igen och försökte andas långsamt. Det var ett knep han kommit på när han blev riktigt rädd, att om man försökte andas långsamt så släppte skräcken efter en stund. Han hade precis kommit ner i normal hjärtrytm när han hörde steg igen. Han drog av sig militärfilten och famlade efter spritdunken, satte den till munnen och lät den råa spriten glida nerför strupen. Det bet bra, och han tog ytterligare en stor klunk. Fan att nojan skulle komma så här och överraska honom igen. Han som hade trott att mardrömmarna var över, att han skulle kunna träffa Pia utan att vara alltför berusad. Men om han höll på så här skulle allt gå åt helvete igen. Mardrömmen som hade fått honom att fly från Marginalen och till Katmandubussen var på väg tillbaka. Mardrömmen som inte ville ge vika, trots att han inte gått till snuten, trots att han tydligt visat att han inte var någon tjallare.

Han kände sig rädd, kände att han var i fara, och ändå kunde han inte göra något. Vad skulle det hjälpa att gå till snuten? De skulle inte tro honom, de skulle sy in honom eller, ännu värre, lägga in honom på någon tork. Eller så skulle de, som sist han hade med dem att göra, misshandla honom i någon fyllecell för att han spytt ner vakthavande konstapel. Han ville sköta sig själv och bara vara i fred, var det så svårt att förstå?

Plötsligt hörde han en duns mot ytterdörren och reste sig upp. Spriten hade gjort honom ostadig och han tog tag i en av britsarna för att få stöd. Så kom stegen tillbaka igen. De gick runt bussen, det kunde han tydligt höra nu. Han tog upp bajonetten från sängen och gick mot plywooddörren. Han slet upp den och sträckte fram vapnet. Det var mörkt, men han förstod snart att det inte fanns någon där. Kanske var det bara några småkillar som ville jävlas och höll på att spreja på bussen eller sno backspegeln eller vad fan som helst. Han ångrade redan att han druckit så häftigt, han kände sig lite vimmelkantig. Pappskivorna för fönstren gjorde att ingen kunde se in, men han kunde inte heller se ut. Han gick fram till förarplatsen, satte sig tungt vid ratten, sträckte sig framåt och började riva loss en av pappskivorna. Han hade själv satt dit dem, så han visste att de satt ordentligt fast med glasklister, men ett litet hål skulle han i alla fall kunna göra så att han såg vem eller vilka som var utanför. Han körde in bajonetten under pappkanten och bände upp en liten glugg så att han kunde se ut. Det var mörkt och svårt att urskilja något. Men så plötsligt dök en skugga upp. En skugga som höll något i handen. Det såg ut som en bensindunk. Skuggan skvätte bensin runt hela bussen. Det tog ett tag för Leffe att inse vad som höll på att hända.

– Vad fan håller du på med? skrek han.

Skuggan vände sig om med en skidmask nerdragen för ansiktet. Först tyckte Leffe att det såg löjligt ut och fick lust att skratta, men i samma ögonblick slog bensindoften emot honom och han blev plötsligt iskall. Och nykter. Han bultade på glaset igen, men skuggan hällde färdigt, tog upp en cigarettändare och kastade den mot bussen. Ett starkt ljussken slog upp framför vindrutan och skuggan försvann utom synhåll för Leffe.

Elden tog sig snabbt och rök började välla in i förarhytten. Leffe fick ordning på benen, reste sig upp och snubblade mot dörren. Innan han nådde handtaget ramlade han och slog i bussgolvet. Han kände ingen smärta, men fallet måste ha varit hårt för han såg att han hade fått näsblod. Hytten fylldes alltmer med rök och han kröp fram längs golvet tills han fick tag i handtaget till ytterdörren. Han tryckte ner det och sköt på med axeln som han brukade göra. Men dörren var som fastsvetsad. Den gav inte med sig en tum. Han försökte igen och i samma ögonblick såg han att det hade börjat brinna inne i bussen och att en stor eldsflamma slog upp där han hade sitt lager med T-sprit. Det fick elden att ta ytterligare fart och snart var hans militärfilt övertänd.

Leffe försökte med dörren igen, men den var uppenbarligen blockerad. Det sved i ögonen av röken och han började hosta våldsamt. Han kämpade sig upp i stående ställning och gick tillbaka till förarplatsen där han mödosamt satte sig. Trots att han kände hur krafterna rann ur honom trodde han fortfarande att han skulle kunna ta sig ut. Han lutade sig tillbaka i förarstolen, höjde benen och sparkade mot vindrutan. Fötterna domnade, men rutan var intakt. Han höjde benen en gång till och sparkade så hårt han kunde mot pappskivan, och det verkade som om den gav med sig lite. Han kände hur näsblodet rann nerför hakan och hur han höll på att förlora medvetandet av röken, men om han kunde sparka ut rutan skulle han kunna ta sig ut.

Han lutade sig tillbaka i stolen igen, lyfte benen så högt han kunde och tog i allt han förmådde. Träffen var klockren, han kände vibrationerna ända upp i ryggraden och hörde hur rutan gav med sig längs fästet. Han sparkade igen och plötsligt lossnade hela vindrutan och halkade ner på motorhuven. Pappskärmen åkte med och han såg då att hela motorhuven var övertänd och att vinddraget som uppstått när rutan lossnade gjorde att elden fick ordentlig fart igen och drev in genom bussen. Den ursinniga hettan slog emot hans ansikte och han såg sig om. Hela bussen var nu övertänd och det fanns ingen väg ut längre.

Han sjönk ner på golvet där det ännu fanns en smula syre och tänkte att han hade varit en jävla idiot som inte berättat vad han sett. En stor jävla idiot. Han såg hur byxbenet antändes och hoppades att det snart skulle vara över. Men det var det inte. Smärtan som vällde in över honom när huden började brinna var outhärdlig. Han försökte skrika allt vad han orkade, men det blev bara en våldsam hostattack, och det sista han tänkte var att till och med hans eget skrik svek honom till slut.

Axel Hake tyckte att han precis hade somnat när telefonen ringde. Han och Oskar Lidman hade gått igenom allt material under dagen. De hade skrivit ner alibin och motiv och tillvägagångssätt, alla möjliga lösa idéer om vem som var skyldig till mordet på Harry Stenman och eventuella samband med överfallet på Tobias. De hade kollat alla fakta och Hake grävde djupare och djupare och tyckte till sist att han ingenting såg. Bokstavligen ingenting, för mot slutet av arbetsdagen kunde han inte fokusera blicken på grund av trötthet. Han gick ner och simmade en timme i bassängen för att hämta ny energi, men när han kom upp och fick en saltad blick från Lidman förstod han att ingenting ändrats. Han såg fortfarande helt förstörd ut.

Han hade hållit ut till sju och sedan vacklat hem. Väl innanför dörren hade han kommit in i ett slags andra andning och inte känt sig tillräckligt trött för att försöka sova. Han hade druckit några koppar hett kaffe och läst en stund. Klockan ett hade han fortfarande varit klarvaken men ändå gått och lagt sig, bara för att gå upp en halvtimme senare och sätta sig att läsa igenom vad de skrivit ner under dagen. Halv fyra hade han äntligen känt sig trött och gått in i sovrummet igen. Bara för att nu, en timme senare, bli väckt av jourhavande som berättade om den nerbrända bussen.

Han fyllde en termos med kaffe och åkte till Långholmen. Det första han såg när han klev ur bilen var det svarta stålskelettet av den vita bussen. Den var starkt upplyst av teknikernas lampor. En stank av bränt gummi och plåt slog emot honom när han gick fram till Olle Sandstedt som stod en bit ifrån bussen.

– Gå inte för nära, sa rättsteknikern. Den är fortfarande glödhet. Vi kan inte göra så mycket förrän den svalnat ordentligt.

Hake kände värmen redan ett tiotal meter från Overland Express.

– Var det någon i den? frågade han.

Sandstedt nickade och pekade mot förarplatsen.

– Det ligger någon på golvet därframme, så mycket har vi i alla fall lyckats se. Men han är totalt sönderbränd.

– Kanske slog han ner något ljus i fyllan och villan och antände hela bussen.

Sandstedt tog tag i Hake och gick runt till andra sidan. Han pekade på dörren.

– Det sitter ett spett för dörren där. Det är ditsatt för att ingen ska kunna komma ut från bussen. Och så här mellan tummen och pekfingret ser elden ut att ha kommit från alla håll, så jag tror att någon hällde bensin runt bussen och sedan tände på.

– Mordbrand?

– Brandteknikerna får väl kolla, men det är min uppfattning i alla fall.

Hake andades tungt. Ytterligare ett brutalt mord att utreda. Ett mord som med all sannolikhet hade att göra med mordet på Harry Stenman.

Olle Sandstedt såg genomträngande på honom.

– Det finns inget du kan göra här, Axel. Det kommer att ta timmar innan jag släpper in några tekniker i bussen.

Hake tycktes inte höra. Han var i sin egen dykarklocka där tid och rum inte tycktes existera.

– Rilke kommer inte att ge mig fler män, sa han svävande.

– Gå hem och lägg dig innan jag blir förbannad, sa Sandstedt och tände en cigarett. Han plirade en sista gång på Hake genom sina smutsiga, sköldpaddsbågade glasögon innan han gick därifrån.

Hake stod kvar. Sedan började han gräva i fickan.

– Termosen, sa han högt.

Han gick sakta mot bilen, öppnade dörren och letade förgäves efter termosen med kaffe. Plötsligt gav han upp. Det var som om all kraft runnit ur honom. Han sjönk ihop och la sig snett över framsätena. Han slöt ögonen för en stund, men tomheten inom honom fortsatte bara att mala. Han satte sig upp, såg en sista gång bort mot den eldhärjade bussen innan han vred på tändningen och körde bort mot Pålsundsbron. Han tyckte att allt flöt ihop till en suddig, grå massa och tvingades stanna utanför Mälarvarvet. Han stängde av tändningen och lutade sig tillbaka. I nästa sekund hade han somnat med händerna i fickorna och huvudet lutat mot vindrutan.

Hon hade kommit med nattåget och han hade mött henne på perrongen. De hade slagit sig ner på ett kafé med marmorbord och druckit några glas vin och ätit varsin smörgås. Sedan hade han burit hennes resväska till det lilla sjabbiga hotellet alldeles bakom Gare du Nord. Där fanns en järnsäng, ett slitet tvättställ och en sprucken bidé. I ett hörn stod en stor byrå som var alldeles för stor för det lilla rummet och förmodligen hade inköpts på auktion. Tapeterna hade börjat flagna i hörnen och de flortunna gardinerna släppte in nattens alla ljus.

De hade inte sagt så mycket till varandra utan genast krupit ner i den gnisslande sängen och älskat. På morgonen stod hon vid fönstret, naken och slank, för att se gryningen bryta fram över de tomma tågvagnarna och loken på stickspåren. Hake skulle just säga hur mycket han älskade henne när det knackade hårt på dörren. Han försökte lyssna på vad rösten sa, men den talade svenska och han förstod inte varför någon skulle tala svenska till honom i Paris. Det knackade hårt igen och han kände hur irritationen växte. Nu kunde han urskilja vad rösten sa och orden var begripliga, men han förstod ändå ingenting.

– Du kan inte stå här, sa rösten.

Han skulle just fråga varför han inte fick stå där när bilden av Hanna i motljuset försvann och han satte sig käpprätt upp i bilen. Knackningen på vindrutan var hård och obeveklig. Hake vred på huvudet och såg att truckföraren stod alldeles intill bilen och knackade på vindrutan. Hake vevade ner.

– Du kan inte stå här, sa mannen på nytt. Jag kommer varken ut eller in med trucken.

Hake såg att han hade ställt sig precis utanför grindarna till varvet så att de inte gick att öppna. Han startade bilen, körde bort till parkeringsplatsen och klev ur. Han tittade på klockan och såg att den var sju på morgonen. Han kände sig frusen och spänd. Vad var det för dröm han hade drömt? Något om Hanna.

Han gjorde några åkarbrasor och gick längs Skutskepparvägen bort mot Västerbrons valv. Det var fortfarande mörkt ute, men en strimma ljus syntes i öster. Ett flackt, platt ljus utan skuggor. Träden hade kastat av sig sina eldkappor och löven låg som ett orange golv under de mörka stammarna. Han gick fram till teknikerna som nu var inne i den utbrända bussen och tog prover och fotograferade. Olle Sandstedt var fortfarande kvar och stod lutad över något som låg på ett plasttäcke. Det var resterna av en människa och Hake gick fram till honom.

– Det var väl bara en därinne? frågade han.

Sandstedt nickade.

– Hur fan kan man se vem det där kan ha varit?

– Åh, det blir nog inte så svårt. Två av fingrarna finns kvar, antagligen var ena handen under kroppen när han brann upp.

Sandstedt sa brann upp som om det var ett ljus det var fråga om.

– Sen finns det blod kvar i honom, några hårtestar och alla tänderna. Det kommer inte att bli svårt. Kände du honom?

– Nej, det kan jag inte påstå. Han hette Leffe Alderson, men kallades allmänt för Leffe Strumpan. Jag pratade med honom några gånger. Han verkade rädd, eller nojig. Missbrukare. Jag frågade honom om han hade sett något konstigt i omgivningarna när Stenman blev mördad, men det hade han inte.

– Dom har ofta dåliga erfarenheter av polisen, sa Sandstedt som om han själv inte tillhörde polisen. Dom är ju ofta drängfulla och svåra att handskas med och ramlar och slår sig i fyllecellerna.

Det sista sa han inte det minsta ironiskt. Han var en faktasökare som inte hade råd att blanda in känslor och omdömen i sitt metodiska arbete.

– Han var ju inte här när vi undersökte bussen förra gången, så jag träffade honom aldrig, sa Sandstedt.

– Har ni hittat något särskilt? Något som du la märke till förra gången?

– Nej, det mesta har förstörts.

Han gjorde en gest mot det som fanns kvar av den vita bussen.

– Något speciellt du letar efter?

– Bara det gamla vanliga. En mobil eller en adressbok, det är möjligt att han hade en tjej.

– Nej, det mesta är aska. En bajonett har vi hittat. Kan den vara intressant?

– Jag tror inte det, sa Hake. Den är väl alldeles för lätt för att användas till att slå in skallen på Harry Stenman.

– Säkert. Nej, det var nog ett järnrör, sån kraft får man inte med en bajonett.

– Då behöver du inte slösa mer tid på den, sa Hake och gick tillbaka till bilen.

När han skulle kliva in såg han att det lyste hos Lizzi. Han tog upp mobilen och ringde hennes nummer. Hon svarade efter ett tag och han frågade om han fick komma och ställa några frågor. Hon sa affärsmässigt att det gick bra.

Lizzi tog emot redan i dörren. Hon var som vanligt noggrant sminkad och han undrade hur länge hon hade varit uppe. Eller också sov hon med sminket på. Hon var klädd i en elegant guldlaméklänning med hög krage, som en liten kejsarinna, och i håret hade hon färgat in några silverslingor. Hon gjorde en gest mot soffan i vardagsrummet och han satte sig och lutade käppen mot soffan. Dörrarna till rummet med kameran och utrustningen var stängda. Hake kände att någon gräns passerats och att det var slut med förtroliga samtal.

– Jag antar att du har sett vad som hänt med bussen, sa han inledningsvis.

Hon nickade.

– Du såg inte när den brann?

– Nej.

– Det är viktigt, Lizzi. Någon tände på och Leffe Strumpan dog därinne. Mordbrand.

– Jag … jag fotograferade hela natten.

– Och du tittade inte ut en enda gång?

Hon snodde runt med rullstolen och åkte mot dörrarna till rummet bredvid. Hon körde rätt på dem och de öppnades direkt. Hake reste sig och gick efter. Lizzi pekade mot fönstret. En tät mörkläggningsgardin var nerdragen.

– Det går inte att se ut genom den. Och inte in heller, för den delen.

– När såg du att bussen hade brunnit då?

– I morse vid sextiden. Då tog jag en kopp te i vardagsrummet och tittade ut. Men jag såg inte dig där.

– Jag sov då, sa Hake kort.

– Och ni är säkra på att han inte klantade till det och eldade upp sig själv?

– Någon hade satt ett spett utanför dörren så att han inte kunde komma ut.

– Det börjar bli farligt att bo här, sa hon. Frågan är vem som kommer att bli nästa offer?

– Den som vet det Leffe visste.

Han såg genomträngande på henne. Men Lizzi skakade bara på huvudet.

– Jag har inte sett något som kan vara farligt för mig.

– Leffe kanske trodde samma sak.

– Försöker du skrämma mig?

– Nej, men det går en mördare lös som inte väjer för något.

De var tysta en stund. Rummet var varmt och doften av rosenvatten gjorde det kvalmigt.

– Hitta honom då, sa hon hårt.

– Eller henne, sa Hake.

Lizzi log snett.

– Cherchez la femme, sa hon på perfekt franska.

Hake kände sig genomfrusen när han lämnade Södermalm och körde till Hanna efter arbetsdagens slut.

– Du luktar rök, sa hon när han klev in i tamburen och hängde upp sin rock. Har du varit på en barbecue?

Hake hade inte hjärta att berätta vad som hade blivit grillat utan luktade själv på rocken och låtsades se förvånad ut.

– Nej, men vi åt lunch på en restaurang som serverade sotare.

Plötsligt, i all sin trötthet, brast han ut i ett gapskratt. Hela situationen och nödlögnen var så absurd att han inte kunde hålla sig. Hanna såg förundrat på honom.

– Sa jag något roligt?

Hake fnissade till igen och gick in i rummet. Siri kom ut ur sitt rum och såg på sina föräldrar.

– Har du berättat en rolig historia?

På dagis berättade de roliga historier och trots att halva berättelserna föll bort, så skrattade barnen hejdlöst åt dem.

– Nej, det var bara något jag kom att tänka på, sa Hake och kysste henne på pannan.

– Jag kan en, sa Siri.

Hon koncentrerade sig och blev nästan blyg när all uppmärksamhet riktades mot henne.

– Vet ni att man får väldigt bra syn om man äter morötter, sa hon till sist.

Hon såg på dem.

– Nu ska ni fråga varför då!

– Varför då? sa Hake och Hanna i kör.

– Har ni någonsin sett en kanin med glasögon, sa Siri.

Hon var totalt allvarlig och Hake såg ett frö till en äkta komedienn i henne.

Hake och Hanna skrattade uppsluppet och först då log Siri lite överlägset.

– Festligt, va?

Det var ett nytt ord som hon lärt sig och som hon ständigt prövade.

Senare på kvällen satt Hake och Hanna i soffan framför kakelugnen och drack konjak. De hade hakat av luckorna och björkveden glödde och andades sin knastriga visa. Hake tyckte att Hanna verkade sorgsen på något sätt. Inte deprimerad, utan snarare som om hon genomlevde något slags kval. Det hade varat hela kvällen och inget tycktes kunna ändra det. Inga skämt, inga smekningar.

– Hur är det med dig egentligen? frågade han och la armen om henne.

Hon vände sitt ljusa ansikte mot honom och han kunde se att hon hade fått ett spänt drag kring munnen.

– Det är bra, sa hon.

– Är det verkligen det?

Hon nickade frånvarande och såg in i elden igen.

– Jag drömde om dig i natt, sa han. Vi var i Paris och tog in på ett ganska sjaskigt hotell. I gryningen stod du vid fönstret och såg ut över bangården och tågen. Jag låg kvar i sängen och betraktade dig.

Hanna drack en djup klunk, böjde sig fram och tog en mandarin. Hon skalade den långsamt.

– Brukar du drömma sanndrömmar? frågade hon.

– Någon väckte mig innan jag fick något grepp om vad det var frågan om.

Hon lät en klyfta försvinna in i munnen och såg nästan förvånat på honom.

– Förstår du inte det?

– Nej, det gör jag verkligen inte.

– Jag stod bortvänd från dig, gjorde jag inte?

– Jo.

Hon satte ner glaset och drog honom intill sig.

– Stackars Axel, sa hon och kysste honom. Stackars, stackars Axel.

Hake tyckte inte om de där orden. Sist han hört dem var i bårhuset när Ulla Stenman sagt samma sak om sin man.

– Berätta vad det betyder istället, det är enklare så, sa Hake.

Hon skakade bara på huvudet och drog handen över hans stubbiga huvud.

– Kan vi inte göra något i helgen, Axel? Bara vi tre. Käka middag på något bra ställe, gå på något museum.

– Gärna, svarade han.

Hon log ett leende som nådde ända upp i ögonen, men Hake kände att han tappat tråden, att det var något han borde nysta i men som nu långsamt försvann. Något om drömmen, något om hennes sorgsenhet. Men kyssarna blev intensivare och hennes varma kropp och villiga läppar blåste bort alla funderingar han hade haft.

KAPITEL 15

Axel Hake tyckte att staden på något sätt sjunkit ner i ett slags kronisk gråhet. Snön hade ännu inte gjort sitt intåg utan det låg bara en slaskig, regnig hinna över vägar och kanaler. Skuggorna blev längre och längre och det verkade som om solen inte orkade sega sig upp över horisonten. Allt blev mörkgrått, gråsuggegrått, sparvgrått. Och dagen hade knappt hunnit förbi morgonen innan eftermiddagen satte in med ännu en nyans av grått. Duvgrått, blygrått. Sedan var det bara kvällen kvar och den kom alldeles för tidigt med sin svartgråa kappa. Beckgrått, tjärgrått. Husen antog också samma färgskala. Det som tidigare varit tegelrött och aprikos och till och med havsgrönt förvandlades till smutsgrå fasader och inte en spegling syntes i fönstren. Det var som om någon täckt dem med en fet hinna som utestängde allt ljus. Till och med träden, som bara några veckor tidigare brunnit i rött och guld, var nu avlövade och sträckte sina svarta nakna grenar mot den mörka himlen.

Axel Hake och Oskar Lidman satt i bilen utanför Ulla Stenmans hus på Bastugatan och spanade. De hade en kommunikationsradio till hands och Hake hade satt en polis på trappavsatsen ovanför Ullas lägenhet. Plötsligt sprakade det till i radion och en röst viskade att hon var på väg ut. Hake gick genast ut ur bilen och tog sig så snabbt han kunde till baksidan av det stora hyreskomplexet. Om hon tänkte smita ut, så antog Hake att hon gick genom källargången in i nästa port för att sedan ta sig över ett järnstaket så att hon kom ut på andra sidan huset. Hake fick syn på ett litet cykelställ med korrugerat plåttak och ställde sig i skydd för det fina regnet som strilade ner. Han hade bra utsikt mot samtliga utgångar, utom den som låg på andra sidan, mot Timmermansgatan, och där fanns Oskar Lidman.

Hake behövde inte vänta länge. En dörr öppnades och Ulla Stenman, klädd i regnkappa och olivfärgade byxor, kom ut. Hon gick snabbt längs husväggen utan att se sig om, klättrade över staketet och fortsatte nerför backen som ledde till Monteliusvägen. Hake följde efter på avstånd. Ulla Stenman skyndade sig mot Kattgränd och sedan ner mot Hornsgatan. Hake stannade till vid en husgavel så att hon fick ett litet försprång. Hon gick med bestämda steg längs Hornsgatan tills hon kom till en telefonkiosk vid inbuktningen till Bysistäppan. Hon gick in och ringde.

Hake valde att gå in i Mariahallen precis vid uppfarten från Söder Mälarstrand. Han ställde sig vid dörrarna och iakttog henne. Hon talade och gestikulerade och la sedan på luren. När hon kom ut, såg hon upp mot den regntunga himlen, drog regnkappan tätare runt kroppen och gick mot platsen där Hake stod. Han svor tyst och hann precis vända bort huvudet innan hon kom in i butiken. Hon såg honom inte utan passerade på bara några meters håll.

När Ulla Stenman försvunnit in i affären passade Hake på att gå ut. En dam i kassan såg misstänksamt på honom, men han ignorerade hennes blickar och gick runt husknuten så att han kunde se in genom fönstret från andra sidan. Ulla Stenman köpte några kanelbullar och gick sedan ut igen. Just som Hake tänkte meddela Lidman att han skulle komma ner med bilen, såg han att hon svängde av till höger och var på väg tillbaka till lägenheten.

Hake följde åter efter på avstånd och hon gick in samma väg som hon gått ut. Över järnstaketet, in på gården och så ner i källaren för att sedan ta sig till sin trappuppgång. Hake gick runt huset till bilen. Han var genomblöt och förbannad över att han inte tagit paraplyet med sig.

– Nå? sa Lidman.

– Hon smet ut på andra sidan huset, sa han. Sedan gick hon till en telefonkiosk och ringde.

– Ska vi gå upp och snacka med henne?

Hake skakade på huvudet.

– Jag tycker att vi låter henne tro att hon kan ta den där vägen när som helst. Den ska vi inte avslöja.

– Så det är bara att vänta igen?

Lidman var oändligt trött på de tålamodsprövande skuggningarna.

– Hon köpte kaffebröd. Jag tror att hon väntar någon.

– Vem?

Hake visste inte, men denne någon skulle nog snart dyka upp. Han tittade på klockan. Den var lite över två. Om en halvtimme skulle han gå ut igen och ställa sig på vakt under cykelställets tak, för han antog att denne någon inte skulle gå in från framsidan.

Han gick ut lite tidigare och tur var det, för han hade just hunnit runt till baksidan av Mälarborgen när han såg någon klättra över staketet och in på gården. Han försökte öka farten, men slänten var hal och käppen fick inte riktigt fäste i lervällingen. Precis när han kom fram till staketet smällde dörren till källargången igen. Han gick tillbaka till bilen, tog kommunikationsradion från Lidman och kontaktade polisen inne i huset. Denne hade inte märkt något, bara att dörren öppnades tyst en gång. Hake suckade och bad honom höra av sig när någon gick ut igen. Det dröjde ett par timmar innan det knastrade till i radion.

– Det var någon som gick ut nu, viskade polisen.

Hake öppnade bildörren och skyndade ut. Han fällde upp paraplyet men gick inte till baksidan av huset den här gången. Istället gick han ner mot Kattgränd och väntade på besökaren där. Han tog för givet att denne hade kommit med tunnelbanan och inte tänkte bege sig ner mot Söder Mälarstrand. Men så kom han att tänka på att det gick att parkera på Torkel Knutssonsgatan mitt emot Münchenbryggeriet och gick därför ner mot Monteliusvägen. Och mycket riktigt. Ryggtavlan på besökaren försvann nerför trätrapporna i riktning mot den djupa bergsklyftan vid Torkel Knutssonsgatans förlängning.

Hake skyndade på stegen och tog in på besökaren hela tiden. Men plötsligt klarade knäet inte påfrestningarna från trapporna och han föll. Han halkade på gruset och landade på den dyblöta gräsmattan där han gled ytterligare en bit innan han fick stopp. Han hade tappat käppen i fallet och såg att den låg vid foten av trätrapporna. Överrocken var alldeles solkig och benet ville inte riktigt följa med när han försökte resa sig. Han började hasa sig upp mot käppen och varje hasning var en kraftansträngning.

Besökaren hade hunnit till gatan nedanför bergsryggen när Hake äntligen fick tag i käppen och kunde häva sig upp. Han litade inte längre på benet och var tvungen att ta det försiktigt när han återupptog förföljandet. Nedanför trapporna stod en bil parkerad och

Hake insåg att han inte skulle hinna ner innan besökaren körde iväg. Han tvekade men kastade sedan käppen mot bilen. Besökaren skulle just kliva in när käppen träffade biltaket med en skarp duns och studsade ner på gatan. Med förbryllad min tog mannen upp den och såg sig omkring, men ingen var i närheten. Han höjde blicken, men Hake hade redan försvunnit och det enda man kunde se var bergssidan och en bit av gräsmattan. Besökaren tog upp käppen, vred på den och såg sedan på biltaket. Där var ett ordentligt skrapmärke. I samma ögonblick nådde Hake fram till honom.

– Ett ögonblick, sa han. Det är min käpp.

Besökaren svängde runt och Hake kunde nu tydligt se hans ansikte. Det var Rick Stenman.

– Vad gör du här? sa han och såg förvånat på Hake. Och var det du som kastade den här på min bil?

– Kom med här, sa Hake och ryckte käppen ifrån honom. Vi behöver talas vid.

De satte sig i polisbilen som Lidman kört ner och parkerat utanför Münchenbryggeriet, Rick i baksätet och Lidman och Hake i framsätet. De båda poliserna hängde över ryggstödet och iakttog Rick som verkade samlad och såg från den ena till den andra utan att blinka eller visa minsta obehag över situationen.

– Borde ni inte förklara er? sa han och strök det rödblonda håret från pannan. Han var en snygg yngling, rena drag och ett känsligt ansikte. Ögonbrynen var så ljusa att de nästan var obefintliga och gjorde att pannan såg högre ut. Munnen var bred och när han log skymtade två tänder som var mycket längre än de andra och gav honom ett spjuveraktigt utseende. Hake kunde förstå om han hade framgång hos det täcka könet.

– Det finns inget att förklara. Det rör sig om normalt polisarbete och i samband med det hittar vi nu dig.

– Ni måste ha spanat på Ulla, eller hur?

– Som sagt, sa Hake. Våra undersökningsmetoder är inte allmän egendom.

– Du slängde ju för fan käppen på mitt biltak. Det kommer du att få betala för.

– Det var en olyckshändelse. Jag halkade och käppen slant ur handen och föll ner på din bil.

Rick skakade på huvudet.

159

– Att du bara orkar, sa han lågmält.

– Vad gjorde du hos Ulla? bröt Lidman in.

Han hade svårt för respektlösa män som trodde att de hade alla rättigheter i världen men inga skyldigheter.

– Jag fikade, sa Rick Stenman. Är det kriminellt?

– Låg du med henne också? sa Lidman och stoppade in en mint-tablett i munnen.

Men provokationen gick inte hem, Ricks nästan hårlösa ögonfransar blinkade inte ens. Han såg stadigt på Lidman.

– Ulla Stenman har mist sin man under brutala omständigheter. Hon känner sig vilsen och trött och är i behov av tröst. Som vän och arbetskompis ställer man upp på sånt.

– Låg du med henne, frågade jag, sa Lidman tvärt.

Han hade ännu svårare för vältaligt känslopjunk.

– Nej, hon är för fan min brors änka. Begriper ni ingenting?

– Varför smög du dit, då? sa Hake.

Han tvekade för första gången.

– Ulla ville det.

– Varför då?

– Hon sa att hon sett okända personer smyga omkring i området. Hon visste inte om de var poliser, försäkringsutredare eller kanske några från Reds förflutna.

– Vilka skulle det kunna vara?

– Jag har ingen aning och det har antagligen inte Ulla heller, men hon tycker det är förbannat obehagligt och därför ville hon att jag gick in och ut genom källargången. Hon vill inte att någon ska veta när hon är inne eller ute.

– Och du hittade direkt, sa Lidman beskt.

– Hon beskrev den där genvägen när hon bad mig komma i dag, sa Rick. Jag kände inte till den tidigare.

Hake var inte säker på att han trodde Rick Stenman, och han undrade vad det var för personer Ulla fått syn på. Inte på Lidman och honom själv i alla fall, det var han säker på. Och när Tobisson fortfarande deltog i skuggningen hade hon överhuvudtaget inte visat sig.

– Var var du i förrgår natt? frågade Hake oväntat.

Rick hade inte väntat sig den frågan och tappade fattningen för en sekund.

– Hemma, tror jag.

– Tror?

– Jag var hemma.

– Vittnen?

Rick skakade på huvudet.

– Har du hört talas om Leffe Strumpan?

– Nej. Vem är det?

Hake svarade inte, han ville inte berätta något om mordbranden för utomstående.

– Känner du till Harrys livförsäkring, då?

Rick nickade.

– Blev du förvånad?

– Inte speciellt. Red värnade om sina nära och kära.

– Men du har inte fått ut något av hans död?

Rick tänkte säga något, för ansiktet förlorade lite av sin ljusröda färg, men han kom snabbt i balans igen.

– Nej, hans död är en stor olycka för mig, sa han samlat.

– Om du nu inte har ihop det med Ulla och kan få del av försäkringspengarna, sa Lidman insinuant.

Rick log snett mot Lidman, öppnade bildörren och såg på poliserna.

– Det känns som om vi ska sluta nu, sa han. Annars måste jag ha en advokat med mig. Det här börjar ju likna rena trakasserier.

Han såg på Hake.

– Och du kommer att få betala omlackningen av mitt tak.

Därefter klev han ur och gick över gatan till sin egen bil.

Lidman vände sig mot Hake.

– Nu är vi brända när det gäller skuggningen, sa han med en viss lättnad i rösten. Han kommer att snacka med Ulla.

– Vi är aldrig brända, sa Hake bestämt.

Lidman startade bilen, körde ner mot Söder Mälarstrand och svängde av mot Slussen, Stockholms krångligaste trafikplats. Hake var smutsig och hade ont i knäet och bad Lidman köra honom hem. Kollegan svor tyst, eftersom det innebar att han var tvungen att vända i Slusskarusellen. Nu lyckades han inte riktigt med det – de kom ut på Skeppsbron istället och Lidman fick köra en ordentlig omväg innan han kunde släppa av Hake på Chapmansgatan.

Det var med nöd och näppe som Hake tog sig ur bilen. Lidman

såg medlidsamt efter honom när han haltande försvann in genom porten. Vilka medhjälpare han hade. En krympling och en sönderslagen långdistanslöpare.

Hake låg på sängen och vilade sitt knä. Han hade smort in det med tigerbalsam och det hettade skönt. Han hörde bilar köra förbi och några barn som skrek på väg hem från skolan. Ljuset silade in genom de fördragna gardinerna. Han tänkte på Hanna. Vad hade hänt mellan dem? Vad hade gjort att Hanna mer och mer drog sig bort från honom? Hon var visserligen närvarande, men långa stunder sjönk hon liksom in i sig själv och det gjorde att han hade börjat odla en form av självbehärskning som han inte gillade. Han hade börjat blidka henne när han egentligen ville skrika och ruska om henne. Han rökte en av sina sällsynta cigaretter och lät röken ringla mot taket. Hade hon träffat någon annan? Han trodde inte det, hon flydde inte undan utan sjönk bara långsamt inför hans ögon. Tappade plötsligt sitt livsmod och ursäktade sig med att hon kände sig trött. Och så mellan dessa tillstånd ett slags klamrande, våldsamt behov av närhet och sex. Allt var förbannat förbryllande. Kanske borde hon tala med en psykolog, men Hake var rädd att han övertolkade hennes sinnestillstånd för att han själv var stressad och utarbetad.

Det stod lite kallt kaffe kvar på nattduksbordet och han drack en klunk medan han iakttog ett ljusmönster i taket. När hade hennes humörsvängningar börjat egentligen? Han tänkte tillbaka på tiden strax efter sommaren i Skagen och kom fram till att de nog hade börjat någon vecka efter att de kom hem. Vad hade hänt då? Han drog ett djupt bloss och lät röken sippra ut genom mungipan. Han var ingen vanerökare och unnade sig lyxen att leka lite med röken och låta den ta olika vägar ut, eller så gjorde han en rökring och skickade den tvärs genom rummet. Nej, det hade inte hänt något speciellt, dagarna hade lunkat på som vanligt och nätterna var det inget fel på när de var tillsammans. Hon ville i alla fall vara med honom och hennes förslag om att vara tillsammans en hel dag med middag och museibesök hade varit ett steg i rätt riktning. Om nu inget kom i vägen.

Han satte sig upp på sängkanten och prövade benet. Knäet höll fastän det bet till ordentligt när han försökte resa sig. I våningen ovanför gick Lars Larsson-Varg av och an, och när det senare ringde på dörren trodde Hake att det kanske var intendenten som ville bryta den trista spänning som uppstått mellan dem. Men det var inte Lars som stod i dörren utan Julia. Hon trängde sig upprört förbi Hake in i vardagsrummet.

– Har du vin? frågade hon.

Hake gick ut i köket och hällde upp ett glas till henne. Han iakttog sin syster i smyg. Hon såg sliten ut. Ansiktet var degigt och på huvudet hade hon en röd toppluva som tävlade med ansiktsfärgen. Hon hade klätt sig slarvigt, den grova bomullsskjortan hängde utanför tröjan och bryggarfracken var inte knäppt. Han gav henne glaset och hon såg tacksamt på honom men drack inte. Det var som om hon bara ville ha något att hålla i.

– Jag sitter i knipa, sa hon. En jävla knipa.

– Har han gjort slut?

Hon såg bistert på honom.

– Tvärtom.

– Tvärtom?

– Ja, han vill vara mer med mig än någonsin, och det är delvis det som är problemet.

– Jag vet inte hur jag ska kunna hjälpa dig med det.

Han tyckte att det verkade konstigt. Hon hatade ju att han la sig i hennes kärleksaffärer.

– Om du kan sluta ställa så fåniga frågor så ska jag berätta, sa hon och satte sig och gjorde samtidigt en gest att han också skulle slå sig ner.

– Jag kan spruta det där knäet åt dig förresten, sa hon när hon såg med vilken möda hennes bror gick fram till en av fåtöljerna. Med tuppkam.

– Tuppkam?

– Ja, du som är spelare vet väl att tävlingshästar ständigt måste sprutas med tuppkam, det är ett medel för att lederna ska hålla för hård belastning.

Han hade läst det någon gång i en facktidskrift. Det lät makabert men ansågs av de flesta veterinärer vara en värdig ersättare till kortison.

– Jag väntar, sa han och satte sig.

Julia tog en liten klunk och såg över glaskanten på honom.

– Jag var med och släppte ut dom där minkarna utanför Norrtälje, sa hon.

Hake kände inte till händelsen.

– Det stod i tidningen om det.

– Okej.

– Men begriper du inte? Jag är veterinär och har djurskyddet som min främsta uppgift. Dom där minkarna kommer inte att klara sig på egen hand. Dom är inte tränade att själva skaffa föda. Det jag gjorde är ett slags djurplågeri.

Axel Hake kände sig nästan lättad. Han trodde att det var något värre hon kommit för, något kriminellt som hade med ryssen att göra.

– Är det inte bara en formfråga? sa han försiktigt. Dom plågas väl än mer i sina burar för att sedan gå direkt till slakteriet och pälsindustrin. Vad är det för liv?

Hon såg på den röda drycken i glaset och vred lite på det så att hon kunde fånga en ljusglimt i det.

– Det är inte bara det, sa hon dämpat. Jag tog två av minkarna med mig hem till kliniken. Där vill Gustav Lövenhjelm och dom andra att jag ska ge minkarna skabb. Jag har fått några ampuller som innehåller smittan. Vi ska sedan placera ut dom hos två andra minkfarmare och på det viset smitta ner deras kolonier.

– Gör inte det, sa Hake. Det är att gå för långt.

– Jag sa ju att jag satt i en jäkla knipa.

– Släng bort ampullerna och säg nej, sa han.

– Det är inte bara det.

– Kommer Yuri att lämna dig om du inte gör det?

– Om det vore så enkelt.

Hennes vackra ögon var fulla av smärta när hon tittade på honom.

– Jag är inte säker på att jag förstår.

– Nej, hur fan skulle du kunna göra det. Jag har ju inte berättat allt. Dom sysslar nämligen med utpressning.

– Hur då?

– Dom har en videofilm på mig när jag släpper ut minkarna och när jag tar dom där två minkarna. Sedan filmade dom bara mig och inte dom andra när vi tog av oss skidmaskerna. Dom hotar med att skicka filmen till polisen och det betyder att jag kommer att få min legitimation återkallad.

Hake kände hur ilskan steg i honom och han kunde inte sitta still. Han reste sig, gick fram till fönstret och vände sig sedan tvärt om så att minatyrsegelbåten som han slöjdat och som stod på fönsterkarmen åkte ner på golvet. Han såg inte ens åt den.

– Vilka jävlar, sa han hårt.

Han grep om käppen och gick ett varv runt rummet. Sedan stannade han plötsligt och såg på henne.

– Har du hört namnet Leffe Strumpan nån gång?

Julia skakade på huvudet.

– Har du hört om nån av medlemmarna i kollektivet bott på Overland Express nån gång?

– Nej.

– Inte Yuri heller?

– Nej.

Hake tystnade.

– Kan du hjälpa mig, frågade Julia ynkligt.

Han tänkte efter och nickade sedan allvarligt.

KAPITEL 16

Olle Sandstedt väntade på Hake nästa dag när han kom in i ledningsrummet. Oskar Lidman var redan där och uppdaterade alla fakta. Sandstedt slängde fram en mapp på bordet.

– Det var Leffe Alderson som blev innebränd i bussen, sa han. Brandteknikerna har gjort en rekonstruktion av eldens förlopp och kommit fram till att bussen antändes utifrån. Att någon antagligen hällde bensin runt bussen och sedan tände på. Järnspettet utanför dörren bekräftar att det är fråga om mordbrand, att den som tände på inte ville att Leffe skulle ha en chans att komma ut.

Hake nickade. Så nu var det bekräftat, ett mord till och en ny utredning att ta tag i på allvar. Han tog en mugg kaffe, gick fram till fönstret och såg ut. Han kände att han började svikta under bördan. Två mord, och så Julias problem som han måste försöka lösa. Utanför började det ljusna och han hoppades att det skulle bli en skaplig dag.

– Jag har sökt på offret i våra register och via socialtjänsten, sa Lidman. Senaste adressen var ungkarlshotellet Marginalen på Söder. Och det var dit socialen skickade bidragen, trots att han bodde i bussen.

– Vi får åka dit, sa Hake och kastade en sista blick ut genom fönstret.

Plötsligt såg han att Hanna var på väg mot Polishuset.

– Ett ögonblick, sa han och gick ner i receptionen. Men Hanna kom aldrig in i byggnaden utan fortsatte förbi. Han skyndade ut genom dörrarna och hann precis uppfatta att hon gick in i nästa byggnad där passmyndigheten låg. Ett tag tänkte han följa efter henne men gick istället upp och drog på sig överrocken. Han fick fråga henne senare, men han undrade hela vägen till ungkarlshotellet vad hon hade för ärende där. Såvitt han visste behövde de inte förnya några pass just nu.

Ungkarlshotellet Marginalen var en femtiotalsbyggnad på sex våningar med raka linjer och fyrkantiga fönster. Det användes i första hand som tillfällighetsbostad för personer som hamnat på samhällets skuggsida: missbrukare, våldsmän, uteliggare och mentalsjuka. De flesta hade givit upp alla försök till anständighet, alla försök till återanpassning. Ty något hade gått sönder inom dem och ofta var det kärleken som brutit ner dem, kvinnor som lämnat dem, barn som sett deras svaghet och inte ville ha med dem att göra, arbetskompisar som undvek dem för att de var avvikande på något sätt. Så som en flock djur lämnar den svage eller skadade.

De som bodde på Marginalen hade på ett eller annat sätt fått känna på samhällets socialdarwinism och inte klarat testet. När de drack eller tände på kunde de vara onda och djävulska. Någon hade i fyllan sågat av en fot på en kompis för att få hans sko och en annan hade sålt sitt barn till pedofiler. Allt var möjligt när man var riktigt avtrubbad och långt nere i helvetet. Men när de var nyktra, när bedövningen släppte, fanns där en vilsen kille eller tjej som aldrig blivit sedd, som aldrig blivit älskad och som varit tvungen att göra sig så hård att ingen ville komma i närheten.

Hake och Lidman gick fram till receptionen där en yngling stod och läste en dagstidning. Han var lång och mager, antagligen en student som extraknäckte. Han såg på Hake och Lidman, såg att de inte tillhörde det vanliga klientelet och la långsamt ihop tidningen.

– Kan jag hjälpa till? sa han som om han varit hovmästare på en restaurang.

– Kriminalpolisen, sa Hake och visade sin legitimation. Det gäller en av era tidigare hyresgäster. Leffe Alderson.

Studenten tänkte efter.

– Han flyttade i somras, sa han, men lämnade ingen ny adress.

– Vi har hört att han får posten hit i alla fall.

Han kollade ett register och nickade sedan.

– Vem tar hand om den. Du?

Grabben log lite avmätt.

– Nej, det är inte vår uppgift. Vi har nog ändå.

– Kom han hit själv och hämtade posten?

167

– Han fick inte så mycket post, men det var Gurra Viken som tog hand om den.

– Bor han kvar här?

– Tjugosjuan. Andra våningen. Han brukar inte gå ut.

De gick uppför trapporna, hissen var ur bruk, och fortsatte längs de smutsgröna linoleummattorna fram till dörr tjugosju. Ett lysrör blinkade oregelbundet ovanför dem och mitt i dörren var en kraftig spricka, som om någon försökt sparka in den. De knackade på, men ingen svarade. De tog i handtaget och dörren öppnades. Rummet de kom in i hade två sängar och stank av cigarettrök och svett. Först trodde Hake att rummet var tomt, men alldeles vid sidan av toaletten satt en stor man i en sliten fåtölj och stirrade tyst på dem. Magen vällde fram under morgonrocken och dubbelhakorna dallrade när mannen rörde på huvudet. Han hade långt, flottigt, gråsprängt hår som hängde ner över en rödbrusig tjurnacke. Men trots rödbrusigheten var ansiktet sjukligt blekt, tunga påsar hängde under ögonen och läpparna var helt färglösa.

– Fel dörr, sa mannen mekaniskt som om han sagt det tusen gånger tidigare. Stormen ligger en trappa upp.

– Gurra? sa Hake. Vi är från polisen.

– Det ser jag väl, men Gurra har stuckit från stan och …

– Det gäller Leffe Strumpan, sa Lidman snabbt.

Han kände igen en smitare när han såg en. I stort var de flesta människor smitare, ansåg Lidman. Inräknat han själv. Men det fanns gradskillnader. Den här mannen, med sin sjuka konstitution och sina döda fiskögon, hörde till de svårare fallen. Det var en man som aldrig skulle påta sig något ansvar för någonting.

– Känner honom inte, sa mannen.

– Är du inte Gurra Viken, då?

Efter stort motstånd erkände han att det faktiskt var hans namn.

– Vad vi förstår så har du hand om hans post. Hans förtidspension.

– Jag har inte gjort något olagligt, sa Gurra Viken och vätte läpparna. Han har fått vartenda öre. Vartenda brev.

– Var det många brev?

Mannen fnös.

– Vem skulle vilja skriva till den där pajasen? Nej, det var bara myndighetsbrev.

168

– Bodde han här?

– I den bingen.

Mannen pekade på sängen vid fönstret.

– Bästa utsikten i stan.

Han skrattade till så våldsamt att fläsket dallrade. Utanför fönstret syntes ingenting annat än en brandvägg.

– Har han inga saker kvar?

– Varför skulle han ha det? Allt han ägde rymdes i en trasig resväska.

Han såg misstänksamt på dem.

– Om ni tror att jag snott hans …

– Vi är inte intresserade av dig, sa Lidman tvärt.

Det tycktes lugna Gurra.

– Vad har han gjort, förresten?

– Han har inte gjort så mycket, sa Lidman. Och han kommer inte att göra så mycket heller, för han blev innebränd för några dagar sedan.

Inte en min ändrades i Gurras ansikte. Det var som om han för länge sedan slutat upp att känna.

– Jag sa att han inte skulle ha det där jävla osande spritköket i bussen, sa Gurra.

– Så du träffade honom?

– Jag gick till bussen med stålarna.

– Varför flyttade han dit egentligen? frågade Hake.

Gurra Viken ryckte på sina feta axlar.

– Han söp för mycket och ställde bara till trassel. Till slut vräkte dom honom och han tycktes inte ha något emot det.

– Vet du varför han började supa så våldsamt just i somras?

– Ingen aning. Det är den resandes ensak.

– Vilka visste om att han hade flyttat till bussen, tror du?

Gurra övervägde om det var värt att snacka mer, men så ryckte han på axlarna igen. En gest han säkert gjorde hundratals gånger om dagen. Ett slags tics som betydde att jag vet inget och bryr mig inte.

– Dom flesta som bor här och så dom på ölhaken han brukade supa med.

– Hur fick han nys om bussen?

– Han såg hur den övergavs av några hippies och flyttade in. Då visste han inte att Danne Durant ägde bussen.

– Danne Durant?

– Ja? Ni måste väl känna den där jävla lånehajen, fräste han.

För första gången kom det något i blicken som kunde kallas inlevelse.

– Ni vet, det där aset som raggar utslagna som målvakter åt skalbolagen.

Lidman såg hastigt på Hake innan han frågade.

– Var Leffe målvakt åt något skalbolag?

– Det är klart han var …

De hittade inte Danne på "Laura", enligt truckföraren var han som vanligt och tränade. Hake och Lidman körde till Kocksgatan och gick ner i den lilla boxningslokalen. De fick treva sig nerför trapporna, lyset fungerade inte. När de öppnade dörren bländade ljuset dem och först efter en stund kunde de se Danne Durant dansa omkring i ringen och skuggboxas. Han gav dem bara ett snabbt ögonkast och fortsatte sedan med sin träning. Hake gick fram till ringen och iakttog honom. Danne rörde sig mjukt och dynamiskt. Slog avslappnat sina krokar och jabbar, backade, kröp ihop och exploderade sedan i en serie slag.

– Bra, sa Hake, men garden är undermålig. Speciellt på vänstra sidan.

Danne stannade upp för ett ögonblick.

– Du vet inte vad du snackar om.

– Jodå.

– Kom in i ringen och visa då.

Hake lutade sig mot repen.

– Bara om du svarar på några frågor.

Ett litet leende spred sig kring Dannes mun.

– Deal, sa han.

Hake klev in mellan repen och räckte Lidman käppen. Denne såg förfärat på Hake som tog av sig överrocken, kavajen och skjortan och slängde kläderna på stolen i ena ringhörnan.

– Axel, för helvete …

Danne gick och hämtade ett par handskar till Hake och instruerade Lidman att hålla koll på tiden. Treminutersronder.

Hake gick in mot ringens mitt, slog några slag i luften och såg på Danne.

170

– Okej, sa han. Ägde du bussen som brann?

– Japp, sa Danne.

– Vad hade ni för överenskommelse, du och Leffe Strumpan?

– Jag vet inte vad du talar om.

Han började cirkla kring Hake som inledningsvis stod stilla. Han visste att han inte var förmögen att röra sig så mycket och dessutom var det svårt att komma åt någon som stod alldeles stilla. Men Danne kunde verkligen boxas och kom snabbt mot Hake och slog in några ordentliga slag genom hans gard. Hake kände blodsmak i munnen, läppen måste ha spräckts. Han började tro att han gjort ett stort misstag.

– Vi har hört att du fixar målvakter till skalbolag, sa han andfått.

Danne slog en krok som gick under garden och träffade hakspetsen. Hake gungade till, men kontrade med en jabb som tog på sidan av Dannes huvud.

– Bevisa det, sa Danne och gick tätt på Hake som kunde känna en skarp lukt av liniment och hårpomada. Han fick två hårda njurslag och var tvungen att försöka retirera. Men Danne höll sig tätt intill honom och slog en kombination som slutade med en hård höger strax under Hakes öga. Hake kände att skinnet sprack och att han skulle få en riktig mus under ögat. Han slog tillbaka med en hård höger som träffade Danne på pannan.

– Bra, sa han och log lite.

Hake började svettas ordentligt. Visst hade han kondition, men kanvasen i ringen var tung även om han inte rörde sig så mycket och slagen hade gjort honom matt. Han tänkte att det var idiotiskt att inte ha tandskydd, för Danne Durant slog hårt.

– Var Leffe Strumpan målvakt i ett sånt där bolag? flåsade Hake. Var det dealen du hade med honom? Gratis boende i bussen mot att han undertecknade några papper och fick stå som ägare till några förlustbolag.

Dannes ögon smalnade och han klippte in två hårda slag. Det första tog på handsken, men det andra träffade på kinden. Hake vacklade till, knäet gav vika och han tappade balansen. Lidman skulle just säga att ronden snart var slut när han såg hur Danne obevekligt gick tätt på Hake, som förlorat balansen. Han knuffade honom så att han stapplade mot ringrepen och slog ursinnigt en skur av slag mot Hakes huvud.

– Ding dång, ropade Lidman. Ronden är slut.

Men Danne lyssnade inte, han hade sin motståndare mot repen. Knäet orkade inte längre utan Hake måste ta tag i repet med ena handen, vilket blottade hela sidan av ansiktet för angrepp. Efter att Danne hade dammat in två högerkrokar kunde Hake endast med möda hålla sig på benen. Danne gick än närmare och stirrade Hake i ögonen. Hake kunde knappt urskilja ansiktet framför sig och började känna sig illamående. Plötsligt tog Danne Durant ett steg tillbaka och gav honom en ordentlig smäll mitt i ansiktet. Hake sjönk ner på ringgolvet och Danne lämnade honom där. Han gav Lidman ett ögonkast, innan han gick ut ur ringen.

– Ring snuten, sa han.

Lidman gick fram till Hake, hjälpte honom på fötter och släpade honom till stolen i ringhörnan. Han blödde ymnigt ur munnen och näsan.

– Vad fan håller du på med? sa Lidman ilsket.

Hake log lite, tog en handduk som hängde över repen och torkade sig i ansiktet.

– Han är öppen för slag på vänstra sidan, sa han.

Kommissarie Elmer Branting stirrade fascinerat på Axel Hakes ansikte. Läppen var sprucken, i pannan fanns en skrovlig bula och under ögat en lilaaktig blodutgjutelse. Hake höll en plastpåse fylld med is mot såret för att motverka svullnaden. Branting var glad att han jobbade på ekobrottsroteln och inte på våldsroteln.

– Jag har tagit fram papperen till dig, sa han.

Han la fram en mapp på skrivbordet som Hake mödosamt sträckte sig efter.

Branting undrade vad karln råkat ut för, men när han frågat hade Hake bara avfärdat det med att han snubblat och slagit sig.

Hake tog mappen och öppnade den.

– Danne Durant är känd i våra kretsar, men vi har inte lyckats åtala honom. Ännu. För jag tror att det bara är en tidsfråga.

Hake höjde på ögonbrynen.

– Ja, hans namn dyker upp i både det ena och det andra sammanhanget, sa Branting. Falska fakturor, uthyrningar utan kontrakt, låneverksamhet och så det du har fått i den där mappen. En översikt över skalbolagsverksamheten.

– Vad är problemet, då? Med att sätta dit honom, menar jag.

– Han skriver aldrig under något. Alla låneaffärer är muntliga. Alla "övertalningar" är verbala.

– Och ingen tjallar?

Branting skakade på huvudet.

– Hur går det egentligen till? frågade Hake. Målvaktsjobbet.

– Det är enkelt. Man upprättar ett skalbolag. Som ägare och huvudansvarig för verksamheten får man en alkis att ställa upp. Mot betalning. Han skriver under. Sedan köper man ett annat bolag och plundrar det. När det kommer till åtal så står alkisen som huvudägare och han har på sin höjd en tillfällig adress men framför allt inte ett rött öre. Pengarna är borta och ingen kommer att betala. Samhället och inte minst skattebetalarna förlorar stora summor pengar på den sortens bedrägerier.

– Och om man åtalar honom då?

– Vittnena är ju ofta missbrukare vars trovärdighet är noll. En försvarare skulle slita åklagaren i stycken om han byggde sitt åtal på någon av dom där spillrorna. Och om man släpar honom inför rätta kan ju alla se att han inte förstår något eller har något med det hela att göra. Målvakten är ofta i synnerligen dåligt skick och en psykiater kan få loss honom på nolltid. Det var ju därför han utvaldes.

– Av Danne Durant?

Elmer Branting nickade.

– Han tycks ha koll på det där klientelet. Känner dom, umgås till och med med dom, sägs det. Har du träffat honom någon gång?

Hake log lite och Branting kunde inte förstå varför det var så roligt.

– Jag kan också berätta att bussen var ordentligt försäkrad. Långt, långt över vad den var värd.

Hake nickade. Durant var en man som inte lämnade något åt slumpen.

– Var Leffe Alderson målvakt för något skalbolag? frågade han.

– Jag sökte på namnet när du bad mig om det i morse. Allt finns i pärmen. Han var målvakt för tre företag. Alla under utredning.

Branting suckade.

– Och nu är han död, sa han. Väldigt lägligt.

– Mördad, sa Hake. Han blev mördad ...

173

Hake gick stelt genom korridorerna mot ledningsrummet. Det värkte i hela kroppen och ansiktet kändes svullet och varmt. Dagen därpå skulle han träffa Hanna och Siri, och han hoppades att han skulle känna sig bättre då. Lidman tyckte att han hade varit en idiot, men Hake ville känna på Danne Durant. Känna om han bar på ett hat mot polisen, känna hur han agerade när han blev provocerad. Avgöra om det i grunden var en hård man eller en halvpsykopat som körde med missbrukarna för att själv känna sig levande. Hake hade inte fått något entydigt svar i ringen, men Danne bar i alla fall inte på något våldsamt hat mot polisen. Han hade plockat ner Hake lugnt och metodiskt. Krossat hans försvar. I duschen efteråt hade de inte bytt många ord. Danne hade som vanligt smort in sig med diverse oljor. Han hade sneglat lite på Hake och säkert undrat vad det var för konstig polis som var halvkrympling men ändå gick upp i ringen utan att blinka för att få svar på några frågor. Just när Danne skulle gå hade Hake spärrat vägen för honom.

– Jag är inte färdig med mina frågor ännu, hade han sagt. Men jag behöver mer kött på benen. Är du redo för en returmatch?

Danne hade sett förvånad ut för ett ögonblick men hade sedan nickat och trängt sig förbi Hake.

– Alla dar i veckan, hade han sagt och gått ut.

När Hake kom in i ledningsrummet satt Oskar Lidman och drack kaffe.

– Fan vad du ser ut, sa han uppmuntrande. Vad sa Branting, då?

– Att Durant raggade målvakter och att han under en längre tid sysslade med alla möjliga skumraskaffärer. Att Leffe Strumpan var ägare till tre bolag.

Han öppnade pärmen.

– Observandum AB, Kilens Förvaltnings AB och Baltimore Kontrast AB.

Lidman vägde på stolen.

– Så Leffe visste för mycket?

– Säkert.

– Och var kommer Harry Stenman in?

– Han kan ha varit den riktiga ägaren till något av bolagen. Eller alla. Han hade lånat pengar och kanske investerat i en skalbolagsring.

174

– Och Danne?

– Jag vet inte om han är hjärnan bakom det, eller om det är någon annan.

– Du menar att han låter både Leffe och Harry Stenman fronta och när sedan allt går snett gör han sig av med dom?

Hake visste inte.

– Harry kunde ha gått ihop med ryssarna för att manövrera ut Danne, föreslog han.

Lidman stirrade i taket.

– Och bröderna Hemmesta?

– Kanske är dom musklerna bakom allt. Känslokalla. Obevekliga. Hårda som sten.

– Det är bara en sak som irriterar mig våldsamt, sa Oskar Lidman.

– Jag vet, sa Hake och tog upp sin ispåse. Han baddade blåtiran under ögat.

– Gör du?

– Ja, om du menar livförsäkringen.

KAPITEL 17

På söndagen kunde Hake, Hanna och Siri äntligen vara tillsammans hela dagen. När Hake kom och hämtade dem, hade Hanna bara kastat en snabb blick på hans ansikte och kysst honom varsamt på svullnaden under ögat.

– Min kära, kära polis, hade hon sagt.

De åt lunch på Blå Porten på Djurgården, en öppen och familjevänlig restaurang i närheten av Gröna Lund. Dessförinnan hade de varit på Skansen och Siri hade fått klappa en pytonorm, låtit en spindel klättra över sin hand och tjusats av sälarnas lekar. Hon hade till och med släppt lite på motståndet mot bra simmare och ville snabbt hem till badet för att leka säl. Efter lunchen hade de varit på Astrid Lindgrens Junibacken och träffat alla Siris hjältar: Pippi, Madicken och Emil. På bussen hem tog Siri en eftermiddagslur i Hakes knä, och Hanna lutade huvudet mot hans axel och slöt ögonen.

Hake såg på staden som svepte förbi utanför bussfönstret. Det var en typisk söndag. Familjer var ute med sina barn och de ensamma tog långpromenader. Skeppsholmens gula byggnader lyste fram mellan de mörka träden. En demonstration för de hemlösa fick bussen att stanna några minuter trots att det inte var många som slutit upp. Hake undrade om Leffe Strumpan skulle ha gått med i en sådan där demonstration. Antagligen inte, men några utslagna hade mött upp och gick sist i processionen. Hanna hade vaknat till och iakttog honom.

– Letar du bovar, sa hon och klappade ömt hans hand.

Väl hemma tillbringade han en timme i badet med Siri och hennes sälkonster. När det var färdiglekt stod maten på bordet – rostbiff med ugnsstekt potatis. Sedan ville Siri se barnprogrammen på teve och under tiden diskade Hake och Hanna.

– Jag såg dig vid Polishuset i förrgår, sa han och torkade en tallrik.

Hanna stod bortvänd, så han såg inte hennes ansiktsuttryck.

– I förrgår?

– Ja, har du varit där fler gånger?

– Nej.

– Men då måste du väl veta när du var där?

– Det är klart jag vet. Jag blev bara lite ... förvirrad.

Hake väntade och ställde upp den avtorkade tallriken i skåpet.

– Jag hälsade på en kompis, sa hon.

– På passmyndigheten?

– Ja? Kan man inte ha kompisar där?

– Klart man kan, jag visste det bara inte.

– Det känns faktiskt skönt att du inte vet allt, sa Hanna syrligt.

– Jag tror du ljuger.

– Varför då?

– Det undrar jag också.

Hon räckte honom den sista tallriken.

– Jag hälsade på en kompis och om du inte tror mig tycker jag att du är oförskämd. Vad håller du på med egentligen?

– Jag undrar faktiskt detsamma. Vad fan håller du på med?

Han kände att allt höll på att gå över styr. Att hela den underbara dagen höll på att sluta i katastrof och att det var han som hade satt det hela i rörelse. Men han hade svårt att backa när det blev allvar. Det hade han alltid haft. Hanna hade en gång sagt att han var som en grävling som bet ända tills det knakade i benen på bytet. Ljudet av knaket var det enda han lyssnade på, enligt henne.

– Lägg av, sa hon. Och jag menar det.

– Vad heter kompisen? frågade Hake.

Hon drog proppen ur diskhon, tog hans handduk och torkade av händerna.

– Hörde du?

– Tror du verkligen att jag tänker svara på det?

– Varför inte?

– Om du inte begriper det själv, så kan jag inte förklara.

Hon gick ut ur köket och Hake följde efter.

– Vi har hamnat i ett dödläge, Hanna, och det enklaste är bara att säga vem det var och så är det inte mer med det.

177

– Jag accepterar inte det här och det borde du veta vid det här laget.

– Accepterar vadå?

Hon vände sig tvärt. Han såg att hon hade blivit riktigt förbannad.

– Dig som förhörsledare och mig som anklagad. Jag tål det bara inte.

– Du menar snuten i mig?

– Nej, jag menar idioten i dig, sa hon och gick in i sovrummet.

Hake traskade efter. Han hade ännu inte hört knaket och var på något sätt missnöjd med situationen. Han kände att han ville ha något mer. Men det fick han inte. När han kom in i rummet sa Hanna kallt att han kunde gå hem nu.

– Hanna, för helvete, började Hake. Vi måste väl kunna snacka om allt möjligt.

– Varför då? Det finns något som heter integritet och respekt och du har klivit över den gränsen i dag och jag vill faktiskt inte ha mer med dig att göra.

– I dag?

– Gå nu.

Hon stängde sovrumsdörren framför näsan på honom. Han tänkte öppna den igen, men kände plötsligt att all stridslust runnit ur honom. Han gick in i badrummet och blaskade kallt vatten i ansiktet. Vad var det egentligen han höll på med? Var kom den där misstänksamheten ifrån som gjorde att han inte kunde släppa taget när han fått för sig att någon ljög? Han visste att det handlade om respekt. Respekt för honom. Att han inte ville bli ljugen rätt upp i ansiktet. Han stirrade på sig själv i spegeln. Han såg inte klok ut med sitt svullna ansikte och sin spruckna läpp, sina trötta ögon och sitt skeva leende. Han såg ut som en uteliggare, och han hade god lust att bara gå ut ur huset och lägga sig ner på gatan. Men han ryckte upp sig, gick in till Siri och satt där en stund innan han sa adjö och gick därifrån.

Han kände sig illa till mods när han gick hem. Allt verkade grått och trist. Hantverkargatan låg övergiven och smutsig. Landstingshuset såg ut som ett spökslott med sina tomma svarta fönster mot den vita fasaden. Som om det fått tänderna utslagna. 7-Eleven-butiken i backen såg klinisk ut med sina starka lysrör och sin hårda stål-

178

disk. När han gick ner mot Pontonjärparken susade de stora träden olycksbådande mot den svarta bergssluttningen. Dagen som hade börjat så bra, och fortsatt så bra, hade slutat i en mindre katastrof. Visst hade han varit oförskämd, men han hade en malande känsla av att han ändå haft rätt. Att Hanna ljugit om vännen i Polishuset.

När han kom in i lägenheten såg han att telefonsvararen blinkade. Det var Julia som berättade att hon givit minkarna till kollektivet, men att hon inte smittat dem med skabb. Hon hade emellertid sagt att hon gjort det och nu var de på väg till en annan minkfarm i Östergötland med djuren. Hon hade sagt att hon var sjuk och på så sätt smitit från all delaktighet. Huset står alltså tomt, var det sista hon sa innan hon la på. Hake såg på klockan. Den var nio. Okej, syster, tänkte han. Jag fattar. Han bytte om och tog på sig en vindtygsjacka, svarta jeans och en stickad mössa. Han hade en ficklampa och en uppsättning verktyg i bilen. Det sista han stoppade på sig var tjänstevapnet.

Han parkerade bilen i en grandunge ett hundratal meter från huset. Sedan tog han verktygsväskan och ficklampan och smög i hukande ställning runt till baksidan av huset. Det tycktes övergivet och man hade inte lämnat någon ytterbelysning på. Det hade börjat blåsa kraftigt och ett ihållande sus från granarna gjorde att hans steg inte hördes på grusgången. På baksidan fanns en köksingång. En vanlig dörr med frostad ruta ledde in i huset. Hake ställde ner väskan och tog upp en fönsterskärare och maskeringstejp. Han gjorde en cirkel med skäraren, fäste tejpen på två ställen upptill och knackade ut glasrutan. Försiktigt stack han in handen genom hålet och öppnade dörren. En lukt av bönor och kryddor slog emot honom från köket. Han tände ficklampan och lyste längs kökets väggar. Glasburkar fyllda med torkad svamp, marmelader och syltinläggningar stod på en rad lagerhyllor. I fönstret fanns krukor med kryddörter och tomater. På diskbänken tronade en stor avfallskvarn och nedanför stod en hink där man tog till vara all blast och andra grönsaksrester från måltiderna. Han gick in i vardagsrummet och lyste mot trappan som ledde upp till Yuris rum, det var där han skulle börja leta efter videobandet med Julia. När han mödosamt tagit sig upp till andra våningen mindes han plötsligt den sjuka hunden. Han svor tyst och gläntade på dörren. Mycket riktigt – precis innanför stod hunden och visade tänderna. Den gav upp ett skall och morrade dovt.

– Såja, Elina, sa han och sköt upp dörren.

Förra gången han var där hade han sett att det var en labrador och de var inga riktiga vakthundar. Han antog att det kom många okända människor till kollektivet och att hunden blivit tränad att inte skälla på alla som dök upp. När labradoren hörde sitt namn blev hon lugn och viftade på svansen. Hake klappade henne och sa några uppmuntrande ord. Elina gick tillbaka till sina ungar som krälade omkring på en filt längst in i rummet. Hake lyste med ficklampan. På ena långsidan, bredvid sängen, fanns ett skåp. Han drog ut låda efter låda och lyste ner i dem. Där låg allt möjligt, från ryska mynt till kondomer. Men inget videoband. Han vred på ficklampan och såg en teve på en liten hylla. Under den fanns en samling av videokassetter, men Hake trodde nog att det band han sökte var av det mindre formatet, till en mindre videokamera.

Besviken lämnade han rummet, gick längs korridoren och öppnade en ny dörr. Det såg ut att vara Gustav Lövenhjelms rum och det luktade tobak och gamla böcker. Väggarna var täckta med bokhyllor, alla överfyllda med böcker, tidskrifter och pärmar. Han gick fram till skrivbordet och drog ut hurtsens lådor. De var låsta. Då tog han upp skruvmejseln och bröt upp låset med ett kraftigt knak. Hunden som hade följt efter honom tyckte inte om ljudet och skällde till. Hake hyssjade åt henne och drog ut lådan. Där låg mängder av dokument. Han tog upp ett och bläddrade snabbt igenom det. Det var forskningsdata om tjocktarmscancer och andra sjukdomar som kunde undvikas med veganmat. Han drog ut nästa låda och där låg flera videoband av mindre format. Han skulle just stoppa ner dem i väskan när ljuset plötsligt tändes och en flicka stod i dörren, endast klädd i T-shirt och trosor. Det var en av flickorna som sökt medlemskap i kollektivet första gången han hade kommit hit.

– Vad fan är det frågan om? sa hon.

Hon verkade helt orädd och Hake visste att han var bränd, så det var lika bra att genomföra aktionen. Han stoppade lugnt ner videofilmerna i väskan.

– Polisen, sa han myndigt.

– Du har väl för fan ingen rätt att bryta dig in och sno saker härifrån, sa flickan.

Hon gick fram till telefonen på skrivbordet och började slå ett nummer. Hake drog utan ceremonier ur sladden. Nu först kröp det in en osäkerhet i flickans ögon. Polisen var hon van att handskas med och hon visste sina rättigheter, men den här kompakte mannen med sår i ansiktet och stadig blick var något annat.

– Vem är du egentligen? frågade hon lamt.

– Skit i det. Om jag vore du skulle jag sticka härifrån på momangen. Jag ger dig bara en chans.

Han gick närmare och gav henne en kylig blick.

– Dina kompisar sysslar med utpressning och det kan ge fängelse upp till två år. Just nu vet jag att dom är på väg att utföra ytterligare kriminella handlingar.

Han såg att hon visste vad de andra höll på med.

– Samhället tillåter djurplågeri och …

– Tyst! sa Hake. Samhället är både mitt och ditt, inte bara mitt. Och den här utpressningshärvan är något som du borde vara smart nog att hålla dig borta ifrån.

– Vadå för utpressning?

– Eftersom dom inte har berättat det för dig, så har du uppenbarligen inte deras förtroende.

– Gustav Lövenhjelm är en ansedd vetenskapsman och jag litar på att han vet vad som är bra för kollektivet.

– Då är du hjärndöd, sa Hake och drog igen blixtlåset till väskan. Är inte vitsen med det hela att vara självständig och inte gå i någons ledband? Nästa gång vill han ligga med dig i forskningens tjänst och då får du svårt att säga nej.

Hon ryckte till och Hake förstod att det kanske redan hänt.

– Jag ger dig två möjligheter, sa han. Stick, och du kommer inte med i någon polisutredning. Eller stanna och skvallra för din vetenskapsman, och du kommer att dras in i en härva av lögner och kriminalitet.

– Jag är lojal, sa hon stött.

– Visst, sa Hake. Lojal efter att ha bott här några veckor och inte fått förtroendet att veta vad som försiggår. Under kriget kallades såna som du för kanonmat. Ni offrades för den stora sakens skull.

Hake gick nerför trapporna. Flickan stod kvar och såg vilset efter honom. Han visste inte om bluffen gått hem, och skulle det bli rättssak var han inte säker på att han kunde försvara sitt beteende. Det var ett vanligt inbrott, det var regelrätt stöld. Han hade med

181

andra ord begått en kriminell handling. För en god sak, men det var just det veganerna alltid sa om sina aktioner. Han klev ut i nattmörkret och gick bort till bilen. Skogen sjöng fortfarande sin susande visa. Grantopparna böjde sig smidigt mot sina grannar för att i nästa sekund stå raka och ensamma igen. En hare satte fart framför bilen när Hake vred på tändningen. Den fastnade i ljuskäglan för en sekund innan den fortsatte iväg över åkern.

När Hake parkerade på Chapmansgatan vid tretiden på natten sjönk hans mod. En polisbil stod utanför huset. Han trodde inte att flickan hunnit med någon anmälan. Snarare trodde han att ett mord till hade begåtts och att de väntade på att han skulle komma hem. Han hade stängt av mobilen före inbrottet och hade ännu inte satt på den och kollat meddelandena.

Han öppnade porten och gick med tunga steg mot hissen, som var på väg ner. När den stannade på bottenvåningen kom två poliser som Hake kände ut ur den. Mellan sig hade de Lars Larsson-Varg. Han var full och såg med sin svarta kaftan och svarta sidenkalott ut som en överstepräst. Han stannade framför Hake.

– Du kunde ha hjälpt mig, Axel, sa han.

Hake såg frågande på poliserna. Att stå där med en väska full med stöldgods fick honom att känna sig än mer illa till mods.

– Han låste in sig på muggen på Nationalmuseum, sa polisen som Hake mindes hette Fridell. Sen smet han ut efter stängningen och var på väg upp till Rembrandtrummet när övervakningskameran fångade in honom och larmet gick. Vaktbolaget skickade en bil, men han tog sig ut ur byggnaden genom ett källarfönster och stack iväg. Intendenten som tittade på bevakningsbandet kunde identifiera honom och så åkte vi och hämtade honom.

Han ryckte på axlarna.

– Han gjorde lite motstånd, hade dragit på sig några gamla boxhandskar för att inte göra oss för illa, som han sa.

Fridell gjorde en grimas.

– Men så fort vi närmade oss gav han upp direkt.

– Alltid något, sa Hake till Larsson-Varg. Våld mot tjänsteman hade varit synnerligen allvarligt.

– Jag skulle bara säkra några fingeravtryck på "Batavernas trohetsed", sa Larsson-Varg uppgivet. Du svek mig, Axel, och det vet du.

– Jag kan inte begå kriminella handlingar, Lars, inte ens för en vän.

– Kan du inte? Larsson-Vargs blick var genomträngande och Hake var tvungen att vika undan.

– Just det, sa Larsson-Varg triumferande. Just det.

Poliserna förde bort honom till polisbilen och Hake åkte upp till sin lägenhet. Först nu kände han hur trött han var. Han ställde ner väskan i hallen och lät vindtygsjackan falla till golvet tillsammans med den stickade mössan. Kängorna åkte av i sovrummet, men mer fick han inte av sig innan han stupade i säng.

KAPITEL 18

Gustav Lövenhjelm och Yuri kom till Julia Hake tidigt på morgonen. När hon öppnade trängde de sig in utan ett ord och började leta igenom huset. De var smutsiga och rödögda efter nattens aktion. När Julia frågade vad de höll på med fick hon bara en sårad blick av Yuri till svar. Hon gjorde kaffe till sig själv och slog sig ner för att läsa morgontidningen. Efter en stund kom de ner från övervåningen och Lövenhjelm satte sig mitt emot henne.

– Så det var bara din bror som hälsade på hos oss, sa han och spände blicken i henne. Det var en intensiv, nästan hypnotisk blick.

Julia såg lugnt tillbaka.

– Jag vet inte vad du pratar om.

– Jodå, det vet du. Jag trodde att du stod på vår sida mot allt djurplågeri.

– Det vet du att jag gör. Jag praktiserar det dagligen i min verksamhet.

För en sekund såg Lövenhjelm osäker ut. Tidigare hade han knappt lagt märke till henne och bara sett henne som ett redskap för sina syften. Nu insåg han plötsligt att hon var rakryggad och orädd.

– Hälsa honom att jag inte tillåter att man gör inbrott hos mig, sa han och reste sig upp.

– Det får du nog säga alldeles själv, svarade Julia. Och så tycker jag du ska be om ursäkt för att du trängde dig in här och snokade igenom mina tillhörigheter.

Yuri stod i dörröppningen och iakttog henne.

– Så där säger man inte till Gustav, sa han hårt.

– Kyss mig i arslet, sa Julia och reste sig. Ge er av nu innan jag blir riktigt förbannad.

Yuri trodde inte han hörde rätt.

– Hur kan du säga …

– Hur kan jag säga vad, din lilla fjant?

Det blixtrade till i sjögräsögonen.

– Hur kan jag säga att ni har behandlat mig som skit och gått bakom ryggen på mig? Idkat utpressning och lekt med mig? Hur kan jag säga det?

– Lugn nu, sa Yuri.

– Var det din guru som skickade dig för att förföra mig så att ni skulle kunna genomföra era aktioner?

– Du behöver inte svara på det, Yuri, sa Lövenhjelm. Kom så går vi.

– Följ efter husse nu, sa Julia föraktfullt. Seså, apport!

Yuri knöt nävarna. Hans stolthet hade fått sig en knäck och han gick ursinnig ut ur rummet. Lövenhjelm vände sig om i dörröppningen.

– Dom där minkarna i natt … Dom var väl smittade?

– Den som lever får se, sa Julia.

– Just det, sa Lövenhjelm nyktert. Den som lever får se …

Axel Hake tittade igenom videofilmerna på jobbet. Den enda aktion som filmats var den när man såg Julias ansikte men inte de övriga deltagarnas. De andra banden var bara en massa filmade föredrag som Gustav Lövenhjelm hållit landet runt. Hake konstaterade att banden var värdelösa. Han kunde inte använda dem i någon rättssak. Bevisen var stulna och således inte giltiga, och den enda som syntes på bilderna var hans syster. Hake undrade om Gustav Lövenhjelm förstod det.

Oskar Lidman kom in just som telefonen ringde. Det var Lizzi Hammarlund. Hon hade något att berätta.

Bilden var riktigt skarp. Kvinnan stod precis under Västerbron och stirrade på det utbrunna vraket efter Overland Express. Hon var klädd i en gabardinrock med skärpet åtdraget i midjan så att man kunde se hur mager hon var. Ansiktet såg slitet ut, men Hake trodde nog att hon inte var mycket mer än trettio.

– När tog du den? frågade Hake.

Lizzi Hammarlund satt i rullstolen och var som vanligt elegant sminkad. Den här dagen hade hon en välskräddad dräkt på sig. En liten svart sak från Chanel. Hake kände igen loggan.

– I förrgår.

Lidman tog bilden och studerade den noggrant.

– Det är nog hennes cykel som står lutad där vid brofästet, sa han.

Lizzi gav honom en uppskattande blick.

– Det stämmer, sa hon och la fram ytterligare en bild.

Den visade kvinnan när hon cyklade iväg från brottsplatsen.

– Hon bor alltså ganska nära, sa Lidman.

– Var har du hittat honom, Hake? sa Lizzi.

Lidman såg på den lilla varelsen i rullstolen som satt med en cigarett i ena handen och en grönaktig drink i den andra.

– Jag är hans ledarhund, sa han och Lizzi skrattade glatt.

– Du kanske skulle ha lust att komma och hälsa på någon gång. Utan blindstyret.

– Kanske det, sa Lidman.

Det skulle han kanske ha gjort, han var klart fascinerad av henne och eftersom han inte var det minsta kroppsfixerad brydde han sig inte om att hon var så liten till växten. Det var bara benet som var hindret. Hon kunde inte dansa, och där gick alltid Lidmans vattendelare.

– Vad ser hon ut som? bröt Hake in och höll fram fotografiet.

Lizzi släppte Lidman med blicken och såg på fotografiet.

– En missbrukare, sa hon.

– Och din uppfattning är att det här är den kvinna som Leffe gick till ibland?

– Hon stod och sörjde, sa Lizzi med sin späda röst. Länge. Det var därför jag hann plocka fram kameran och plåta henne. Och hon slickade sig om läpparna på det där sättet som riktigt törstiga människor gör. Hon är eller har varit missbrukare, det är jag bergis på.

Lizzi visade hur kvinnan gjort genom att låta tungan löpa över läpparna. Sedan såg hon intensivt på Lidman som lät blicken stanna kvar på hennes läppar.

– Ja, då vet vi i alla fall var vi ska börja, sa Hake och stoppade på sig fotografiet.

– På Soc?

– På Systemet. Om hon nu inte bodde så långt härifrån.

186

På Systemet vid Rosenlundsgatan fick de napp när de visade bilden av kvinnan.

– Det där är Pia, sa butiksbiträdet.

– Vet du vad hon heter i efternamn?

– Har hon gjort nåt?

– Nej. Efternamnet?

– Vi kallade henne för Pia Aperitif, eller Pia Tif, för hon köper alltid aperitifvin. Rosita och Kir.

– Men du vet inte vad hon heter i efternamn?

– Nej.

– Vet du var hon bor?

Biträdet skakade på huvudet.

– Men hon brukar sitta nere på Femman med dom andra ur ledighetskommittén.

Hake och Lidman tackade och gick runt hörnet där Femman, ett gammalt hak i klassisk ölsjappsstil, låg. När de kom in upptäckte de genast Pia som satt vid fönstret tillsammans med några gubbar och en äldre kvinna. Hake gick fram till henne och frågade om de fick byta några ord med henne. Hon mönstrade dem uppifrån och ner och suckade.

– Håll min plats, sa hon och gick med dem ut ur lokalen. De satte sig i Hakes Cittra som stod parkerad i närheten. Pia hade ett skarpskuret, långsmalt ansikte och ögonen var mycket blå, som blåbär. Hon hade satt upp håret med en benkam och hade jeans och tröja under gabardinrocken. Fingrarna var långa och fulla med billiga smycken. På ringfingret tronade en enorm, grön glasbit och på långfingret fanns en dödskallering.

– Det är om Leffe, sa Hake när de satt sig.

Pia nickade med sorgsna ögon.

– Vem kan ha velat mörda honom?

– Ingen aning.

– Men du kände honom ganska väl, inte sant?

– Jag kände till honom, men det var först på försommaren som vi blev … blev ett par. Jag har ingen koll på vad han gjorde innan dess.

– Han nämnde aldrig att han kände sig hotad eller att någon var efter honom?

Ett leende drog snabbt över henne ansikte.

– Alla drinkare känner sig förföljda, sa hon. Eller nojiga. Ofta

187

med rätta för dom trasslar alltid till det för sig.

– Och det gjorde Leffe?

– Jag vet bara att allt gick bra när han bodde på Marginalen. Han skötte sig hyfsat, jag med för den delen, men så i somras blev han bara jävligt rädd för något. Han sa inget, men började supa hårt. Jag pallade inte dom där vändorna och lämnade honom. Det var i den vevan han blev utslängd därifrån. Han försökte bo hos mig några dagar, men jag ville inte ha någon fullblodsalkis som stadig gäst. Han flyttade till bussen och allt gick väl hyfsat till i slutet av september, då han blev skakis igen. Efter det var det svårt att ha med honom att göra. Han ryckte upp sig ibland, var rakad och välvårdad och kom hem till mig, eller så träffades vi på Femman. Är det du som är Axel Hake förresten?

– Ja?

– Han sa att han fått besök av dig och det verkade som om han tänkte ta kontakt med dig, men så kroknade han och sa att det ändå inte var lönt. Han hatade faktiskt snutar. Dom hade spöat upp honom en gång för mycket i fyllecellen, sa han.

– Du vet inte vad han ville mig?

Hon skakade på huvudet.

– Vi hade ett slags överenskommelse, sa Pia. Och det var att inte lasta på en massa skit och elände på varandra. Att hålla våra egna liv borta från det som var vårt gemensamma.

– Och det fungerade?

– Visst, sa hon ironiskt. Han blev ju stekt.

– Någon annan som han snackade med?

– Han var ganska ensam den senaste tiden, han hade gjort sig omöjlig med sitt hänsynslösa supande. Jag menar, alla kan trilla dit ordentligt, men det här var så jävla desperat.

– Men du gillade honom till och från, sa Hake.

Hon fick något ljust i blicken och nickade.

– Han var i grunden en fin kille. För femton år sedan spelade han i ett rockband som jag brukade gå och lyssna på. Paramounts. Han sjöng och jag tyckte att han var den ballaste killen i stan.

Hake hade aldrig hört talas om bandet.

– Känner du Danne Durant? frågade han.

– Jag vet vem det är, sa Pia med en grimas.

– Vad tycker du om honom?

– Han är hal, sa hon efter en stunds betänketid. Hal som en ålänning.

– Jag överraskade Leffe när han smög utanför "Laura". Han var livrädd att jag skulle tjalla för Danne.

Pia log bistert.

– Han skulle nog sno sprit av Danne, jag vet att han brukade göra det ibland när han var jävligt törstig.

– Skulle Danne ha kunnat bränna inne Leffe?

– Bara om bussen var försäkrad för tusentals kronor, sa hon eftertänksamt.

De gick upp till ledningsrummet och satte upp Pia Tifs bild bland de andra på anslagstavlan. Lidman gick och hämtade kaffe och Hake drack motvilligt den brända sörjan.

– Leffe Strumpan får höra eller se eller veta något som gör honom skitskraj, började Lidman och satte sig ner på sin favoritstol.

– Han börjar supa, fortsatte Hake. Så våldsamt att han blir utslängd från ungkarlshotellet och flyttar till den vita bussen. Där går det bra en tid tills han får nojan igen och börjar en ny vända längs dimmornas kaj. Det sista inträffar vid den tidpunkt då Harry Stenman blir mördad. Så frågan är om den första händelsen, när han blev skraj, har med Harrys mord att göra eller om det är en separat händelse?

– Jag tror att allt hänger ihop, sa Lidman bestämt, fastän Harry var i livet vid den första tidpunkten.

– Och den överförsäkrade bussen? sa Hake.

– Två flugor som blir på smällen, sa Lidman. Få tyst på Leffe och få ut försäkringspengarna.

– Alltid dessa jäkla försäkringspengar, sa Hake.

– Vill du att jag ska skugga Ulla Stenman igen?

– Rick har säkert berättat att vi skuggat henne. Vi får ta det från något annat håll.

– Tror du att Rick är hennes älskare?

Hake ryckte på axlarna.

– Det tror jag, sa Lidman.

– Jag har i alla fall svårt att se henne mörda sin man och sedan sätta eld på bussen. Det stämmer inte.

– Rick skulle naturligtvis kunna göra det, sa Lidman lite irriterat. Han tyckte att det var ganska uppenbart.

– Det är en jävla risk han tar i så fall. Göra allt detta för en kvinna. Hon kanske tröttnar på honom och då står han där utan ett öre och med två mord på sitt samvete.

– Folk har tagit risker för oändligt mycket mindre, Axel, sa Lidman dystert.

Hake fick telefonsamtalet någon gång på förmiddagen nästa dag. Han kände direkt igen rösten men hade svårt att placera den, det var för osannolikt. Efter några standardfraser ropade han till.

– Tobisson!

Ja, det var Tobias Tobisson som hade vaknat upp och ville tala med sin chef. Hake tog med sig Lidman i Cittran och åkte upp till Danderyds sjukhus efter att först ha stannat vid en blomsteraffär och köpt en ordentlig kvast. Modet sjönk något när de såg att Tobisson fortfarande var kopplad till diverse apparater med långa slangar och låg med ögonen slutna. Men så fort de hade kommit in en bit i rummet fladdrade ögonlocken lätt innan de öppnades. Tobisson såg på dem.

– Har ni löst fallet? frågade han matt.

När de skakade på huvudet log han lite.

– Jäkla amatörer. Ni klarar er uppenbarligen inte utan mig.

Hake satte blommorna i en stålvas och gick närmare sängen. Han såg att de kraftiga blåmärkena i ansiktet och på armarna nu var gulaktiga och att läkningsprocessen var igång.

– Hur mår du? frågade han.

Tobisson slöt ögonen för ett ögonblick och andades hårt.

– Jag är ganska risig, sa han. Ständig huvudvärk och illamående. Innan jag spyr ner er ville jag säga att jag minns att jag bet den jäveln som höll i järnröret.

– Var det fler?

– Jag är inte säker, jag tyckte att det stod någon inne i porten också, men det kan ha varit en spegelbild, det kan också ha varit att jag började se dubbelt.

Rösten dog bort och han började bli grön i ansiktet. Hake ringde på sköterskan som kastade en snabb blick på sin patient och sedan prompt körde ut de båda poliserna.

– Jag bet hårt som fan, var det sista Tobisson sa innan krafterna tröt och han slöt ögonen.

Hake tyckte att det var skönt att lämna sjukhusmiljön och när de kommit ut stod han en lång stund och bara drog in höstluften. Han tittade på Lidman.

– Tror du på honom?

Lidman tvekade ett ögonblick innan han nickade.

– Sånt inbillar man sig inte, dessutom hade han blod i munnen som doktorn inte visste var det kom ifrån.

De tog med sig ytterligare två poliser när de åkte ut till bröderna Hemmestas sommarstuga. Hake ville inte ta några risker. Det hade börjat skymma och sommarstugan låg insvept i dimma. Några fåglar som ännu inte flyttat sjöng ensligt från körsbärsträden längre fram vid vägen. De klev ur bilarna och följde stigen upp mot sommarstugan. Hake gick fram till dörren och knackade på, men den här gången förkunnade han sin ankomst genom att ropa att det var Hake från polisen. Efter ett tag öppnades dörren på glänt. Göran Hemmesta tittade ut och svepte med blicken över Lidman och de två andra poliserna.

– Vad är det nu då? sa han på sin knotiga skånska.

– Är Nils också inne?

Göran såg listigt på honom.

– Hur så?

– Vi vill prata med er bägge.

Göran tittade igen på de båda välväxta poliserna, mätte dem med blicken.

– Jag är här, sa Nils bakom dem.

Han stod lite bredbent, nästan gungande och höll ett basebollträ i handen. Han mötte Hakes blick och log skevt.

– Så du har förstärkning med dig?

– Ja, om det skulle visa sig nödvändigt, sa Hake.

Nils drog i sin örsnibb och Göran sköt upp dörren lite.

– Det är bäst ni kommer in då, sa han.

De gick in allihop och slog sig ner i vardagsrummet. De båda poliserna stod vid dörren och la armarna i kors över bröstet.

– Det måste bli ett slut på det här, sa Nils när de hade satt sig. Vi gillar inte att ni kommer hit utan vidare. Det är provocerande och kan vara farligt. För er.

– Hur då? sa Lidman oskyldigt.

Nils bevärdigade honom knappt en blick.

– Så du har komikern med dig, sa han.

– Tobisson kunde inte komma, sa Hake allvarligt.

Han studerade brödernas ansiktsuttryck. De rörde inte en min.

– Han ligger på Danderyds sjukhus.

– Varför då? Har hans fru slagit honom?

De brast båda i skratt och Göran hade svårt att sluta.

Hake böjde sig snabbt fram mot honom och tog tag i hans arm. Göran blev överraskad och för några sekunder verkade han lamslagen. Hake drog upp skjortärmen så att underarmen blottades.

– Vad i helvete håller du på med? ropade Göran.

Nils kom på fötter, men Hake tryckte käppen mot hans bröst.

– Sätt dig, det här är allvar.

Nils tvekade in i det längsta, men satte sig sedan. Något i Hakes ton hade gjort honom konfunderad. Hake vände sig åter mot Göran.

– Rulla upp andra ärmen nu, sa han.

– Du får fan i mig ...

Hake böjde sig snabbt mot honom igen och drog upp ärmen med samma otålighet som när man har att göra med ett bångstyrigt barn. Göran lät det ske och Nils drog häftigt efter andan. En åder bultade i hans tinning och gråstensögonen hade blivit svarta. Hake såg på Görans underarmar. Där fanns inget bitmärke. Han vände sig mot Nils.

– Jag vill att du gör samma sak, sa Hake. Jag vill se dina underarmar.

– Aldrig i livet, sa Nils som hade fått tillbaka något av sin nonchalanta självsäkerhet.

– Då får vi hålla fast dig, sa Hake. Det här är som sagt ingen lek, inget att skratta åt. En polis ligger på sjukhuset och har svävat mellan liv och död. Han har blivit sönderslagen med ett järnrör, eller ett basebollträ.

De båda poliserna vid dörren tog ett steg in i rummet.

Hake såg på Nils.

– Om du inte varit delaktig i det här nidingsdådet, så visar du bara underarmarna och allt är frid och fröjd.

– Det var inte vi, sa Nils. Och varför är det så viktigt att visa underarmarna. Är ni perversa?

– Visa dom bara, sa Hake.

192

Nils gav Göran en blick. Denne rullade ner skjortärmarna.

– Det är inte värt det, Nils, sa han.

Nils såg sig om en sista gång och rullade upp skjortärmarna.

– Om du letar efter nålstick, så håller vi inte på med sånt, sa han.

Hake såg på hans underarmar. Där fanns inte heller några bitmärken. Han reste sig.

– Tack för ert samarbete, sa han vänligt.

Han såg på Nils.

– Det där var väl inte så farligt.

– Du din jävla ...

– Vad då?

– Halvfigur, sa Nils.

Det blev tyst i rummet. Poliserna och Lidman såg på varandra. Nils tog ett steg mot Hake och Göran reste sig upp. Elementen knäppte oregelbundet och en pump surrade dovt någonstans i huset. Hake vägde tungt på käppen och log lite för sig själv.

– Det var en idiot som sköt mig i knäet så att jag blev så här, sa han stilla.

Han såg på Nils Hemmesta.

– Han är död nu, tilla han.

Han tog ett steg mot Nils.

– Flytta på dig nu, eller är det något mer du vill säga?

De stod bara några decimeter från varandra. Nils kunde tydligt se Hakes misshandlade ansikte fastän svullnaden hade gått ner och endast en gulgrön missfärgning fanns kvar under ögat. Han var inte rädd för någon, hade aldrig varit det. Han hade blivit hotad och beskjuten och varit i slagsmål så många gånger att han inte mindes alla sammandrabbningar. Men den här kompakta snuten var han osäker på. Den sorten kände han inte riktigt till. Han var konfunderad och sökte på nytt sin brors blick. Denne skakade åter på huvudet.

– Det är inte värt det, Nils.

Och plötsligt tog Nils Hemmesta ett kliv åt sidan och släppte förbi Hake. Just när han skulle gå förbi sträckte den före detta legionären ut armen och hejdade honom.

– Du kan åtminstone säga varför vi skulle visa underarmarna, sa han.

– Tobisson bet en av förövarna i armen, sa Hake.

– Ingen biter mig, sa Nils.

Armen var bara några centimeter från Hakes ansikte.

– Var inte för säker, sa Hake och lyfte försiktigt bort hans arm från dörrkarmen.

KAPITEL 19

– Puh, sa Oskar Lidman, när de satt i bilen på väg hem, och drog med fingret under kragen.

Trots att de hade varit fyra poliser var han inte säker på hur utgången skulle ha blivit vid en direkt sammanstötning. De båda poliserna i baksätet såg också ganska lättade ut. Hake satt i sina egna tankar. Han tyckte att han dragits in i något som han hade förlorat kontrollen över. Han hade blivit grävling när bröderna utmanade honom och hade inte förmått släppa greppet. Inte förrän det knakade. Det hade gått bra, men så här efteråt tyckte han att han hade varit en dålig polis.

– Det är inte dom, sa han.

– Som har misshandlat Tobisson?

– Som har mördat Stenman och Leffe Alderson, sa Hake. Dom är våldsbenägna, men dom skulle aldrig bränna inne Leffe, det är bara inte deras stil. Dom konfronterar personer, det är deras livsluft. Dom smyger sig inte på dom.

– Dom kan ju fortfarande ha mördat Stenman. Mordet på Alderson kanske är något annat.

– Allt hänger ihop, Oskar, sa Hake. Det är jag säker på.

Han vilade huvudet mot den kalla sidorutan. Han kände sig vagt illamående och ofantligt trött. Spänningen hade varit påfrestande och han längtade efter ett varmt bad. Han tog upp mobilen och slog numret till Olle Sandstedt.

– Olle? Det är Axel Hake. Hej. Minns du om man kunde se om Leffe Alderson hade bitmärken på armen? Dom var förkolnade? Det vet jag, men man kanske kan se det ändå på något sätt. Vad då för sätt?

Hake kände sig ofantligt dum.

– Ja, inte vet jag. Det var bara ett hugskott. Tack och hej.

Han stängde av telefonen. Lidman gav honom en ironisk blick.

– Tror du att det var Leffe som slog ner Tobisson?

– Allt är möjligt, sa Hake vagt.

– Det där fyllot?

– När han höll bajonetten mot mitt ryggslut darrade han inte på handen. Och det vete gudarna vad desperata människor kan ta sig till mot betalning.

I receptionen till Polishuset fick han ett meddelande att Seymour Rilke sökte honom. Han gick upp till polischefens rum och fick vänta de stipulerade minuterna innan han släpptes in. Rilke bad honom slå sig ner och log lite mot honom.

– Hur går det med utredningen? frågade han.

Han höll handflatorna mot varandra och såg ut att mäta sina fingrar.

– Vi kämpar på, sa Hake. Du får en uppdatering vilken dag som helst.

– Det går dåligt, alltså?

– Sedan vi förlorade Tobisson, så går ju allt mycket trögare.

– Men det är inte bara det, va?

Han sa det så nonchalant att Hake började ana oråd. Vad var det Rilke hade i bakfickan?

– Vad menar du? frågade han.

– Du håller på med annat också, det är därför ni inte kommer någon vart. Du är inte tillräckligt fokuserad på uppgiften.

– Det är klart jag är. Jag ägnar hela dagarna åt att lösa morden.

– Men uppenbarligen inte nätterna.

Han tog upp ett papper från skrivbordet.

– Jag har fått en anmälan mot dig från en doktor Lövenhjelm. Du har brutit dig in i hans bostad och stulit videokassetter som är viktiga för hans arbete. Han skriver i sin anmälan att en del av materialet handlar om din syster. Doktorn har länge misstänkt att din syster hållit på med olagliga aktiviteter. Minkutsläpp, bland annat, och han har filmat en sådan aktion för att få bevis. Dom bevisen har du nu uppenbarligen stulit.

Hake satt stilla. Så Gustav Lövenhjelm hade räknat ut att Hake inte kunde använda videobanden mot honom eftersom Julia då skulle dras in i det hela.

– Gustav Lövenhjelm är en lögnare och charlatan, sa Hake.

– Han är en mycket ansedd forskare och expert på djurskyddsfrågor. Dessutom är det inte bara han som anmält dig. En flicka, Maja Salander, har sagt att du hotat henne när du gjorde det där inbrottet.

Rilke la ner papperet på sitt eleganta skrivbord.

– Vad fan håller du på med, Axel?

– En mordutredning.

– Jag kan inte ha dig där, sa Rilke inte utan en viss triumf i rösten. Mitt förtroende för dig är förbrukat.

– Så om jag skulle anmäla dig för någonting på falska grunder så blir du omedelbart fråntagen dina uppgifter i väntan på utredning?

– Det är inte samma sak.

Hake reste sig.

– Något mer?

– Jag har bett kommissarie Bolinder att ta över, sa Rilke. Lidman blir hans inspektör och några till. Nu ska vi sätta till alla klutar. Det är ett dubbelmord vi har att göra med och fallet har högsta prioritet. Som du vet.

Hake tyckte att det blänkte lite i polischefens ögon.

– Din jävla skit, sa Hake.

– Va?

– Din jävla … halvfigur.

Han linkade ut ur rummet och slog igen dörren hårt efter sig.

Axel Hake kände sig egendomligt lugn när han kom ut ur Polishuset. Ett kort eftermiddagsregn hade tvättat staden ren och han tyckte att han såg den med nya ögon. Det var som om han satt på vindrutetorkarna och plötsligt upptäckt vart han var på väg. Lidman hade blivit rasande när han kommit tillbaka från Rilke. Inte på polischefen utan på honom.

– Vad i helvete håller du på med nu för tiden, Axel? hade han vräkt ur sig. Inbrott?

– Dom sysslade med utpressning, Oskar, sa Hake och samlade ihop sina tillhörigheter från ledningsrummet. Han var suspenderad under tre veckor i väntan på utredning och ville inte ha sina saker liggande där när Bolinder tagit över. Det var inte mycket, en bärbar dator, en pärm med tankar kring brottets anatomi. Naturligtvis skulle han lämna kvar saker som hade med utredningen att göra, men det här ansåg han vara privat egendom.

Lidman följde honom med blicken.

– Vad ska du göra? sa han till slut.

Hake ryckte på axlarna. Han visste inte.

– Du kanske borde passa på att operera knäet, föreslog Lidman.

– Jag har sexti procents chans att bli stelbent vid en operation. Så dåliga odds spelar jag inte på.

Lidman följde varje rörelse han gjorde. Just som Hake skulle gå log han och sa:

– Du kommer inte att släppa det här, eller hur?

Hake svarade inte utan gick ut i det vackra vädret. Han tog vägen förbi Hanna. De hade bara talats vid i telefon några gånger sedan de rök ihop och hon lät avvaktande och distanserad. Han tänkte gå upp, be om ursäkt och säga att han var ledig i några veckor, så nu kunde de vara tillsammans mycket mer. Han hoppades att det skulle göra skillnad.

Ingen öppnade när han ringde på, så han tog sin egen nyckel och gick in. Det var kvavt därinne. De stora fönstren ut mot Kungsholms kyrka hade släppt in solljus hela dagen, men ingen hade vädrat. Han gick fram till ett av fönstren och öppnade det. En sval vind svepte in genom rummen. Han stod en stund i solskenet och bara njöt. Det var så här livet skulle vara, tänkte han.

Han kände för att ta ett glas vin och tog en flaska från vinstället. Sedan drog han ut den ena kökslådan efter den andra i jakt på en korkskruv. Plötsligt fick han se något. Det var ett brunt kuvert från Migrationsverket. Hake öppnade det med bultande hjärta. Det var svar på några frågor som Hanna Sergel ställt till myndigheten. Nej, barn behövde inte passhandlingar för att åka till Frankrike, eftersom Sverige numera var med i EU. Nej, man måste ha båda föräldrarnas underskrifter om man emigrerade till Frankrike och tog med sig barn som föräldrarna hade gemensam vårdnad om.

Hake kände kallsvetten rinna utmed ryggraden. Han tyckte att köket började röra på sig och var tvungen att ta tag i diskbänken för att få stöd. Så Hanna tänkte emigrera till Frankrike, antagligen Paris. Och hon tänkte uppenbarligen inte tala om det för honom. Han kunde inte fatta det. Det var helt obegripligt. Vad fan tänkte hon på? Han blev argare och argare. Han slängde brevet i kökslådan, slog igen den med en smäll, ställde tillbaka vinflaskan och stängde fönst-ret. Han ville inte att Hanna skulle märka att han hade varit där. Måste därifrån innan han kvävdes. Måste tänka.

Han skyndade sig nerför trapporna. Just då såg han att Hanna och Siri var på väg in genom porten. Han stod kvar i trappan, eftersom han visste att de alltid tog hissen. Från trappavsatsen kunde han iaktta dem båda. Hanna höll Siri i handen. De log mot varandra och skrattade. Hake tyckte att Hannas leende såg falskt ut, att hennes breda, fylliga mun såg grym ut. Och när hon lyfte upp Siri så att hon kunde trycka ner hissen tyckte han att hon verkade tillgjord. Överdrivet kärvänlig. När de klivit in i hissen och åkt upp satte han sig tungt ner på stentrappan och stirrade framför sig.

Julia hade parkerat sin Landrover bakom berget som vette mot ve-gankollektivets gård. Hon hade med möda tagit sig upp på toppen av berget och sedan suttit i timmar bakom några granar och sett ner på gården genom en kikare. Det hade inte varit mycket rörelse un-der den tiden. Vid ett tillfälle hade någon kommit ut och gått bort till Folkabussen och packat in något. Men det var inte Yuri. Och så utan vidare hade dörren slagits upp en halvtimme senare och alla hade kommit ut på en gång. Julia såg genom kikaren att Yuri också var med. Han sträckte på sig som en katt som just vaknat. Gustav Lövenhjelm la armen om hans axlar och skakade honom lätt då de gick mot Folkabussen.

Framme vid bussen började Gustav Lövenhjelm tala och Julia såg hur medlemmarna i kollektivet stod med böjda huvuden och lyss-nade på ledarens instruktioner. Sedan nickade de och klev in genom bakdörrarna. Gustav Lövenhjelm satte sig bakom ratten och körde iväg.

När bussen försvunnit runt vägkröken hasade Julia nerför baksi-dan av berget och hamnade med en duns på vägrenen där hon par-kerat bilen. Hon väntade i tio minuter innan hon startade och körde in på tomten till den stora, gula trävillan. Hon tog med sig väskan med veterinärutrustningen, gick fram till dörren och ringde på. Ef-ter ett tag kom Maja Salander och öppnade. Hon såg lite förbryllad ut.

– Dom åkte för bara några minuter sen, sa hon. Ingen är hemma just nu.

199

– Det gör inget, sa Julia och trängde sig förbi flickan.

– Jag vet inte om dom gillar det, sa Maja osäkert.

– Varför skulle dom inte det?

– Din bror bröt sig ju in här och så var det annat bråk också. Med Yuri.

– Jag har ingenting med min bror att göra. Det är hans ansvar. Och det där andra var bara lite kärleksgnabb, sa hon lätt.

Hon gick genom rummet och uppför trapporna.

– Vad ska du göra? sa Maja misstänksamt.

– Vad fan tror du?

Julia såg strängt på flickan.

– Jag ... jag vet inte.

– Jag är veterinär, eller hur? Det är en sådan som har ansvar för djurskyddet, eller hur? Och det bryr du väl dig om? Eller är det bara för att få sex som du har kommit till kollektivet?

Maja rodnade djupt.

– Du har ingen rätt ...

– Lyssna nu istället. Jag har ansvaret för Elina och hennes valpar. Dom finns i mitt distrikt. Jag har haft hand om henne hela tiden och tänker inte släppa den uppgiften för att ni här håller på och strular med allt möjligt.

Maja Salander sjönk ihop lite.

Julia gick in i Yuris rum där hunden låg med sina valpar. Maja följde efter.

– Det är i alla fall bäst att jag ringer till Gustav på hans mobil, sa hon när hon stod i dörröppningen.

– Kossa, sa Julia tvärt. Är du bara en dum kossa som söker en ledare som ska ta hand om dig?

– Han har sagt att jag ska ringa om det händer något underligt när han är borta.

– Det här är väl för fan inget underligt, sa Julia. Valparna ska vaccineras och det är min uppgift att se till att det blir gjort. Bryr du dig inte om dom?

– Det är klart jag gör!

– Gå då och sätt på en stor balja vatten på spisen och ropa när det kokar. Eller vill du inte hjälpa till?

– Det är klart jag vill.

Hon gick ut ur rummet och nerför trappan. Julia smög fram till dörren och gläntade på den. Hon hörde hur det skramlade från köket. Sedan gick hon snabbt genom rummet och drog undan Yuris säng. Längst in i hörnet fanns en lös golvplanka. En gång, när Yuri trodde att hon sov, hade hon sett att han hade ett gömställe där. Nu tog hon fram en kniv och lirkade upp plankan. Det var inget stort hål, men trossbotten var tillräckligt långt ner för att man skulle kunna stuva ner lite olika föremål. Hon fick upp en bunt sedlar. Det var en ganska ansenlig summa dollar. Så fiskade hon upp en adressbok som var full med namn på personer världen över och adresser till kollektiv och aktionsgrupper. Till sist fick hon upp det hon letade efter. Ett pass. Hon la ner de andra sakerna men behöll passet. Sedan satte hon plankan på plats, sköt in sängen och gick bort till hundarna och klappade dem.

– Ni fick ju eran vaccinationspruta för flera veckor sen, så ni behöver inga mer, sa hon tyst.

Efter ett tag kom Maja Salander upp med en stor gryta varmvatten. Hon såg ganska stolt ut. Kanske har hon hittat en ny ledarhund, tänkte Julia.

– Du kan ställa den där och tvätta valparna med tvål och vatten. Jag har vaccinerat dom, men dom behöver rengöras. Det går bra med en handduk.

Maja gjorde som hon blivit tillsagd och Julia låtsades skriva i sin journal. Hon såg upp på flickan som koncentrerat tvättade den ena valpen efter den andra. Det gör nog ingenting att de blir lite rena, tänkte Julia och slog igen sin journal.

Axel Hake hade suttit i stentrappan i en timme innan han gick hem, drack ur en flaska vin och somnade på soffan. Han sov länge och först vid femtiden nästa dag vaknade han med blecksmak i munnen och tunga ögonlock. Eftersom han visste att han inte skulle stå ut med att bara gå och dra, tog han bilen till Rick Stenman. Han bodde vid Tantolunden i ett av de väldiga, svängda husen med utsikt över Mälaren och Årstaskogarna.

Rick kom ut vid åttatiden och satte sig i sin bil, en Mazda. Han körde upp på Ringvägen och Hake följde efter på lämpligt avstånd. De passerade Eriksdalshallen och körde bort mot Götgatan, korsade den och fortsatte mot Södermannagatan. Men innan Rick kom fram till den gjorde han en U-sväng och kom över på andra sidan för att sedan stanna utanför Harrys Bilar. Han parkerade, öppnade garaget med egna nycklar och gick in.

Hake stannade, lite konfunderad. Var inte bilfirman såld? Han satt kvar i bilen och väntade. Efter en stund kom en taxi och Maxim Olgakov klev ur. Även han låste upp med egna nycklar och försvann in.

Hake steg ur, köpte några småfranska, ost och en tomat och gick sedan tillbaka till bilen för att äta sin ensamma frukost.

Vid lunchtid kom både Olgakov och Rick ut ur garaget. De klev in i Ricks bil och körde iväg. Hake var strax efter. Vid Folkungagatan släppte Rick av Olgakov och fortsatte sedan ner längs Katarinavägen. Nästa stopp var vid Katarinahissen, där en ung kvinna stod och väntade. Hake kände inte igen henne. Hon var i Ricks ålder, med en snygg kappa och kortklippt hår. De körde runt Slusskarusellen, upp på Hornsgatan och vidare mot Mariatorget. Antagligen ska de till Ulla Stenman, tänkte Hake. Men Rick svängde inte av mot Bastugatan utan fortsatte en bit till på Hornsgatan och stannade utanför en restaurang. Hake parkerade strax bakom. Han såg hur de gick in i restaurangen och satt en stund och funderade på vad han skulle göra. Sedan blev nyfikenheten för stor. Han gick försiktigt mot restaurangen, fortsatte förbi men kastade en snabb blick in genom de stora fönstren. Till hans lättnad satt Rick med ryggen mot fönstren. Hake stannade utanför dörren och låtsades läsa den uppsatta menyn vid ingången samtidigt som han tittade in i lokalen. Rick satt lutad över bordet och höll kvinnans hand i sin. Hon såg kärleksfullt på honom. Han böjde sig över bordet och kysste henne ömt innan han lutade sig tillbaka. Kvinnan log mot honom och strök honom över kinden.

Hake återvände till bilen. Det var utan tvivel två turturduvor han sett. Det fanns inget konstlat i deras intresse för varandra. Han satte sig i bilen och blundade. Fortfarande kunde han känna en fadd smak i munnen efter vinet och knäet värkte efter allt stillasittande.

Så det var alltså inte Rick som var Ulla Stenmans älskare. Det måste vara någon annan. Men vem? Han startade Cittran och körde iväg och i samma ögonblick visste han vem han måste besöka.

KAPITEL 20

Hake gick ner i boxningslokalen utan att ha riktigt klart för sig hur han skulle agera. Han fick improvisera. Danne Durant hade inte låtit speciellt förvånad när Hake ringt och stämt träff med honom.

– Du är välkommen att få på käften alla dar i veckan, hade han bara sagt.

Nu stod Danne i ringen och gjorde gymnastik vid repen. Knäböjningar, stretching och lite skuggboxning. Hake hade tandskyddet och klädombyte med sig. Han tog på sig shortsen, T-shirten och ett par joggingskor. Efter att ha knutit boxhandskarna hjälpligt gick han ut mot ringen. Danne log lite när han såg Hakes utstyrsel och följde honom roat med blicken. Först när Hake klev in i ringen blev han allvarlig. Han rullade huvudet och sträckte på axlarna som en sista förberedelse.

– Det är du som är Ulla Stenmans älskare, va? sa Hake plötsligt. Det är väl du som använder den hemliga ingången när du besöker henne?

Han gick mot mitten av ringen. Danne kom emot honom med höjda handskar.

– Var har du fått det ifrån?

Han började precis som förra gången cirkla runt Hake.

– Vi har våra källor, sa Hake kryptiskt.

Danne slog inte mot huvudet, han hade bytt taktik, han slog mot kroppen. Slaget träffade strax under revbenen och kändes direkt. Hake förstod att han tänkte trötta ut honom genom kroppsslag innan han gick in för att slå mot huvudet.

– Ni vet inte ett skit, sa Danne och slog en kombination som Hake bara till hälften lyckades blockera. Två av slagen satt i solarplexus och fick honom att häftigt dra efter andan. Han kontrade med två slag mot Dannes huvud, men denne vek elegant åt sidan och slagen träffade inte. Hake stod fortfarande tungfotat mitt i ringen, han ville inte riskera att knäet vek sig igen. Vid nästa anfall från Danne drog han till en vänster som träffade Danne på sidan av huvudet, men han fick själv ett hårt kroppsslag på vänstra sidan och tappade luften för ett ögonblick. Danne pressade inte på, han ville att det hela skulle vara en lång smärtsam process fram till nederlaget. Hake återfick andan.

– Du och Ulla, sa han. Och en livförsäkring på två miljoner.

Danne kom snabbt emot honom, slog två slag som Hake blockerade och de hamnade i klinch. Deras ansikten var bara några centimeter från varandra och Hake kunde känna Dannes andedräkt.

– Red var min kompis, sa Danne och slog ett hårt slag i magen på Hake. Han och jag brukade boxas här.

Han slog ytterligare ett slag och Hake måste försöka komma bort från honom, för han började redan tappa orken efter de tunga kroppsslagen. Han knuffade undan Danne som kom tillbaka som en gummisnodd och slog två hårda slag mot Hakes huvud. Hake vinglade till men tappade inte balansen. Han pustade hårt med öppen mun.

– Dessutom var han en hyfsad boxare och inte i så dålig form som du, din jävla lögnhals, sa Danne.

Han drog till en rundpallare som Hake lyckades undvika men som snuddade vid hakspetsen med våldsam kraft. Han backade in mot repen där Danne skar av hans väg och började bombardera honom med en skur av slag.

– Du luktar gammal fylla och ångest. Precis som Leffe Strumpan och hans kompisar.

Hake försökte skydda sig men var inte snabb nog. Han vek kroppen från den ena sidan till den andra, men slagen träffade ändå.

– Drack inte Harry, då?

Han kunde knappt få fram orden. Luften räckte liksom inte till.

– Nån gång. Han var mån om sin fysik. Precis som jag.

Två slag träffade Hake i ansiktet och han kände hur näsan sprang i blod.

– Visst, flåsade Hake. Ni var tvillingsjälar och nu när han är död tar du över frun.

Danne fick något ondskefullt i blicken och slog två krokar mot Hakes huvud. Den första träffade och Hake tyckte att hela rummet snurrade för ett ögonblick. Den andra blockerade han med vänstern. Det var det momentet han väntat på. Han vred hela kroppen med våldsam kraft och ut kom den patenterade svingen som träffade hans motståndare mitt i tinningen. Danne stannade upp sin attack för ett ögonblick, blicken brast och sekunden efter vek sig benen och han rasade rätt ner i kanvasen. Han låg helt orörlig. Hake drog snabbt av sig den ena boxhandsken, böjde sig ner och tog ut tandskyddet ur Dannes mun så att han inte skulle kvävas. Sedan satte han sig på stolen i ringhörnet och såg på medan Danne kvicknade till. Det tog sin tid.

Först slog han upp ögonlocken. Sedan försökte han orientera sig. Hake visste att illamåendet skulle komma snart. Danne satte sig upp, försökte resa sig, men drullade åt sidan innan han kom på fötter igen. Han såg en smula förvirrat mot Hake. Han skulle just säga något när han plötsligt fick kväljningar och skyndade ut ur ringen och in på toaletten.

Hake gick till omklädningsrummet och bytte om. Eftersom han tänkte gå till simhallen brydde han sig inte om att duscha. En stund senare kom Danne ut och satte sig på bänken bredvid Hake. Han hängde lite med huvudet.

– Det var som fan, sa han matt. Var tusan har du lärt dig det där slaget?

– Här, sa Hake. Av en finne.

– Så du väntade bara ut mig?

– Jag ville ha lite upplysningar innan jag släckte ljuset.

– Fick du det då?

Hake såg tomt på honom.

– Kanske, sa han.

Hake simmade långsamt och lät kroppen omslutas av bassängvattnet. Han kände sig viktlös och njöt i stora drag. Efter att ha avslutat med några längder fjärilsim satte han sig i bastun. Danne hade inte gått så hårt åt hans ansikte den här gången. Näsblodet hade upphört och svullnaden på kinden såg inte så farlig ut. Värre var det med kroppen, han kände sig mörbultad, och det blev inte bättre nu när han kommit upp ur bassängen och vattnet inte längre bar hans kropp. Han drack en Ramlösa, lutade huvudet mot panelen i bastun och tänkte på Danne och Ulla. På Rick och Leffe och Olgakov. På

205

bröderna Hemmesta. Han tyckte att han började se ett mönster, men han var inte säker. Fler bitar måste falla på plats innan han förstod hela skeendet. Men det var bråttom nu och han hade inte längre tillgång till polisen. Han duschade och kände sig lite bättre, klädde långsamt på sig och tänkte att snart är konfrontationens timme slagen. På flera sätt.

Han började med Hanna. Hon såg lite förvånad ut när hon släppte in honom i lägenheten. Till hans lättnad var hon ensam, Siri var fortfarande på dagis. Hake iakttog henne medan hon gjorde kaffe i köket. Hon hade på sig en svart skjorta och svarta jeans, och han såg att hon magrat ordentligt på sista tiden. Håret var uppsatt i en knut i nacken och ett glasspänne höll det på plats. Ansiktet var om möjligt ännu blekare än vanligt och det verkade som om hennes hand darrade lite när hon hällde upp den svarta brygden i två koppar. Hon kände att han granskade henne.

– Har du tittat färdigt? sa hon och räckte honom den ena koppen.

– Du är vacker, sa han.

Hon gjorde en grimas.

– Du är allt jag önskar och allt jag vill ha.

Hon höjde på ögonbrynen.

– Du är den jag vill vara med, leka med, älska med och som jag vill ska uppfostra mitt barn.

– Det var fint sagt.

Han nickade allvarligt och mötte hennes blick. De ljusa ögonen såg forskande på honom.

– Men? sa hon.

– Inga men. Bara ett konstaterande.

Hon smuttade på kaffet och såg avvaktande på honom över kanten på koppen.

– Så du kan inte bara ta Siri och åka utomlands.

Hon stelnade till och tog stöd mot diskbänken. Oändligt långsamt ställde hon ner kaffekoppen. Ljuset utanför fönstret silade in och låg som en gloria runt hennes bruna hår. Hon såg ut som en fallen ängel.

– Tror du verkligen att jag skulle göra det?

– Jag vet inte. Jag vet egentligen ingenting om dina planer.

Hon tvekade, men så nickade hon.

206

– Du är polis, så jag antar att du snokat runt lite.

Hake drack. Kaffet var fortfarande skållhett, men han kände knappt att det brände på tungan.

– Jag har varit låg en längre tid, Axel, sa hon. Jag tycker inte att jag kommer någon vart i jobbet. Den svenska marknaden har känts stängd. Visst blir det ett uppdrag här och ett uppdrag där, men ingen egentlig utmaning. I somras fick jag ett erbjudande från ett franskt företag i Paris. Det lät lovande. Villkoret var att jag arbetade där, nära dom.

– Så du började läsa om Paris, i mina böcker?

– Jag ville ha reda på fakta, jag ville ta reda på om man kunde ha barn där, jag ville helt enkelt veta vad som gällde.

– Och det kunde du inte berätta för mig?

– Men inget var bestämt, allt var bara lösa planer.

Hon såg bittert på honom.

– Förresten så har du inte varit riktigt tillgänglig dom senaste månaderna. Allt har bara handlat om ditt jobb!

– Det känns som om du har gått bakom ryggen på mig.

– Jag hade naturligtvis talat med dig om något viktigt kommit upp.

– Och det har det inte?

– Inte ännu.

– Vad menar du med det?

– Jag vet inte vad jag vill längre.

Hon gick närmare och tog hans hand. Han hade lust att dra tillbaka den, hans känsla av utanförskap var fortfarande stark, men han lät det ske.

– Axel. Jag älskar dig. Jag älskar Siri. Allt fint du sa om mig tidigare kan jag säga om dig. Men jag mår inte bra som det är just nu.

– Och Paris kan få dig att må bättre?

Han hörde hur förgrämt det lät.

– Jag vet inte.

– När vet du då?

– Det går inte att säga så där rätt upp och ner.

– Jag tror nog att jag behöver veta det ganska snart.

– Jag förstår det, sa hon mjukt. Allt är så förvirrat just nu och jag behöver tänka igenom det ordentligt.

– När? sa Hake.

– Snart, sa hon och kramade honom. Snart …

207

Han fick nöja sig med det. Men när han gick därifrån kändes det ändå som om han inte fått någon klarhet alls i vad som väntade honom och hans familj. Allt var oklart, allt byggde på otydliga svar. Men han visste att det aldrig gick att pressa Hanna. Då drog hon sig bara undan. Han hade gjort det misstaget flera gånger tidigare och det hade bara slutat med att han fick börja om från början och pröva någon annan metod. På något sätt hamnade bollen ändå alltid hos henne. Det var antagligen så kärlekens anatomi såg ut. Någon var alltid i en maktposition och inga normala regler gällde. Någon hade alltid greppet och någon tappade det alltid. Men vad var alternativet? Att stå där med sin stolthet i behåll och se sin älskade försvinna bort. Han gick i djupa tankar upp till sin lägenhet och märkte knappt att Julia satt på trappsteget bredvid ytterdörren.

– Hej, sa hon. Vad du ser slokörad ut. Dessutom blöder du ur näsan.

Han drog med handen under näsan och såg en blodstrimma på handryggen.

– Kom in, sa han och låste upp.

Hake iakttog sin syster i smyg medan han hängde av sig överrocken. Han tyckte att hon såg fräschare ut. Borta var det överdrivna sminket, de ungdomliga kläderna och den grubblande blicken.

Julia gick in i vardagsrummet och satte sig. Hon lutade sig nästan lättjefullt bakåt i soffan och såg på sin bror. Vad var det med ansiktet? Han var lite svullen på ena sidan och hade en gulgrön rand under ena ögat. Hans utseende påminde henne om de år då han hade tränat boxning och alltid hade märken i ansiktet när hon träffade honom. Många trodde att hans lite breda och knäckta näsa var ett resultat av de där övningarna, men Julia visste att han fått en gunga på näsryggen när han var liten. Det var egentligen den sargade näsan som gav ansiktet karaktär. Det fick honom att se ut som den beslutsamme man han var. Hake slog sig ner mitt emot henne.

– Jag antar att det inte bara är en artighetsvisit, sa han.

Julia rotade runt i sin axelremsväska och la fram någonting på bordet. Det var ett ryskt pass. Hake öppnade det och såg att det var Yuris. Han hade samma arroganta min på fotot som Hake lagt märke till i verkligheten.

– Titta på namnet, sa Julia.

Det stod först med kyrilliska bokstäver, men nedanför stod det med västerländska bokstäver: Victor Jevtjenko.

– Var fick du tag på det här?

– Under hans säng.

– Han kommer inte att sakna det?

– Säkert.

Hon log mot honom, det där lite respektlösa leendet som var hennes stora charm. Hake pustade ut. Så hon var på banan igen i alla fall, trots Yuris svek och allt vad det innebar av tilltufsat självförtroende och saknad.

– Så han är en ringare, sa Hake.

– En vad?

– En ringare. Det är hästspråk. Det är när man tävlar med en häst som egentligen är en annan häst. Ofta en bättre häst, och då man möter ett sämre motstånd kan man vara säker på att den vinner. Och då spelar man. Det fanns ett fall i Värmland där man målade över hästens vita ben för att den skulle likna den häst som fanns på identitetskortet som följer med hästen när banveterinären besiktigar den före tävlingarna. Det började regna och färgen rann av och dom åkte dit.

Julia skrattade glatt.

– Något mer jag behöver veta? sa Hake.

Julia tvekade, sedan suckade hon.

– Jag tror kanske att Gustav Lövenhjelm är lite betuttad i Yuri. Det är lite för många samtal på tu man hand och lite för mycket beröringar och armar om pojkens axlar för att det ska kännas riktigt rätt. Men jag är inte säker. Han kanske bara tycker väldigt mycket om Yuri.

En slöja drog över hennes ögon.

– Det är lätt att göra, sa hon dämpat.

Hake stoppade på sig passet.

– Det spelar nog ingen roll om det är på det ena eller andra sättet, sa han. Det viktigaste är att Lövenhjelm är fäst vid Yuri. Eller Victor.

Julia nickade.

– Men trots Yuris svek så är han egentligen bara en förvirrad pojke och oskyldig på något vis, sa hon.

– Oskyldig, sa Hake. Det är ett mycket starkt ord. Vem är oskyldig egentligen?

Hake parkerade Cittran alldeles utanför ingången till den gula sekel-skiftesvillan. Några av medlemmarna stod på tomten och reparerade staketet som löpte runt de nyanlagda trädgårdslanden. De såg fientligt på honom. Hake klev ur bilen och gick upp mot huset. Han tvekade om han skulle ringa på men så tog han bara i handtaget och gick in. Åter möttes han av den där doften av örtte och fermenterade grönsaker. Han gillade den. Den gav en hemkänsla. Han gick genom det stora vardagsrummet fram till trappan. Någon tittade ut genom köksdörren. Det var flickan han mött den där natten, Maja Salander. Hennes ögon var rödgråtna och hon såg ynklig ut när hon stod där med sin handduk.

– Hej, sa han. Vet du var Lövenhjelm håller till?

– Allt är erat fel, sa Maja. Du och din systers. Vad fan ska ni ta er in här för just när jag är här?

– Vi kanske har räknat ut det, sa Hake milt.

Hon såg tankfullt på honom innan hon skakade på huvudet.

– Nej, inte första gången. Då visste du inte att jag skulle vara kvar här.

– Julia visste nog. Hon kan medlemmarna.

– Jag har fått kökstjänst i två veckor för att jag släppte in henne. Vad skulle jag ha gjort? Dödat henne?

– Antagligen.

Hon log oväntat och gick tillbaka in i köket.

Hake gick uppför trappan och fram till avsatsen. En dörr öppnades och Yuri kom ut. Han stannade tvärt.

– Vad vill du nu då?

– Jag söker Lövenhjelm.

– Söker han dig?

Hake skakade på huvudet.

– Du är inte populär här, sa Yuri. Det är bättre att du går din väg.

Hake gick förbi honom in i Lövenhjelms rum och stängde dörren bakom sig. Yuri stod kvar och visste inte riktigt hur han skulle bete sig. Lövenhjelm satt vid sitt skrivbord och skrev i något slags dagbok. Han la sakta ner pennan när han såg vem som kommit in.

– Det är ingen idé att vädja till mig, sa han. Du gjorde ett misstag och det får du betala för.

Hake gick fram och satte sig på skrivbordskanten och la käppen över låren. Han såg ner på Lövenhjelm som lugnt sköt tillbaka stolen en bit för att inte sitta så nära. Hake tog upp passet och höll det framför Gustav Lövenhjelms ögon.

– Victor Jevtjenko, sa han. Alias Yuri Sarkis. Anmäld saknad vid en flyktingförläggning.

Gustav Lövenhjelm bleknade.

– Om polisen får tag i honom åker han ut ur landet och kommer aldrig mer tillbaks.

Lövenhjelm såg på passet och på Hake och sedan på passet igen. Dörren öppnades och Yuri kom in.

– Behöver du hjälp, Gustav?

Lövenhjelm skakade på huvudet.

– Allt är bra, Yuri.

Ryssen stod kvar och såg på de båda männen och det var som om han anade att deras samtal gällde honom.

– Säkert?

– Säkert.

Yuri backade ut ur rummet och stängde dörren. Lövenhjelm sjönk ihop något.

– Så polisen vet inte något ännu? sa han försiktigt.

– Bara jag. Men jag tror att du förstår vad jag vill ha av dig i utbyte mot det här.

Han viftade med passet.

– Det är utpressning.

– Just det. Precis som mot min syster.

Lövenhjelm reste sig upp. Han var rak i ryggen som en militär och vältränad trots sin ålder. Händerna var inga vanliga skrivbordshänder, de var kraftfulla och präglade av idogt arbete i trädgården och skogen.

– Vad har jag för garantier att du inte anmäler Yuri även om jag drar tillbaka min anmälan mot dig?

– Inga som helst. Bara mitt ord.

Lövenhjelm nickade svagt.

– Jag ska alltså lita på en kriminell polis. Det låter skrattretande på något sätt.

– Du får gärna skratta.

Lövenhjelm skrattade inte. Han såg tankfullt ut genom fönstret.

– Har jag betänketid?

– Den har gått ut. Inga mer manipulationer från din sida. Inga

211

försök att gömma Yuri. Jag stannar här tills jag har fått besked. Antingen ringer du till åklagaren och drar tillbaks din anmälan mot mig nu, eller så ringer jag till polisen så får dom omedelbart komma hit och hämta Yuri. Det ska bli mig ett nöje att vakta honom till dess.

Lövenhjelm stoppade händerna djupt i fickorna och såg ner i golvet. Hake antog att han gick igenom alla tänkbara möjligheter. Om han gav upp Yuri skulle de andra få reda på det och hans etiska uppfostran skulle stå på lös grund. Ange en kamrat för att man ville klämma åt en polis. Lövenhjelm övervägde säkert också möjligheterna att få Hake dömd. Det skulle kanske inte bli så lätt. Åklagaren skulle kanske lägga ner utredningen efter en kort förundersökning. Och så kanske det viktigaste. Vad betydde Yuri för honom? Där hade Hake ingen ingång. Kanske var han den saknade sonen. Kanske något annat, mer intimt. Kanske en lärjunge som han hoppades skulle ta över. På en internationell nivå.

– Okej, sa Lövenhjelm tvärt. Jag gör det.

Han gick till telefonen, ringde till åklagaren och tog tillbaka sin anmälan. Som förklaring uppgav han att den varit förhastad och att han skulle återkomma om han hade skäl till det. Just som han skulle lägga på luren tog Hake den ifrån honom. Han frågade vem han talade med och när han fick bekräftat att det var åklagarmyndigheten la han på luren.

– Nöjd nu? sa Lövenhjelm.

– Jag gör det inte för min skull, sa Hake kallt. Jag gör det för min syster. Jag lovade henne för några veckor sedan att inte bråka med Yuri och det löftet tänker jag hålla, fastän ni har betett er som svin mot henne.

Han höll upp passet.

– Det här får du när jag har fått bekräftat att anmälan har dragits tillbaka.

Han skyndade ut till bilen och körde lättad därifrån. En tornfalk svepte längs skogsbrynet med sin bronsglänsande kropp och satte sig sedan på taknocken varifrån den majestätiskt vaktade sin glänta. Den såg mot några frusna figurer som stod och hackade i jorden där granskogen släppte igenom det sista dagsljuset.

KAPITEL 21

Under natten hade ordet utpressning dykt upp i hans drömmar och
när han vaknade klädde han snabbt på sig och åkte iväg mot Söder.
Han fann Pia på Femman i den arla morgonen. Hon satt med A-
laget och drack kaffe. Alla väntade på att Systemet på Rosenlunds-
gatan skulle öppna. Hake bad henne ta en promenad med honom,
men hon ville inte gå ut, så de flyttade till ett bord längre in i kaféet.
Det såg ut som om hon hade varit uppe hela natten för ögonen var
urholkade och baksmällan ständigt närvarande.

– Kan vi inte snacka senare? bad hon. Jag är ganska vissen just nu.

– Jag behöver bara några snabba upplysningar, sa Hake.

Hon nickade uppgivet.

– Tror du att Leffe höll på med något slags utpressning?

Hon log matt och gjorde en gest mot de andra i lokalen. Där satt
två yngre killar som såg alldeles färdiga ut, en äldre, välklädd man
som ständigt strök sig genom skägget och nervöst rättade till slipsen
och så en medfaren kvinna som stirrade ner i kaffekoppen.

– Så där var Leffe också. Han pallade aldrig trycket.

– Men det gör du?

– Bara ibland, sa hon ihåligt. Annars är jag som dom.

Hon plirade på Hake.

– Tror du att vi skulle fixa en utpressning med allt det innebär av
att hålla nerverna i styr?

– Det var kanske det som var felet, han fixade det inte.

Hon skakade på huvudet.

– Leffe var väl delvis en mytoman som så många andra alkisar,
men han ljög inte för sig själv om vad han skulle klara av eller inte
klara av. Han blev lätt rädd och det var därför han flyttade från Mar-
ginalen, tror jag, fastän han aldrig sa något rent ut.

213

– Rädd för vad?

– Jag vet inte har jag sagt, men jag tror att det kan ha med hans kompis Walter Klum att göra.

Hon såg tankfullt ut genom fönstret mot den gryende vintermorgonen.

– Walter flyttade från Marginalen en dag. Han brukade umgås med Leffe. Sen sågs dom alltmer sällan och så en dag började Leffe supa våldsamt, som jag berättade för dig. Så våldsamt att dom slängde ut honom. Jag tror att Walter ville dra in honom i något som han inte pallade för och därför blev han rädd och började supa. Han sa en gång i fyllan att Walter hade ordnat det för sig.

– Var är Walter nu då?

– Driver omkring. Han var aldrig med oss, det var Leffes polare. Han kanske är tillbaks på Marginalen.

Men Walter var inte på Marginalen. Han flyttade före sommaren och de som flyttade brukade inte komma tillbaka, enligt Gurra Viken som satt på nästan exakt samma plats som vid förra besöket. Klädd i samma morgonrock och med samma feta mage som vällde ut över pyjamasbyxorna.

– Walter var ingen riktig lirare, han var lika försiktig som Leffe, sa Gurra. Han åkte till sin morsa i Småland så fort något blev besvärligt. Hon var hans eviga backup.

– Du vet inte var i Småland?

Han skakade på huvudet. Dubbelhakorna dallrade och tjurnacken blev röd.

– Men en sak är säker. Walter skulle aldrig bränna inne Leffe. Det hade han inte nerver för, om det är det du tror.

Hake åkte till Danderyd och gick upp till den nya avdelningen dit Tobisson blivit flyttad. Wendela satt och bläddrade i en sporttidning och hälsade när Hake kom in. Han sneglade mot Tobisson som låg och stirrade rakt framför sig. Han hade magrat ytterligare, men ansiktet såg inte så dött ut som tidigare. Svullnaderna hade gått ner och bandaget runt huvudet var borttaget. Halva huvudet var rakat och där satt en rad mörkblå stygn.

– Hur är det med dig? frågade Hake.

– Vad fan tror du?

214

– Tobias, sa Wendela missnöjt.

Men Hake ville hellre möta den ilskna Tobisson än den nerdroga-
de och ointresserade.

– Kommer du ihåg när du fick listan på försvunna personer?

– Ja?

– Jag minns att du sa något om någons morsa i Småland som du
suttit och talat länge med.

– Hennes son hade inte hört av sig. Jag tror att polisen får cirka
trettitusen sådana telefonsamtal varje år.

– Men hon hade anmält honom försvunnen, inte sant? Så långt
går väl inte dom flesta?

Tobisson såg trött på Hake.

– Vart vill du komma? sa han.

– Du minns inte namnet på kvinnan? Eller sonen?

Tobisson slöt ögonen och tänkte.

– Det var ovanligt, minns jag. Det lät lite tyskt.

Hakes puls slog snabbare.

– Försök, sa han.

– Jag försöker, begriper du väl!

– Tobias! sa Wendela igen.

Tobisson såg på Hake med ett blänk i ögonvrån.

– Det tar nog tid innan jag kommer tillbaks. Eller hem, sa han
menande.

– Något tyskt?

– Pramm eller Klam eller något åt det hållet.

– I förnamn då?

– Walter, tror jag. Jag har en släkting som heter Walter och han är
tysk, så det är antagligen därifrån jag fick det tyska uppslaget. Men
morsan bröt inte på något språk. Hon var klockren småländska.

– Walter Klum? sa Hake.

– Precis, sa Tobisson. Vad är det med honom?

– Jag vet inte riktigt, men jag tror han sitter inne med upplysning-
ar som rör Leffe Strumpan. Dom bodde på ungkarlshotellet Margi-
nalen tillsammans.

Uppfylld av tankar på Walter Klums mystiska försvinnande åkte
Hake till Polishuset och parkerade utanför. Området såg ut som en
enda stor byggarbetsplats med rörställningar och byggplast överallt.

Ett moln av betongdamm gjorde det svårt att andas. Han gick upp till ledningsrummet, där Lidman, Guldbrandsen och kommissarie Bolinder satt tillsammans med ytterligare några poliser. De såg förvånade ut. Hake höll upp händerna i en avvärjande gest.

– Visserligen har dom dragit tillbaka anmälningen mot mig, men jag är inte tillbaka ännu. Är man suspenderad så är man.

– Har man inte humor så har man, som det stod i Blandaren en gång, sa Lidman.

Bolinder såg förbehållsamt på Hake. Han var en torr och korrekt kommissarie som Hake tidigare arbetat med.

– Vad vill du? sa han.

– Jag tänkte byta några ord med Oskar.

Lidman reste sig.

– Du kan inte köra vid sidan om utredningen, Axel, sa Bolinder när de gick mot dörren. Allt du vet måste passera det här rummet.

Hake brydde sig inte om att svara utan drog med sig Lidman en bit bort i korridoren.

– Jag behöver din hjälp, sa Hake.

– Du hörde vad Bolinder sa, sa Lidman försiktigt.

– Kom igen nu, Oskar. Det kan vara viktigt.

Lidman skakade på huvudet.

– Sorry, sa han. Du skulle ha gjort detsamma i mitt ställe.

– Skulle jag?

– Man kan inte ha dubbla lojaliteter i en mordutredning. Det har du själv sagt. Antingen är man inne eller så är man ute. Du är ute och jag tänker fortsätta vara inne.

– Okej, sa Hake och gick därifrån.

– Axel, ropade Lidman efter honom. Det är inte personligt.

Med ilskan sjudande i kroppen åkte Hake hemåt. Han ringde till avdelningen för efterlysta personer och fick reda på att anmälan om Walter Klums försvinnande hade dragits tillbaka. Hake tackade och fick telefonnumret till Walters mamma. Han ringde dit men fick inget svar.

Så den förlorade sonen var alltså tillbaka. Han undrade var han höll hus. Kanske i Småland om man fick tro Gurra. Hake satte sig tungt i soffan och kände hur trött han var. Trött på allt och alla. Trött på bristen på kamratskap och trött på kärlekens labyrint. Han kände sig övergiven. Han kände sig tom.

Det ringde på dörren och Hake gick och öppnade. Lars Larsson-Varg stod utanför. Han höll en bild i handen. Det var bilden av tatueringen.

– Jag tänkte lämna tillbaka den här, sa han blygt.

Hake tog bilden.

– Kom in, sa han.

Larsson-Varg klev in i vardagsrummet.

– Jag ville passa på att be om ursäkt också, sa han. Det var oförlåtligt av mig att be dig vara med på ett inbrott. Du är en rakryggad, hederlig polis och jag skäms för att jag försökte få dig att gå bakom ryggen på dina kollegor och åsidosätta dina etiska principer.

– Det är lugnt, sa Hake. Vi glömmer det.

– Jag hoppas att du kan förlåta mig.

– Som sagt, vi glömmer min polismoral för ett ögonblick.

Han gick ut i köket och hämtade en flaska vin och två glas. Larsson-Varg satte sig och fick ett glas vin i handen.

– Jag kommer att få böter för mitt tilltag, sa han. Dryga. Men mer än så blir det inte. Jag hade ju trots allt bara gömt mig på museet och försökte inte stjäla något.

– Och du kommer inte att göra något nytt försök?

– Jag är portad där nu.

Hake såg att han vek undan med blicken.

– Gör det inte, sa Hake. Det är inte värt det.

– Jag är säker på att det inte är Rembrandt som målat tavlan. Och jag tänker bevisa det. På ett eller annat sätt. Hur går det med den där mordutredningen då?

Hake tänkte inte säga att han blivit suspenderad, det var inte riktigt läge för det, så han sa bara att det var ett tålamodsprövande och trögt pussel som måste läggas.

– Undrar vem som gjort tatueringen? sa Larsson-Varg. Den är väldigt snygg.

– Du tänker väl inte tatuera dig?

Lars Larsson-Varg såg illmarigt på Hake.

– Tänk dig en del av "Batavernas trohetsed" på ryggen, eller bröstet. Kanske hövdingen med sitt ena öga och svärdet i högsta hugg. Och numera kan man ju också tatuera med guldfärg, det kunde man inte förr. Tänk dig kungakronan i holländsk guldton. Jag säger

217

inte Rembrandsk guldton, som du märker.

Han pekade på bilden av tatueringen.

– Samma guldfärg som på granaten på den tatueringen.

Hake hoppades att Lars Larsson-Varg inte skulle sätta sina idéer i verket. Efter ytterligare en flaska vin, som till största delen dracks av den före detta intendenten, vinglade denne iväg till sin lägenhet. Hake lutade sig bakåt och lät tankarna löpa fritt. Plötsligt satte han sig käpprätt upp.

– Helvete, sa han högt.

Han reste sig upp och vandrade runt i lägenheten.

– Helvete!

Att han inte hade tänkt på det tidigare. Det var ju så det måste ligga till. Han satte sig vid skrivbordet, tog fram sin anteckningsbok och började skriva. Ju mer han skrev, desto tydligare blev pusslet. Han slog igen boken och såg tankfullt ut genom fönstret. Just så måste det ligga till. Han skakade på huvudet. Nu såg han med ens allt framför sig i ett slags förklarat sken. Helt säker var han inte, det var några saker till som han måste göra för att få allt bekräftat.

KAPITEL 22

Natten hade inte varit mild mot Axel Hake, han hade haft svårt att somna. Tankarna hade virvlat runt i skallen. Han hade vaknat, somnat om och sedan hamnat i ett slags halvdvala. Yrvaket hade han gått upp och duschat, bara för att upptäcka att klockan var tre på natten. Så han hade gått och lagt sig igen och fått några timmars sömn innan väckarklockan ringde. Han drack en snabb kopp kaffe innan han åkte iväg på sitt första besök.

När han öppnade dörren till det lilla rummet såg han bara en vit hög som låg på sängen. Ett stycke vitt kött som när hans ögon vande sig vid mörkret formades till en människokropp. Den smutsiga rullgardinen var nerdragen. Lukten var kväljande. Han gick fram till sängen och tände lampan vid sänggaveln. Han ruskade mannen. Gurra Vikens ögon var bara ett par smala springor.

– Vad i helvete, sa han och reste sig upp på armbågen och blinkade mot ljuset.

– En fråga bara, sa Hake.

– Stick, sa Gurra och slöt ögonen igen.

Hake ruskade honom på nytt och den stora köttklumpen försökte dra sig bort ur hans grepp. Gurra sökte med handen nedanför sängen där flaskan låg, men Hake knuffade undan den med foten. Han lutade sig över Gurras stinkande, oljiga kropp.

– Var Walter tatuerad? nästan viskade han.

– Tatuerad?

– Ja? Hade han något slags tatuering på kroppen?

Gurra Viken slog upp de små grisögonen igen.

– Nej. Han var inte tatuerad.

– Säker?

– Bergsäker. Dra åt helvete nu.

Han vände ryggen mot Hake.

– Inte ens några luffarprickar på händerna?

– Nej, sa jag. Han var inte tatuerad!

Hake böjde sig ner mot hans öra och viskade något. Gurra Viken stönade svagt.

– Ja, det hade han, sa han. Det kunde du ha frågat vem som helst om.

Hake reste sig upp, släckte lampan och gick ut ur ungkarlshotellet. Morgonljuset var hårt och skarpt. Den första snön hade fallit under natten och låg nu pudervit på trottoarerna och taken. Körbanorna var redan uppkörda och lämnade ett brunt stråk mitt i det vita. Det var som om staden fått en ansiktslyftning, den såg yngre ut.

Hake körde till Olle Sandstedt. Chefsteknikern satt vid ett mikroskop i sitt laboratorium. Han rökte som vanligt och nickade till Hake när denne kom in.

– Är du inte suspenderad?

– Jo.

– Men du vill ha upplysningar ändå?

– Just det. Kan du hjälpa mig?

Sandstedt såg på honom över de tjocka glasögonen.

– Det beror på vad det gäller.

– Jag skulle vilja läsa Harry Stenmans obduktionsprotokoll igen.

– Varför då?

– Jag behöver få några saker bekräftade.

– Och det ska jag nöja mig med?

– Tills vidare.

Sandstedt reste sig upp från arbetsbänken och gick till ett aluminiumskåp där han drog ut en lång låda. Han rotade i den ett tag, tappade en askpelare innan tog upp en folder. Han öppnade den.

– Här, sa han och räckte den till Hake. Men du får inte ta den med dig.

Hake satte sig på en kontorsstol och läste igenom hela rapporten. Han gjorde några anteckningar i sin bok innan han reste sig upp och la foldern på Sandstedts skrivbord.

– Tack, sa han.

– Fick du reda på det du ville?

Hake nickade tankfullt och skulle just gå när mobilen ringde. Det var försäkringsutredaren Tage Lennartsson. Han meddelade att de hade betalat ut försäkringspengarna och att fallet var avslutat för deras del. Inga oegentligheter kunde anföras mot Ulla Stenman och hon hade lagligen rätt till sin mans livförsäkring.

– Jävlar, sa Hake och stängde av telefonen.

Han skyndade sig ut till bilen, ringde Lidman men fick inget svar. Då ringde han ledningsrummet, men ingen var där. Han svor tyst för sig själv och startade bilen.

Ulla Stenman såg på sig själv i spegeln. Hon hade äggskalsfärgade byxor, beige linnekavaj från Armani och en cinnoberröd sidenscarf som en accent till de mer diskreta färgerna. Håret var färgat blont och etageklippt enligt senaste modet. Hon kände sig attraktiv och självsäker. Det var på tiden, de senaste månaderna när hon varit osäker och rädd hade varit fruktansvärda. Men i går hade pengarna äntligen kommit och hon ansåg att det var på tiden att börja leva igen. Det första hon hade gjort var att bli av med det råttfärgade håret. Så en tur till NK och sist men inte minst ett telefonsamtal till sin käresta. Hon ställde sig mitt i rummet och såg sig om. Allt såg bra ut. Resväskan var packad och pengarna var säkrade. Allt hade gått planenligt.

Axel Hake körde i vansinnesfart genom stan. På Västerbron trängde han en bilist som sedan försökte förfölja honom hela Hornsgatan ner men blev avhängd vid Ringvägen där Hake körde mot rött. Han svängde upp mot Bastugatan och var tvungen att köra på trottoaren en bit för att komma förbi en bilist som kröp fram på jakt efter en parkeringsplats. Hake körde in på den lilla tvärgatan vid sidan av Mälarborgen och ställde bilen mitt i gatan. Han skyndade in i 38:an, tog hissen upp till Ulla Stenmans våning och ringde på. Ingen öppnade. Han ringde på igen och lyssnade med örat mot ytterdörren efter ljud inifrån, men inget hördes och ingen öppnade.

Bröderna Hemmesta stod i sommarstugan och packade sina få ägodelar. Militärväskorna stod prydligt uppradade på köksbordet. De var klädda i lätta tropikkostymer, det var till värmen de skulle. Göran la sin kortvågsradio överst, han lyssnade ofta på den och ville alltid hålla sig à jour med tillståndet i världen. Nils låste in sin jaktkniv och sitt hagelgevär i matkällaren. De låg inlindade i en fuktsäker oljeduk längst ner i en potatislår. När de kom tillbaka ville han att vapnen omedelbart skulle vara brukbara. Den lilla hyrbilen stod parkerad utanför. Göran såg sig en sista gång om i stugan. Det var dags att ge sig av, och han visste inte när de skulle komma tillbaka härnäst. De båda bröderna tog sina väskor och gick ut ur sommarstugan.

Rick Stenman stod tillsammans med Maxim Olgakov i garaget. Flera nya bilar hade kommit in under morgonen. Nya register hade upprättats, nya kunder hade hört av sig. Det skulle bli något helt annat än tidigare. Men han tänkte inte vara kvar så länge till. Han hade sett ut en bil som han tänkte låna i samma stund som Maxim gick på lunch. En silverfärgad Mercedes som bara gått några tusen mil. Rick såg avvaktande mot Olgakov.

Danne Durant var nervös. Det var inte ofta han var det, men nu var något av sanningens minut. Genom kabinfönstret såg han ut mot stenkajen och den nerslitna varvsmiljön. Det var ett nästan idylliskt område på sommaren, men nu i vinterslasket fanns det inget pastoralt över de rostiga båtarna, svetsaggregaten och de avskalade träden. Snön hade lagt sig över presenningarna och på däck hade stora vattenpussar bildats. Danne hörde bilen komma och såg ut genom fönstret.

Axel Hake fick upp ytterdörren efter några försök och klev in i lägenheten på Bastugatan. Han kontrollerade snabbt att Ulla inte var hemma och började sedan metodiskt genomsöka lägenheten.

Han hittade inget av värde vare sig i sovrummet eller i vardagsrummet. Han letade igenom alla garderober, kökslådor och andra förvaringsutrymmen, men utan resultat. Ändå hade han på känn att något var fel, att något var i görningen och att tiden var knapp. Han lyfte telefonluren och tryckte på returknappen i hopp om att Ulla ringt något viktigt samtal, men numret gick till en frisersalong. Han gick fram till det stora fönstret och såg ut över Stockholm. Till vänster låg Pålsundskanalen och Långholmen med Mälarvarvet på udden, till höger låg Gamla stan och däremellan Riddarfjärden. Skulle han vänta på Ulla Stenman eller var hon utflugen? Han strök med handen över håret och stödde sig tungt på käppen. Han höll på att tappa greppet och måste agera. Han ringde Oskar Lidman.

– Det är Axel, sa han, och det är jävligt bråttom. Kolla om Ulla Stenman tagit ut pengarna från det konto som försäkringsbolaget satte in dom på.

– Jag måste …

– Nu, sa Hake. Ring mig direkt!

Efter tio minuter ringde Lidman tillbaka.

– Dom är inte kvar på hennes konto, sa han.

Hake svor tyst.

– Vad är det om?

– Ulla Stenman är på väg ut ur landet med pengarna, så ni måste larma alla gränskontroller.

– Är hon ensam?

– Nej, hon har ressällskap.

– Hur många då?

– En eller två. Jag är inte helt säker.

– Det blir ett jävla pådrag och …

– Det är bråttom, Oskar. Kan du göra det?

– Jag måste tala med Bolinder först.

Hake tvekade.

– Gör det, men sätt igång snabbt, det är frågan om minuter nu.

Han stängde av mobilen och det var då han kom på hur de antagligen skulle göra det. Han skyndade sig ut ur lägenheten och ner till bilen. Han måste åka dit själv, han var inte säker på att Bolinder skulle kunna vara till någon hjälp om han fick för sig att Hake bara var desperat. Han startade, körde ner på Hornsgatan och fortsatte bort mot Västerbron.

223

KAPITEL 23

Axel Hake parkerade intill ett skjul av korrugerad plåt, så att bilen inte syntes från framsidan. Han gick bort mot en hangarbyggnad som också rymde ett litet kontor. Mannen som satt bakom glasrutan såg upp på Hake när han kom in.

– Vem har hand om flygtillstånd för privatplanen? frågade han.

– Det är jag som sköter det. Något du vill ha reda på?

Hake tog upp sin legitimation.

– Kriminalpolisen, sa han. Det är bråttom. Har du uppgifter på vilka som ska starta härifrån i dag?

– Visst.

Han loggade in på datorn och fick upp en lista över start- och landningstillstånd. Hake ställde sig bakom honom och såg på listan.

– Dom där, sa han och pekade på ett namn. Var håller dom hus?

Mannen såg på klockan.

– Dom är färdiga att lyfta om några minuter, sa han. Men dom måste ha starttillstånd och det kan jag förhindra.

– Jag tror att dom skiter i det.

– Men så kan man ju inte göra. Flygsäkerheten kan ju äventyras. Bromma är en ganska stor flygplats.

Han såg upprörd ut.

– Jag tror att dom tar den risken om dom måste. Vad betyder B 2357?

– Dom står i hangar B.

– Var ligger den?

– Två byggnader bort.

Hake skyndade sig ut ur kontoret. Det blåste kraftigt när han rundade den första hangaren. Snön hade smält bort på start- och landningsbanan och ett litet passagerarplan landade när han gick bort mot B-hangaren, vid vars gavel en hyrbil stod parkerad. Hake fick syn på en traktor som var på väg mot hangaren och misstänkte att det var den som skulle dra ut planet till startplatsen. Han följde efter och kom in i en mindre hangar där ett tiotal privatplan stod uppställda. Traktorn körde fram till en röd- och vitmålad Cessna, och vid passagerarsidan stod Ulla Stenman och lastade in en resväska. Hake gick fram mot henne. När han var alldeles intill vände hon sig om och bleknade.

– Va fan, sa hon när hon fick syn på honom.

– Vi måste talas vid, sa Hake.

– Glöm det. Jag har inte tid.

– Det gäller mord, så du får nog ta dig tid.

Hon vätte läpparna och alldeles för sent märkte Hake att hon tittade över hans axel. Han drog ihop skuldrorna och vred sig åt sidan. Slaget från den tunga skiftnyckeln träffade honom i ryggen istället för i huvudet. Han föll framåt och hamnade på alla fyra. Nästa slag träffade honom i ryggslutet och det kändes som om glödgade knivar stacks genom hans kropp. Han rullade runt på betonggolvet och såg mannen höja skiftnyckeln igen.

Hake kände hur hans lemmar långsamt domnade bort. Han måste komma undan nästa slag, annars var det ute med honom. Mannen hade mördat två gånger tidigare och skulle inte dra sig för att göra det igen. Skiftnyckeln höjdes på nytt och Hake rullade med möda in under Cessnan så att slaget träffade höften. Det kändes som om något kraschade och smärtan fick honom att förlora medvetandet några sekunder. Mördaren dök efter honom och höjde skiftnyckeln igen. Men slaget tog på sidan av axeln och han försökte krypa allt längre in under planet.

Vid det här laget var han i det närmaste kraftlös och orkade knappt göra motstånd när mördaren fick tag i hans ben, drog ut honom på hangargolvet och höjde skiftnyckeln till en sista nådastöt. Ljuset från hangaröppningen gjorde att det var omöjligt att se angriparens ansiktsuttryck, men Hake undrade om han inte log. Med uppbådande av sina sista krafter sträckte sig Hake efter sin käpp och slog mot mannens ben. Käppen gick av och han hörde hur mördaren skrattade när han sparkade undan bitarna.

Det var den andningspaus Hake behövde. När han såg hur skiftnyckeln var på väg ner mot hans huvud med våldsam kraft fick han fram sitt tjänstevapen och sköt angriparen mitt i bröstet. Skiftnyckeln föll skramlande till golvet och Ulla Stenmans skrik fyllde hangaren. Hake såg bitmärket i motståndarens arm just som han stöp. Ögonen tycktes rulla in i huvudet och bara vitorna syntes innan mördaren förlorade medvetandet.

Ulla Stenman kastade sig ner bredvid honom och började gråta våldsamt.

– Red, gnydde hon. Red ...

Hake tog sig upp på benen och såg ner på Harry Stenman som låg och blödde i knäet på sin Ulla. Ett häftigt illamående kom över honom och han tog stöd mot vingen på planet. Bara jag inte svimmar nu, tänkte han. Hangaren började snurra, men han hann uppfatta att Lidman och en rad poliser var på väg in, innan han sjönk ihop och allt svartnade.

Hake hamnade på samma avdelning som Tobias Tobisson. Höften hade fått en spricka och det var en kraftig blodutgjutning i ryggslutet.

Tobisson ville veta allt och Hake förklarade hur han kom på att det bara kunde vara Harry Stenman som låg bakom allt.

– Den första indikationen kom när jag boxades mot Danne. Han sa att Red hade bra kondition och att han drack måttligt. Men liket i vattnet hade kondis som en sextiåring och en delvis förstörd lever av allt drickande. Sedan var det det där med tatueringen.

– Tatueringen?

– Min kompis Lars Larsson-Varg sa att guld i tatueringar var en relativt nypåfunnen färg som man inte lyckats med tidigare. Men Harrys tatuering var ju över tio år gammal. Då förstod jag att likets tatuering måste vara nygjord. När jag sedan frågade Gurra på Marginalen om Walter Klum hade varit rödhårig och fick det bekräftat så var jag ganska säker på att det inte var Harry Stenman som mördats utan Walter Klum.

Tobisson lät det hela sjunka in.

– Harry valde sin dubbelgångare för att han var naturligt rödhårig och lite lik honom. Speciellt efter att ha legat i vattnet en tid. Walter Klum var en alkis som brukade stryka omkring på Söder. Harry sökte upp honom och övertalade honom att flytta från Marginalen och gå under jorden några månader. Han lovade honom en ordentlig summa pengar men krävde att han skulle tatuera sig för att få pengarna.

Han drar en hopdiktad historia om att det bara gäller att visa sig i bar överkropp vid något tillfälle för att lura någon, mer är det inte. Walter, som varit målvakt för skalbolag och allt möjligt, skiter i vad han måste göra bara han får pengar. Så han går under jorden men kan inte hålla sig borta från sin kompis Leffe. Han smyger till hans buss ibland och dom super ihop. Red ser det och kanske observerar han även mig en av dom gånger då jag söker upp Leffe efter att vi hittat liket i vattnet. Han tror att Walter sagt för mycket till Leffe och att denne kanske kommer att skvallra. För att inget ska läcka ut bränner han ner bussen.

– Men du visade ju fotot av den döde Walter för Leffe?

Hake satte en kudde under ryggen och nickade svagt.

– Leffe hatade poliser, han tänkte inte säga för mycket och dessutom hade han blivit ordentligt rädd när Walter mördades. Han ville inte bli indragen i något och hamna i förhör och kanske på vårdhem. När Walter gick under jorden började ju Leffe supa ordentligt, han kanske redan då trodde att hans polare blivit eliminerad. Men sen dök Walter upp och skrävlade om att han skulle bli jäkligt rik när allt var över.

– Så Red skaffade sig alltså en dubbelgångare.

– En ringare …

– … som han sedan mördar ombord på Petterssonbåten och sänker i Pålsundskanalen. Och allt för att få ut livförsäkringen på sig själv?

Hake nickade. Han kände sig matt och febrig. Motivet med livförsäkringen var glasklart, men han förstod fortfarande inte varför Harry Stenman valt att gå under jorden så där plötsligt. Eller också var det bara att han inte orkade tänka klart.

– Men varför Pålsundskanalen? hörde han Tobisson fråga.

– Det var det jag tyckte var så konstigt hela tiden. Vill man göra sig av med någon, så dumpar man inte denne mitt inne i Stockholm. Men Red ville ju att vi skulle hitta Walter. Ja, allt hängde på att vi hittade honom.

– Det var en jäkla risk. Fingeravtrycken kunde ju ha avslöjat vem det var.

– Harry Stenman hade förberett sig minutiöst. Han hade valt

Walter för att han aldrig varit straffad tidigare. Därför fanns inte hans fingeravtryck i vårt register.

– Stackars Walter, sa Tobisson. Först leva ett stendött liv och sedan dö som någon annan.

– Jag ringde hans mamma som absolut inte hade tagit tillbaka efterlysningen. Det hade någon annan gjort. Antagligen Harry.

Tobisson steg upp ur sin säng och sträckte på sig.

– Och Danne Durant var inte inblandad alls?

– Kanske anade han något, men han hade lånat ut fyrahundratusen kronor med löfte om att få tillbaka femhundratusen. Han tänkte inte hjälpa polisen så att dom pengarna gick upp i rök. Innan Ulla åkte ut till flygplatsen körde hon till hans båt och lämnade tillbaka pengarna. Det har hon sagt vid förhören.

– Var dom fyrahundratusen till för att betala Walter och förbereda flykten?

Hake nickade. Det var aldrig billigt att gå under jorden och han hade säkert hyrt Cessnan för en längre tid. Enligt vad Lidman fått fram så var de på väg till ett hus som de hyrt i Provence.

– Och dom där jävla bröderna, då?

– Dom har åkt tillbaka till Korsika för att ta värvning igen. Dom stod väl inte ut med att ha en massa poliser rännande därute.

– Så det var Harry som smög efter mig och slog ner mig?

– Ja. Bitmärket i hans hand bekräftar det. Han ville få dig att sluta spana på Ulla. Han var säkert hos henne på Bastugatan till och från hela tiden. Dessutom kastade han indirekt misstankarna på bröderna genom attacken. Hade du inte bitit honom hade vi kanske sytt in dom och hamnat på helt fel spår.

– Jag kunde nog ha tagit den där Nils om det verkligen gällt, sa Tobisson och knöt händerna.

Det trodde inte Hake en sekund på, men han lät det passera.

– Och Rick visste ingenting?

– Nej, det hade inte fungerat. Han var fäst vid sin bror och hade säkert försökt besöka honom. Han jobbar nu hos Olgakov istället, men det gnisslar visst i maskineriet. Rick brukar olovandes låna bilar för att imponera på sin flickvän, och det retar Olgakov. Senast var det en silverfärgad Merca som Rick lyckades krocka med som gjorde att dom blev osams.

– Bromma, då? sa Tobisson och gick tillbaka till sängen.

Han blev fortfarande yr när han var på benen för mycket. Läkaren hade sagt att det var en allvarlig hjärnskakning men att han skulle bli helt återställd. Tobisson var inte lika säker längre.

– Harry var ju utbildad pilot, hade utfört rekognoseringsuppdrag för Legionen och dessutom flugit in svartbensin i Bosnien. Om han osedd skulle ta sig ut ur landet så var det med ett litet propellerplan.

Men det var i sista sekunden Hake hade kommit på det. Han lutade huvudet mot sänggaveln och tänkte att allt hade sin tid. Ena dagen vet man ingenting och nästa dag ser man allt i en förklarad dager. Men det var värre med Harry Stenman. Ena dagen var man dödförklarad, den nästa satt man i fängelse på livstid. Om Hakes kula träffat lite mer till vänster hade den passerat hjärtat och då kunde han ha varit död en andra gång, men nu hade han klarat sig.

Dörren öppnades och Oskar Lidman kom in med en chokladkartong som han genast öppnade. Han valde med stor noggrannhet ut en bit innan han bjöd de båda andra.

– Harry har börjat snacka, sa han och mumsade på chokladbiten. Vet ni hur det började?

De båda andra var tysta.

– Han blev rädd. Rädd för bröderna Hemmesta.

Han såg tankfullt på Tobisson.

– Dom kan tydligen konsten att skrämmas.

Tobisson slog ner blicken.

– Fortsätt, sa Hake otåligt.

– Dom hade ringt upp honom förra året och faktiskt sagt rent ut att dom tänkte hämnas sin kompis när dom tagit avsked. Dom sa inte när eller hur, dom ville att han aldrig skulle känna sig för säker. Men dö skulle han.

– Och då planerade han sitt eget försvinnande? sa Hake.

Lidman nickade.

– Han och Ulla hade en kväll promenerat nere vid Hammarbyhamnen. De fick syn på en man som stod och vinglade vid kajkanten. Han var lik Harry och Ulla sa på skoj att det där kunde ha varit han. Det var då idén om att undkomma det ständiga hotet dök upp.

Harry övertalade Walter och skickade honom till Danmark för att göra tatueringen. Han hade tagit reda på att om man hade ett så distinkt kännetecken som en tatuering, så räckte det med en närståendes identifiering. Då skulle polisen inte gå vidare och exempelvis begära in tandkartor eller göra DNA-prov.

– Men han gjorde ett misstag med tatueringen. Klum fick guld i granaten istället för gult som Harry hade, sa Hake.

– Walter hade en bild av Harrys tatuering med sig till Danmark och tatueraren trodde att det var guld och inte gult.

– Allt är inte guld som glimmar, sa Tobisson.

– Jag funderar fortfarande över varför det just blev Pålsundet, sa Hake.

Lidman var nere i kartongen igen med sina tjocka fingrar. Han lät handflatan liksom svepa över innehållet innan den dök ner och fångade upp en chokladbit.

– Han sa det inte rätt ut, men jag misstänker att han ville att Danne skulle åka dit för mordet, för då hade han sluppit att betala tillbaka pengarna han lånat. Han var desperat och beredd att bränna alla broar.

– Dom där jävla bröderna, sa Tobisson dovt. Dom är i högsta grad medskyldiga. Varför knäppte han inte dom istället.

– För han visste hur bra dom var, sa Hake lugnt.

– Då är han nog inte säker i fängelset heller.

Tobisson såg drömmande ut genom fönstret. Han önskade nästan att de skulle komma tillbaka så att han kunde ta fast dem. Han hade fortfarande svårt att smälta att de skrämt honom så in i märgen.

Lidman tvekade, tog en sista chokladbit och fällde sedan ner locket på kartongen.

– Nu får ni sluta äta upp all choklad, grabbar, sa han. Det måste räcka ett tag.

Han log mot dem och körde ner händerna i fickorna på sin stora överrock, som för att hindra sig själv från att äta upp hela chokladkartongen.

Nästa dag kom Hanna och Siri på besök. Siri undersökte bandagen på höften och ryggen, medan Hanna stod vid fönstret och tittade ut. Plötsligt vände hon sig om och såg på honom.

– Jag åker till Paris, sa hon.

Hake kände hur modet sjönk och att han inte orkade protestera.

– Två veckor till att börja med.

– Jag ska vara hos faster Julia och bli veterinärassistent, sa Siri glatt.

230

Hake såg tomt framför sig. Allt var så förvirrat. Alla var ringare på livets bana. Långt borta hörde han Hannas röst igen.

– Jag vill att du följer med. När du är frisk. När du har tid.

Hon gick fram och kysste honom på munnen.

– Jag behöver dig, sa hon.

Det glittrade lite i hennes ögon. Så blev hon suddigare och suddigare, och till slut slöt han ögonen. Men hon fanns fortfarande kvar på näthinnan. Hon stod vid ett fönster i Paris, naken och slank, för att se gryningen bryta fram över de tomma tågvagnarna och loken på stickspåren. Han tyckte att han svävade mellan verklighet och dröm och att tiden hade upphört.

Ja, tid, tänkte han. Allt hade sin tid. En tid att leva, en tid att dö. En tid att kasta stenar, en tid att samla stenar, en tid att ta i famn, en tid att avstå från famntag.

Han undrade hur det egentligen skulle bli för honom.

LARS BILL LUNDHOLM

Lars Bill Lundholm, bosatt i Stockholm, kan titulera sig poet, författare och filmdramatiker. Hans deckare *Östermalmsmorden*, *Södermalmsmorden*, *Kungsholmsmorden* och *Gamla Stan-morden* har vunnit en stor publik. I dessa böcker bjuder han på intelligenta pusseldeckare varvade med vackra Stockholmsskildringar.

Han har även skrivit manus till flera internationellt prisbelönta thrillers för film och TV.

Mest känd är Lars Bill Lundholm kanske ändå som författare och upphovsman till SVT:s succéserie Skärgårdsdoktorn – en av de mest älskade serierna som någonsin har visats i svensk TV.

Läs mer om Lars Bill Lundholms böcker på nästa sida!

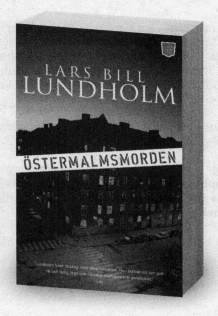

Hon kommer från en fin familj, har gått på de bästa skolorna, varit förlovad med samma kille i flera år och bor på det fashionabla Östermalm i Stockholm. Cathrine Haldeman-Spegel är helt enkelt en typisk överklassflicka. Men plötsligt hittas hon mördad i sin lägenhet, huggen till döds med en jaktkniv. På badrumsspegeln står det, skrivet med läppstift: slyna. **Vem var egentligen Cathrine och vad döljer sig bakom Östermalms fina fasader?**

"Spänningen trissas hela tiden upp och intensiteten i berättandet riktigt glöder."
Länstidningen Södertälje

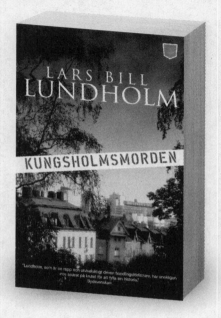

En ung kvinna hittas mördad i Kronobergsparken i Stockholm av några lekande barn. Det är mitt i sommaren och hettan har lagt sig som ett lock över stan. Kommissarie Hake kallas in från sin skärgårdssemester för att leda utredningen. Media är inte sena att haka på – mordet har trots allt begåtts i parken bakom rikspolisens högkvarter på Kungsholmen. Brottsplatsen döps snabbt om till Polisparken. Fallet kompliceras av att det plötsligt visar sig att en kvinnlig domare i Högsta Domstolen är inblandad. **Vad kan dessa till synes väldigt olika kvinnor ha haft gemensamt?**

"En mycket spännande deckare, med många vändningar och spektakulär upplösning, som man gärna vill sträckläsa ..."
Katrineholms-Kuriren

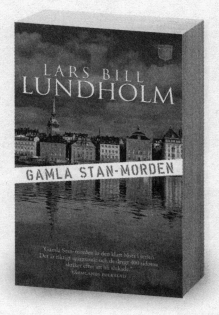

När den lika omstridde som kände skådespelaren Peter Branting hittas död utanför sin bostad i Gamla Stan ställs den egensinnige kriminalkommissarien Axel Hake inför ett av sina mest spektakulära fall. Händelsen väcker enorm uppmärksamhet och Hake tvingas hantera såväl den upphetsade pressen som sin opportunistiske chef Seymour Rilke. Dessutom upptäcker Hake att charmören Branting haft kontakt med Hanna – hans Hanna.

Gamla Stan-morden är den fjärde delen i Lars Bill Lundholms hyllade deckarserie om kommissarie Hake.

"Gamla Stan-morden är den klart bästa i serien. Det är riktigt spännande och de drygt 400 sidorna skriker efter att bli slukade."
Värmlands Folkblad

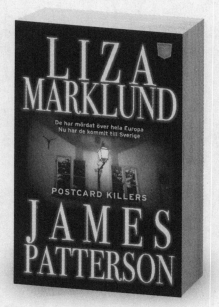

POSTCARD KILLERS

De är unga, vackra och välutbildade och de skär halsen av unga människor över hela Europa. Eftersom de postar vykort till en journalist i varje stad där de dödat är rubriken given: The Postcard Killers har mördat igen. NU HAR DE KOMMIT TILL STOCKHOLM Det inser Dessie Larsson, journalist på tidningen Aftonposten, för hon har precis hittat deras kort i sitt postfack.

Tillsammans med Jacob Kanon, mordutredare från New York, dras hon motvilligt in i våldsverkarnas vanvettiga värld.

Jacob och Dessie befinner sig snart i en accelererande spiral av våld och död. Vilka är mördarna? Vad driver dem? Hur kan de stoppas? Till slut återstår bara en rasande kamp mot klockan och tusen kilometer norrländsk asfalt...

SPELAREN

När den unga Kathy Culver spårlöst försvinner från universitets-
området står alla handfallna. Det enda spår som finns efter henne
är ett par trosor slängda i en soptunna och polisen lägger till slut
ned utredningen i brist på bevis. Ett år senare är Kathys pojkvän,
quaterbacken Christian Steel, i starten av en lysande fotbollskar-
riär när han plötsligt får ett samtal ifrån någon som utger sig för
att vara den förvunna Kathy. Är hon trots allt i livet?

Sportagenten Myron Bolitar gör allt för att hjälpa sin skyddsling
och när Kathys far sedan bli mördad inser han att det är något
som inte står rätt till. Tillsammans med sin kompanjon Win, dras
han in i en härva av orent spel och snabba kast. **Vad har egentligen
hänt Kathy och går det att hitta hennes fars mördaren?**

DEN SVARTA LÖPAREN

Emma Lundgren, ung rektor vid Västgöta universitet i Skövde, är alldeles ny på jobbet, när hennes sekreterare Vera Nilsson plötsligt hittas brutalt mördad. Hela universitetsledningen blir genast misstänkta och mordet väcker stor medial uppmärksamhet. Emma gör allt för att undvika en katastrof samtidigt som hon kämpar med sin nya roll som rektor. När sedan en schackpjäs från 1300-talet som tidigare stulits från utgrävningarna i Varnhem dyker upp, tätnar mystiken. Vem har stulit schackpjäsen och hur har den hamnat i den mördades tillhörigheter?

Den svarta löparen är första delen i Kristina Appelqvists nya kriminalserie om rektor Emma Lundgren och kriminalkommissarie Filip Alexandersson.

VYSSAN LULL

Hammarbypolisen i Stockholm står handfallna inför den brutala avrättningen av en filippinsk kvinna och hennes två små barn i deras lägenhet. Halsarna är avskurna och det är blod överallt. Man hittar inga spår efter gärningsmannen och frågorna blir bara fler. Varför lever barnens svenske far isolerat, nästan utan kontakt med omvärlden? Och hur kunde kvinnan, på de små summor hon tjänade på svartstädning, ha råd med en lägenhet värd flera miljoner?

Berättelsen har sin upprinnelse i någonting som hände för länge sedan, när ett ungt par en solig majdag stannar till med bilen vid en kiosk för att köpa lördagsgodis till de två små pojkar som leker i baksätet. *Vyssan lull* är den tredje boken i Hammarbyserien.